青铜

北京，北京

冯唐 著

北京联合出版公司
Beijing United Publishing Co.,Ltd.

我抬头透过槐树的枝叶看到的，

天上亮亮的圆片是地球。

我们能同一时间待在这口锅里，

看一样的浮云尘土、车来人往，就是缘分。

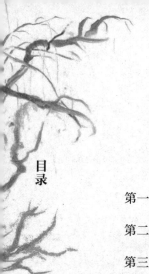

目录

湖周围柳树的叶子都掉光了，
干秃的细枝儿仿佛几天没剃的胡子，
稀稀拉拉叉在湖面周边。

第一章
北京燕雀楼，大酒

一九九四年北京的一个夏夜，我说："我要做个小说家，我欠老天十本长篇小说，长生不老的长篇小说。佛祖说，见佛杀佛，见祖呵祖。我在小说里胡说八道，无法无天。我要娶个最心坎的姑娘，她奶大腰窄嘴小，她喜欢我拉着她的手，听我胡说八道，无法无天。我定了我要做的，我定了我要睡的，我就是一个中年人了，我就是国家的栋梁了。"

我肚子里的啤酒顶到嗓子眼儿，在嗓子眼儿上下起伏，摩挲会厌软骨，我尝到它们带着胃酸的味道，它们大声叫嚷着，你丫不要再喝了，再喝我们就都喷出来了。在啤酒造成的腹压下，我不能再喝了。根据今晚的酒局规则，我有权选择不喝酒，选择说一句真心话，一句和老妈或者和党都不会轻易说的真心话，代替一杯啤酒。

手腕用力一扭动，放倒在柏油路上的空啤酒瓶子陀螺一样旋转，和路上的小石子摩擦，发出嘎嘎的声音。啤酒被死死冻过，刚穿过喉咙的时候还有冰碴儿轻轻划过食管。喝的过程中，酒瓶子外面挂了细密的水珠，纸质商标泡软了，粘贴不牢的边角翻卷起来，随着酒瓶子的旋转，摩擦地面，变得面目不清。十几圈之后，酒瓶子慢慢停下，瓶口黑洞洞地指着我。嚷，又是我输了。开始的时候口渴，拼得太猛，我已经喝得有些高了，不知道今晚的酒局还有多么漫长，说句真话吧，能躲掉一杯是一杯。

二十四瓶一箱的十一度清爽燕京啤酒，一块五一瓶，不收冰镇费，全东单王府井，就这儿最便宜了。要再便宜，得坐公共汽车北上四站到北新桥。那儿有些破旧热闹的小馆子，燕京啤酒一块三，可是菜实在太差，厕所就在隔壁，京酱肉丝和屎尿的味道一起呛腌鼻毛。现在第二箱燕京啤酒开始。

春末夏初，晚上十二点过一刻，夜淡如燕京清爽啤酒，东单大街靠北，灯市口附近的"梦幻几何""凯瑟王""太阳城"等几个夜总会生意正酣，门口附近的小姐们，细白大腿穿了黑色尼龙网眼丝袜，发出闪亮的磷光，在昏暗的街道里鱼一样游来游去，如同小孩子手上拎着的罩纱灯笼，细白大腿就是摇曳的蜡烛。东单大街上，除了这几家夜总会，还有几家服装专卖店依稀透出灯光，基本上暗了。

燕雀楼门口的行人便道上，支出来四张桌子。我、小白痴顾明和小黄笑话辛荑，三个人坐在最靠马路的一张。桌子上的菜盘子已经狼藉一片，胡乱屎黄着，堆在菜盘子上的是一盆五香煮小田螺和一盆五香煮花生，堆在菜盘子周围的是五香煮小田螺和五香煮花生的壳儿，胡乱屎黑着。小田螺和花生都是时令新收，小田螺是带着土腥的肉味儿，花生是带着土腥的草味儿。如果盆里还有田螺和花生，杯子里还有酒，我的手就禁不住伸出去剥来吃，勉强分出来田螺壳儿和田螺肉，已经分不出田螺肉和不能吃的田螺内脏。田螺内脏吃到嘴里，不是肉味，不是土味，全是腥味。

桌子原本是张方桌，折叠镀铬钢管腿，聚合板的桌板贴了人工合成的木纹贴面，湖水波纹一样荡漾。黏合胶的力量有限，吃饭的人手欠，老抠，靠边的地方都翘了起来，露出下面的聚合板。桌面上盖了张塑料薄膜的一次性桌布，轻薄软塌，风起的时候随风飘摇，没风的时候耷拉下来，糊在吃饭人的腿上，糊塌了腿毛，糊出黏汗，间或引导桌面上漫无目的的晃悠的菜汤汁水，点点滴滴，流淌到裤裆上，油腻黏滑，即使以后裤子洗干净，还有印子。酒菜瓶盘多了，花生壳螺壳多了，放不下，又没人收拾，将方桌四边藏着的一块板子掰起来，就成了圆桌，立刻多了三分之一的地方，酒瓶子继续堆上来。

辛荑说："厚朴所有的浅色裤子，靠近裤裆的地方都是这个样子，点点滴滴，带着洗不掉的印子，日本地图似的。一定是自摸过度，而且最后一瞬间抽搐的时候手脚笨拙，屡次射在裤裆拉锁周围，留下洗不掉的痕迹。"我说："辛荑，你变态啊，看人那个地方，看的还是个男人，那个男人还是厚朴。"

凳子是硬塑料的方凳，白色，四脚叉开，没有靠背。开始，我们还能撅着屁股，弓着腰，在喝之前热烈地碰一下瓶子，一箱二十四瓶之后，我们三个各自给后背找了个靠头儿，两腿叉开，上身倾斜，让膀胱和肾的物理压力最小。

小白痴顾明背靠一根水泥电线杆子，头皮顶上的电线杆子贴着张老中医的小广告：中医古法家传汤药西医特效注射针剂治疗尿道炎阴道炎淋病梅毒尖锐湿疣单纯疱疹，专治软而不挺挺而不坚坚而不久久而不射射而不中。纸质轻薄，半透明红黑两色印刷。

小白痴顾明是从美国来的留学生，到北京时间不长，穿着还是在美国时的习惯，天气刚暖和一点，老早就换上了大裤衩子和圆领衫，厚棉袜子和耐克篮球鞋，袜子和裤头之间露出一截包括膝盖的大腿和小腿，腿上间或有些毛，外侧浓密，内侧稀疏，一两个厘米长短，不规律地排列着。小白痴顾明的小平头挡住了老中医的联系电话，惨白的路灯下，老中医广告的血红宋体字和小白痴顾明绯红的脸蛋一样鲜艳明丽。

小黄笑话辛荑背靠一棵国槐树，我也背靠一棵国槐树，槐花开得正旺，没喝酒前，满鼻子的槐花味儿，有点像茉莉，有点像野草。背宽肉厚的小黄笑话辛荑每次狂笑，肩膀扭动，开老的槐花、长旧了的槐树叶子、细枝儿上堆高了的鸟屎虫粪就簌簌摇落。小黄笑话辛荑慌忙扑打他的衣服，五指做梳子，梳理他三七开的分头，像刚走出迎新彩车被撒了一身杂碎彩纸、人工雪花的新郎。

我靠的槐树干上，用红粉笔写了两竖排十二个字：王小燕王八蛋，王小雀王九蛋。笔法幼嫩稚拙。刀子用力划了第一个"王"字的三横，妄图刻进树皮，估计刻了一阵，膀子累了，罢手。王小燕是燕雀楼老板娘的大女儿，王小雀是燕雀楼老板娘的小女儿，眼睛同样都是大大的，双眼皮，腰肌发达，小腿腓肠肌苗壮，一副有担当的样子。

我想象中，看见从红星胡同、外交部街、东堂子胡同，或是新开胡同，晚上十一二点钟，飞快跑出来三两个十来岁的半大小子，正是猫狗都嫌的年纪，一边回忆两个小王姑娘的大眼睛和想象小王姑娘衣服里面的样子，一边在树干上描画两个小王姑娘的名字，为了表示自己心无杂念的立场，名字下面又充满热情地描画辱骂的字眼，在对第一个字尝试用刀子之后，感到既费力又不能彰显事功，于是罢手，上下左右打量自己的作品，"王小燕王八蛋，王小雀王九蛋"，朗读数遍，觉得形式整齐，韵律优美，进而想象两个小王姑娘看到这些字迹时因愤怒而瞪圆的眼睛以及衣服里上下起伏的胸脯，心中欢喜不尽，作鸟兽散，回家睡觉。

十二瓶燕京啤酒之前，我们玩"棒子，老虎，鸡，虫子"，两个人两根筷子敲两下碗，喊两声"棒子，棒子"，然后第三声喊出自己的选择：棒子，老虎，鸡，或是虫子。规则是：棒子打老虎，老虎吃鸡，鸡啄虫子，虫子啃棒子，一个克一个，形成循环。白色的一次性塑料杯子，一瓶啤酒倒六杯，输了的人喝一杯，转而继续和第三个人斗酒，赢了的人轮空观战，指导原则是痛打落水狗，让不清醒的人更不清醒。

十二瓶之后，老板娘肥腰一转，我们还没看明白，就把粗质青花瓷碗和结实的硬木黑漆筷子从我们面前都收走了，"怕碎了啊，伤着你们小哥儿仨。即使你们是学医的，仁和医院就在旁边，也不能随便见血啊，您说是吧"。换上白色的一次性塑料碗和一劈两半的一次性软木筷子，敲不出声响。"您有没有一次性桌子啊？"小黄笑话辛夷看着老板娘光洁的大脑门、一丝不乱梳向脑后的头发以及脑后油黑的头发纂儿，眼睛直愣愣地问。我看见老板娘脑门儿上面的头发结成了绺，十几丝头发黏拢成一条，在路灯下油乎乎地发亮，头发顶上一个小光圈，然后暗一圈，再然后在耳朵附近的发迹边缘又出现一个大些的光圈。我闻见老板娘油黑的头发纂儿，发出沉腻的头发味儿，带着土腥，好几天没洗了吧，我想。

　　"一次性杯子，一次性碗，一次性筷子，一次性桌布，一次性啤酒和啤酒瓶子，一次性花生，一次性田螺，一次性桌子，一次性避孕套，一次性内裤，我们人要是一次性的该多好啊！一次性胳膊，一次性腿，喝多了就收拾出去，再来一次。"小白痴顾明还在学习汉语，遇上一个新词，不自觉地重复好些次，喝酒之后更是如此。小白痴顾明最喜欢中文里的排比句，他说英文无论如何做不到那种形式美。

　　十二瓶之后，我们不能发出敲碗的声音，但我们还能发出自己的声音，我们改玩"傻×，牛×，你是，我是"。喊完"一、二"之后，玩的两个人从"傻×，牛×，你是，我是"中挑一个词语喊出来。如果凑成"你是傻×""你是牛

×""我是傻×",或是"我是牛×",傻×就喝酒,牛×的就让对方喝酒。

酒过了一箱二十四瓶,槐树花的味道闻不到了,小白痴顾明眼睛里细细的血丝,从瞳孔铺向内侧的眼角,他直直地看着燕京啤酒瓶子上的商标,说:"燕京啤酒北京啤酒天津啤酒上海啤酒广州啤酒武汉啤酒深圳啤酒香港啤酒哈尔滨啤酒乌鲁木齐啤酒旧金山啤酒亚特兰大啤酒纽约啤酒波士顿啤酒,我妈的和我爸的住在波士顿,我原来也住波士顿。"

小黄笑话辛荑先恼了王小燕。王小燕给辛荑拿餐巾纸的时候,小黄笑话辛荑说:"老板娘,谢谢你,我还要牙签。"王小燕恶狠狠看了辛荑一眼,厌恶地拧身进屋。辛荑后来又暖了老板娘,老板娘给他牙签的时候,辛荑拉着老板娘的手说:"小燕,谢谢你,牙签好啊,牙签有用,能剔牙,也能挑出田螺的胴体。"顾明明确指出来,辛荑认错人了,辛荑思考了一下,说:"我总结出一条人生的道理,以后我见到所有女的,都叫小燕,我就不可能犯同样的错误。"

小黄笑话辛荑在之后的岁月里,总是一次又一次让我惊诧于他头脑的剽悍,在任何时候都不停止思考,包括大酒之后,点炮之后,死了爹之后。他严格按照爱因斯坦的《科学思考方法论》,收集信息—总结—比较—权衡—分析—归纳—提升,思考之后,不断告诉我各种人生道理。佛祖当初和小黄笑话辛荑一样,越想越不明白为什么众生皆苦,也就是说在任何状态下,人都有不满,在这个意义上,婊子和烈女，国王和乞丐，没有区别。佛祖终于有一天烦了，一屁股坐在菩提树下，耍赖说，想不明白，我就不起来了。对于结果，正史的记录是，佛祖顿悟成佛。小黄笑话辛蒉说："双跏趺坐，双脚心向上，时间长了，气血阻滞，膀胱充盈，精囊腺充盈，丫实在坐不住了，起来了，满地找厕所找黄色按摩房，然后冒充明白。"我没买过任何励志书籍，辛蒉睡在我下铺，他总结的人生道理比那些书本更加真切，比《论语》还实际，比《曾文正公嘉言钞》还唠叨，比《给加西亚的一封信》还朴实。这世界上存在一些捷径，我懒惰，嗜赌，永远喜欢这些捷径。我想过，多行不义必自毙，我吃喝嫖赌，心中的邪念像雍和宫檀木大佛前的香火一样常年缭绕，做恶事的时候，良心的湖水从来波澜不惊。我当时想，如果有一天，我傻了，脑积水什么的，我继续走捷径，我先听录音机，自学《英语九百句》。然后，我把小黄笑话辛蒉请来，关掉录音机，打开辛蒉，教我人生的道理。会了《英语九百句》和人生的道理，我傻了，也不怕了，我可以去外企当白领。我问辛蒉："我傻了之后，能不能来教我人生的道理？就像我脑子硬盘坏了，帮我重新格式化脑子，重装操作系统。"辛蒉说："当然，你傻了是报应啊，我一定来，我立马儿来，我大拇指6厘米，我食指7厘米，我手掌8厘米，我一掌撑开20厘米，我量量你的鼻涕有多长，我带着250毫升的烧杯来，我量量你的口水有多丰沛。"

在宿舍里，我和小黄笑话辛蒉多少次一起面朝窗外长谈，辛荑抽金桥香烟，我用500毫升的大搪瓷缸子喝京华牌的劣质茉莉花茶。我们一起深沉地望着窗外，窗子左边是厕所，右边是另外一间宿舍，西边落日下，紫禁城太和殿的金琉璃顶在尘土笼罩下发出橙色的虚幻光芒。我每次和辛荑长谈一次，心理上我就老了一岁，心脏的负担多了十斤，江湖更加复杂和险恶了，自己肩上的任务更重了。我看到金琉璃顶的四周鬼火闪动，如螭龙缭绕，我隐约中同意辛荑的说法，认为这金琉璃顶下发生的故事，或许和我们有关，志存高远，我们也能插上一腿。

辛荑唯一的反叛是在考完《神经内科学》之后，他告诉我他要颠倒乾坤，停止思考。如同老头老太太为了身体健康，偶尔用屁眼看路，肚脐眼看姑娘，脚跟当脚趾，倒着走路一样，他为了大脑的长久健康，他要颠倒指挥和被指挥的关系："我主张阴茎指挥大脑，我主张脚丫子指挥大脑，我主张屁股指挥大脑。答不出来考卷，就宣布出题的老师是白痴，考试作废，这样我就厉害了，我就混出来了。"我还以为他会暂时忘掉交了六年的剽悍女朋友，怀揣一根发育饱满机能完善惴惴不安的阴茎和前两个礼拜当家教挣来的六十块人民币，马上跑下五楼，敲513房间的门，约他惦记了很久的小师妹赵小春上街去吃冰激凌。东单往北，过了灯市口，街东，有家水果味儿的冰激凌店，不含奶油，不肥人，自己说来自意大利，原料天天空运。

513房的那个小师妹赵小春黑色短发，在杭州出生和发育，笑起来香白如和路雪，话不多如晏殊慢词。她会照顾自己，每天晚上五点去七楼上晚自习，拎一大壶开水泡枸杞西洋参喝，每月倒霉的时候到红星胡同的自由市场买走地吃小虫长大的乌鸡，和巨大的红枣以及长得像发育期阴茎形状的党参一起慢火炖了，快开锅的时候加冰糖。

最后，那一晚，我看到的，辛荑只有在屎尿盈体的时候，提着裤裆，脚丫子带领大脑，去了趟隔壁厕所，任何暧昧出格的行为也没有。

我脚下的马路很滑腻，隔不远是个更加滑腻的下水道铁盖，天长日久，好些人喝多了，吐在这附近，比东单三条九号院的解剖室还滑腻。我不想吐，五香的田螺和花生，吐出来就是同一个酸味了。我赢了一把，我喊"牛×"，辛荑喊"你是"，我听见我的肾尖声呼喊，我看着辛荑喝完一杯，说："我去走肾，你们俩继续。小白，灌倒辛荑。"

经过一个临街的小卖部，老板是个六十多岁的老头儿，谢顶，大黑眼镜，眼睛不看大街，看店里的一台黑白电视，电视里在播一部台湾爱情连续剧，女孩梳了两个辫子，对个白面黑分头说："带我走吧，无论天涯海角，无论天荒地老。没有你，没有你的爱，没有你在周围，我不能呼吸，不能活，不能够。"那个六十多岁的老头儿一点也没笑，咽了口唾沫，眼睛放出光芒，眼角有泪光闪烁。

从胡同里的公共厕所去燕雀楼二十五步，东堂子胡同口南侧，过了小白痴顾明靠着的路灯的映照范围，还有十几步，我凭着我残存的嗅觉，不用灯光，闭着眼睛也能摸到。

> 屎尿比槐花更真实，
> 花瓣更多。
> 槐花在大地上面，
> 屎尿在大地下面。
> 啤酒酿出屎尿，
> 屎尿酿出槐花。

我想出一首诗，默念几遍，记住了，再往前走。地面变得非常柔软，好像积了一寸厚的槐树花，我深一脚浅一脚，每一步踩上去，地面上铺的槐树花海绵一样陷下去，吱吱吱响，脚抬起来，地面再慢慢弹回来，仿佛走在月球上。这时候，我抬头透过槐树的枝叶看到的，天上亮亮的圆片是地球。

厕所里，一盏还没有月亮明亮的灯泡挺立中间，照耀男女两个部分，灯泡上满是尘土和细碎的蜘蛛网。

我的小便真雄壮啊，我哼了三遍《我爱北京天安门》和一遍《我们走进新时代》，尿柱的力道没有丝毫减弱，砸在水泥池子上，嗒嗒作响，溅起大大小小的泡沫，旋转着向四周荡开，逐渐破裂，发出细碎的声音，仿佛啤酒高高地倒进杯子，沫子忽地涌出来。小便池呈 L 形，趁着尿柱强劲，我用尿柱在面对的水泥墙上画了一个猫脸，开始有鼻子有眼儿有胡须，很像，构成线条的尿液向下流，很快就没了样子。

我不是徐悲鸿，不会画美人，不会画奔马，我就会画猫脸。我曾经养过一只猫，公的，多年前五月闹猫的时候，被我爸从三楼窗户扔出去了，猫有九条命，它没死，但是瘸了，再抓耗子的时候，一足离地，其他三足狂奔，眼睛比原来四条腿都好的时候更大。我和我妈说，我将来有力气了，把我爸从三楼的窗户扔出去，我想象他飞出窗户的样子，他不会在空中翻跟斗，手掌上和脚掌上也没有猫一样的肉垫子，手臂和身体之间也没有翅膀一样的肉膜，我看他有几条命。我跑到灯市口的中国书店，买了一本《怎样画猫》的旧书，人民美术出版社出的，三毛八分钱，买了根小号狼毫和一瓶一得阁的墨汁，学了很久，什么飞白、皴染，都会了。

　　我发现，小便池里躺着一个挺长的烟屁，几乎是半支香烟，灯泡光下依稀辨认是大前门，过滤嘴是深黄色，浸了尿液的烟卷是浅尿黄色，朝上的一面还没沾尿液的是白色。我用尿柱很轻松地把所有的白色都变成了尿黄色，然后着力于过滤嘴部位，推动整个烟屁，足足走了两尺，一直逼到L形小便池拐角的地漏处。我这时候感到尿柱的力量减弱，最后提起一口气，咬后槽牙，上半身一阵颤抖，尿柱瞬间变得粗壮，烟屁被彻底冲下了地漏，冲出我的视野，我喊了一声："我牛 ×。"

　　我收拾裤裆的时候，发现小便池墙头上一排大字："燕雀楼，干煸大肠，干她老娘，大声叫床。"字体端庄，形式整齐，韵律优美，和槐树树干上骂小燕姑娘的文字笔迹不同。

可能是成年食客干的，我想。

我回来，小白痴顾明和小黄笑话辛荑还没有分出胜负，他们脑子已经不转了，"傻×，牛×，你是，我是"的酒令不能用了，他俩每次都同时叫喊，每次叫的都是一样的两个字：傻×。在寂静的街道上，声音大得出奇，仿佛两帮小混混集体斗殴前的语言热身。即使警察不来，睡在临街的老头老太太也要打110报警了。新的一箱酒已经没了一半，辛荑提议转空酒瓶子，他挑了一个深褐色的空瓶子："这是酒头，其他瓶子是绿的，酒头是褐色的。"

我负责转那个空啤酒瓶子，古怪的是，我转了五次，换了不同的姿势、角度、力量，没用，每次都是我输，瓶口黑洞洞地指向我。几乎比他俩多喝了一瓶，不能再喝了，我决定招了，真情表白。

听完我的告白，辛荑放下酒瓶子，两眼放光："你真想好了？做小说家比做医生更适合你吗？收入更多吗？我听说写小说投到《十月》和《收获》，稿费才一千字三十块，每天两千字，一天才挣六十块钱。你一年到头不可能都写吧，如果你的写作率是百分之七十，算下来，你一个月挣不到一千三百块，比当医生还差啊，比当医药代表差更多了。而且文学青年这么多，听说比医生还多，买得起圆珠笔和白纸的人，不安于现状，想出人头地，只能热爱数学和文学，但是傻×总比聪明人多多了，所以文学青年比数学青年多多了。这么多人写，著名杂志不一定要你的啊。你觉得你写得牛×，能在校刊上发表，但是出了仁和医学院的院子，比你牛×的应该有的是吧？是不是还有其他收入？你出名了，应该有人请你讲课，会给钱。还有改编成电视剧和电影，这个不知道会给小说原作者多少钱，可能挺多的吧？但是，只有名人名作才会被改编的。出名那么容易吗？写小说比当医生名气更大吗？也没听说哪个写小说的出门要戴墨镜。写小说比当医生能更长久吗？好些名作家，写到四十就什么都写不出来了，憋尿、不行房、不下楼，都没用。曹禺、沈从文、钱锺书，好些呢，便秘似的，比阳痿和老花眼还容易，还早。当医生，四十岁一枝花，正是管病、吃喝医药代表、当业务骨干的时候。好多人请吃饭，忙的时候吃两顿中饭，晚饭吃完还有唱歌，唱完歌还有夜宵。二者的工作时间呢？写东西可能短些，尤其是写熟了之后，两千字干一个上午就解决了。当医生苦啊，老教授还要早上七点来查房，手术一做一天。当小说家自由些吗？可能是，工作时间和工作地点自由些，但是精神上不一定啊！不是想写什么就能写什么的，否则不就成旧社会了，不就成资本主义了吗？当医生也不一定自由，病人左肺长了瘤子，医生不能随便切右肺。不是大专家，化疗药也不能随便改药的品种和用量啊。当小说家还有什么其他好处啊？你真想好了？就不能再想想别的？跳出医生和作家的考虑，跳出来想想。有志者，立长志，事竟成，百二秦川终归楚。以你我的资质，给我们二十年的时间，努努力，我们改变世界。做个大药厂，中国的默克，招好些大学刚毕业、未婚、好看、能喝酒、要钱的女医药代表，拉仁和医院的教授去泰国看人妖表演。我们有戏，中国人口这么多，将来有那么多老人要养，对医药的需求肯定大。而且医药利大啊，如果能搞出一种药，能治简单的感冒，我们就发了。要是能治直肠癌，那我们要多少钱，病人就会出多少钱，生命无价啊。而且，这是为国争光啊。中国有史以来，就做出过一个半新药，一个是治疟疾的青蒿素，半个是治牛皮癣的维A酸，造不出来人家美国药厂的左旋药，变成右旋凑合，结果疗效比左旋还好。咱们俩要是造出来两个新药，牛×就大了。这样，药厂的名字我都想好了，叫X&Q，就像P&G一样，洋气，好记。X就是我，辛荑。Q就是你，秋水。要是你不满，也可以叫Q&X，一样的，我没意见。"

小白痴顾明看着小黄笑话辛荑，基本没听懂他在说什么，等辛荑停了嘴，顾明喝干了瓶子里的酒，说："我也实在不能喝了。我要是输了，我也不喝了，我也说真心话：我不知道我将来要干什么，我从来不知道。我知道，小红烧肉肖月奶大腰窄嘴小，我要拉着她的手，说话。"

小红烧肉肖月是我们共同的女神，大家的女神。

我们在北大上医学预科，跟着北大，在信阳培训一年，服装遮掩下，小红烧肉肖月仿佛被林木掩盖的火山，被玉璞遮挡的和氏璧原石，被冷库门封堵的肉林。回到北大，林木烧了，玉璞破了，冷库门被撬了，小红烧肉肖月穿一条没袖子低开胸的连衣裙，新学期报到的时候，在北大生物楼门口一站，仰头看新学期的课程安排，露出火色、肉色和玉色，骑车的小屁男生看呆了，撞到生物楼口东边的七叶树上，小孩儿手掌大小的树叶和大烛台似的花束劈头盖脸砸下来，于是小红烧肉肖月被民意升级为班花，辛荑贴在宿舍墙上的影星也从张曼玉换成了关之琳。关之琳和小红烧肉肖月有点像，都有着一张大月亮脸，笑起来床前月光。这件事情至今已经有五年多了，这五年多里，我和辛荑临睡前刷完牙，抬起手背擦干净嘴角的牙膏沫子，互相对望一眼，同时悠扬绵长地喊一声小红烧肉肖月的简称"小红"，好像两只狼在月圆时对着月亮嗥叫，然后相视一笑，意畅心爽，各自倒头睡去。这是我们多年的习惯，同睡觉前刷牙三分钟和小便一百毫升一样顽固。关之琳在墙上，墙在床的左边，辛荑每次入睡，都左侧身，脸冲着那张大月亮脸。厚朴说："这样时间长了，压迫心脏，影响寿命。"辛荑说："我不管，我的脸要冲着关之琳。"

我们四个人的简称都生动好听：小红，小白，小黄，小神。小白痴顾明的简称是"小白"，听上去像明清色情小说和近代手抄本里的潇洒小生、相公或是表哥，面白微有须，胯下有肉。小黄笑话辛荑的简称是"小黄"，他戴上近视眼镜，裹白围脖，好像心地纯净心气高扬的五四青年。我叫小神经病，简称"小神"。辛荑、厚朴、黄芪和杜仲说我的脑子长着苍蝇的翅膀，一脑子飞扬着乱哄哄、臭烘烘的思想。我女友说我双眼清澈见底，神采如鬼火，在见不得人的地方长燃不灭。

听小白真情告白之后，我看了眼辛荑，辛荑看了眼我，我们俩同时看了看小白通红的双眼，那双眼睛盯着茫茫的夜空，瞳孔忽大忽小，瞳孔周围的血丝更粗了，随着瞳孔的运动忽红忽白。不能再喝了，我们扔给王小燕一百块钱，结了酒账。"太晚了，碗筷明天早上再洗吧，你先睡吧，小燕。"辛荑关切地说。王小燕看了眼桌子上小山一样的螺壳、花生壳和啤酒瓶子，眼睛里毫无表情，白多青少。

我们一人一只胳膊，把小白架回北方饭店里的留学生宿舍。我们翻铁门进了东单三条五号院，铁门上的黑漆红缨枪头戳了我的尿道海绵体，刮破了辛荑的小腿。循环系统四分之三的管道都流动着啤酒，我们没感到疼痛。我们疾走上了六楼，没洗脸没刷牙没小便，黑着灯摸到自己床上，我上铺，辛荑下铺。

整个过程，辛荑和我彼此一句话没说，没习惯性地呼唤"小红"，我们头沾到枕头，身体飞快忘记了大脑，左侧身冲着墙，冲着关之琳和月亮，很快睡着了。

第二章
七年之后，丹参

我、小白和辛蕤在燕雀楼喝下两箱燕京啤酒的七年以后，我写完了我第一部长篇小说，破东芝黑白屏幕手提电脑的 D 键被敲坏了，我右手的腱鞘炎犯了，我又喝了一次大酒。

我躺在仁和医院的特需病房，一个人一个房间。脑子里澄清空蒙，只记得，酒喝得实在太大了。我想，天理昭昭，我坏事做尽，终于成了一个傻子。

病床靠脚一侧，有个塑料袋子，里面一张硬纸卡，写着：秋水，男，30 岁，入院原因：急性酒精中毒后深度昏迷。我想，纸卡上描写的那个人应该就是我吧，但是我反抽了自己好几个嘴巴，无法了解"急性酒精中毒后深度昏迷"的含义，记不起我这次是和谁喝了多少酒，也不知道所处的地点和时间。

七年前，我上医学院的时候，常想，我什么时候才能躺到这种特需病房啊，牛 × 啊。这个病房在新住院大楼的南侧，四壁涂着让人有求生欲望的粉红色，而不是普通医院大楼里那种青苔一样闹鬼的惨绿色。住院楼入口特设下车位置，上面一个巨大的水泥转盘，遮住了周围楼宇的视线。我曾经长久地从周围的护士楼、住院医宿舍、医科院基础研究所的窗户里分别瞭望，我想象手中有一支五六式半自动步枪，枪口伸出窗外，发现没有一个窗口可以射击到特需病房的下车位置。我对战争的经验来自电影《铁道游击队》、信阳陆军学院一年的正规军训和 Westwood Studios 出品的《命令与征服》。《命令与征服》里的狙击手，牛 × 啊，石头一样铆进泥土，狗屎一样消失在建筑物中，等待下一个傻 × 出现，砰的一枪，一枪毙命。

七年后，我躺在特需病房，脑海里一片空白，我使劲思考，这是哪里啊？我为什么到了这里？我只想起来，这里很安全，下车的地方没有狙击手能够向我放黑枪。

房间里有一桌一椅一沙发，还有一个洗手间。房间的桌子上摆着一个黑不溜秋的方盒子，里面总有五颜六色的骗子握手开会、五颜六色的疯子唱歌跳舞、五颜六色的傻子哭哭啼啼、五颜六色的妹子脑门儿上统一写着两个字——"淫荡"，什么时候打开什么时候有，我想不起来护士小姐管它叫什么了，反正是外国字母。洗手间里没有浴袍和浴盐，门不能完全合上，淋浴和盆浴没有分开，洗手池上没有一个小花瓶插一枝新鲜的康乃馨或是富贵竹，顶多是个三星饭店，我想。

我穿着蓝白竖条的衣裤，棉布的，宽大而舒适，独立床头，窗户洞开，气流从我裤裆来回穿梭。周围进进出出的人都穿白大褂，第一天醒来，我以为是个按摩院。

如果是按摩院，第一个困扰我的问题是：这里是一个正规的按摩院，还是一个不正规的按摩院？我问了三个自己号称是护士的小姐："有没有推油和特服？推油有几种？手推、波推、臀推和冰火都有吗？"小姐年纪很轻，顶多二十岁出头，穿着粉色的衣裳，和墙的颜色一样，偶尔由一个年纪大的帽子上带两道杠的老护士长领头，一大队鱼贯而入，但是她们的衣服不透明，没有金属片片，塑料缀珠不闪亮，身材也一般，没有在灰暗灯光下闪磷光的细白长腿，没有被衣服勒出的幽深乳沟，没有"梦幻几何""凯瑟王""太阳城""金色年代""金碧辉煌"，或者"金色时光"里那种大门洞开、列队而出、欢迎激素水平过高人群进妖精洞的阵势。

　　三个号称护士的小姐给我类似的回答："我们不知道什么是推油，什么是特服，什么是冰火，我们有静脉注射、肌肉注射、椎管注射，有的打麻药，有的不打，但是都要消毒，棉签蘸络合碘。你说说看，什么是推油？什么是冰火？什么是特服啊？"这些护士是护士学校刚毕业的吧，腮帮子上细细的金黄的乳毛还没褪干净。老流氓孔建国在我上初中学《生理卫生》的时候，很权威地说过，这细黄的乳毛是处女的典型体征，我学了八年医，组织学、生理学、病理学、皮肤科学都仔细研读，分数90以上，还是无法判定孔建国的说法是科学还是迷信。我断定，这里不是不正规的按摩院，其实我也想不起来推油、冰火和特服是什么东西了。

　　如果这里是正规的按摩院，我就能确定我所在的城市，过去忙得时空错乱的时候，我都是通过机场和按摩院确定到了哪个城市。

我问护士小姐："老白在吗？小颜在吗？"如果他们中的任何一个在，我就可以断定是北京东大桥的宁康盲人按摩院。小颜认穴准，年轻，出手频率快，从来不偷懒，即使我在按摩过程中昏死过去，手也不停，力度不减。我判断好按摩师的标准，简单两条：第一，能不能迅速让我放屁打嗝；第二，让我昏死。小颜能在十按之内，让我放屁打嗝，能在十分钟之内，让我昏死过去。宁康盲人按摩院就两间房，一个房间三张按摩床，必须争取早放屁，晚放屁，你闻别人的屁，吃亏；早放屁，别人闻你的屁，赚了。屁气冲出，身体飘浮在半空，脑子一昏，眼屎流下来。老白一头白色头皮屑，独目，有气力，一双大肉手，一个大拇指就比我一个屁股大。我一米八的个头，在老白巨大的肉手下，飞快融化，像胶泥，像水晶软糖，像钢水一样流淌，迅速退回一点八厘米长短的胚胎状态，蜷缩着，安静着，耳朵一样娇小玲珑。护士小姐说："老白教授退休了，早上在北海公园五龙亭附近打四十八式太极拳，跳南美交际舞，唱'我们唱着东方红'。下午上老年大学，学颜真卿和工笔花鸟翎毛。小颜大夫出国了，美国，停薪留职，还是做心脏内科，导管介入，博士后，吃射线太多，流产三次了，最近生了一个傻子，也算美国公民，不清楚以后会不会回来或者什么时候回来。"一定不对，老白和小颜都是瞎子，都是保定盲人按摩学校毕业，学制三年，一年学习，两年实习。

我接着问："301号在吗？或者3号在吗？"如果301号在，就是南京的首佳按摩，如果3号在，就是深圳的大西洋桑拿。南京的301号体重至多八十斤，多次想无偿献血被婉言拒绝，但是手指上有千斤的力气。我喜欢力气大的，回国后两年的咨询生涯，一周九十小时的工作，毁了我的一整条脊椎，颈椎痛，胸椎痛，腰椎痛，骶椎痛，尾椎痛，脊椎两边全是疙疙瘩瘩的肌肉劳损和肌肉钙化，像是两串铁蚕豆，任何时候按上去，都是硬痛酸胀。火化之后，我这两串铁蚕豆会变成一粒粒精光内敛的舍利子。301号按断过一个两百斤大胖子的腰椎。301号告诉我："这不怪我，得了十几年的椎骨结核，自己都不知道，椎骨都是酥的，豆腐渣。"深圳的3号是小说家的坯子，来自湘西，头发稀细，气质接近少年沈从文和中年残雪，视角、用词和趣味都上路。第一次找3号，我面朝下平卧，过了半小时，3号说："你有多高？到不到一米八？你的腿真好看，又细又长，是不是经常锻炼，出很多汗？汗出多了皮肤才能这么光滑和紧凑，比我的大腿还光滑，关了灯，闪亮。切下来给我就好了。"接着又说，"不行，毛太多了，长筒丝袜都遮不住，会溢出来。"最后想了想说，"也行，可以刮啊。要是长得快，就索性忍痛拔掉，毛囊没了，就再也不长了。"这三句话，没有一句我能接得了下茬儿，我假装睡死了，白日飞升。我房间里的护士小姐说："301医院在五棵松，不在东单这里。3号是什么意思我不知道。我们这里叫名字或者同志。"

我没招儿了。我不着急，我在哪个城市，我会慢慢搞清楚。

我仰面躺在床上，床单是白的，干净的消毒水味儿，我的脖子、肩、背、腰和尾椎一点也不痛了，连寰枢关节和腰三横突附近都不痛了，我躺了多久啊？平时，这些地方手任何时候按上去，都是剧痛。早我一年进入咨询公司的吴胖子，得了腰椎间盘突出，厉害的时候，面朝上平躺在地板上，双手举着幻灯文件草稿看，看得欢喜，觉得逻辑通透，数据支持坚实，身体还扭动几下，仿佛举着的不是一份两百页的幻灯文件草稿而是一个十几岁百来斤的黄花姑娘。在腰痛不太厉害的时候，他忍痛和他老婆整出一个胖儿子。儿子出生就有十斤，吴胖子说，现在有几十斤了。回家和儿子玩儿，他面朝下平卧，儿子在他背上踩来踩去，整个小脚丫踩上去，大小和力度仿佛一个成年人的大拇指。想象着这个场景，我的口水流下来。我也去弄个姑娘，我也面朝上平躺，我也像举起幻灯文件草稿一样举起这个姑娘，也这样忍痛整个儿子出来，十一斤，比吴胖子的儿子多一斤，我想儿子给我踩背。

我仰面躺在床上，天花板上一圈轻钢轨道，挂输液瓶子用的。估计我已经很稳定地变成了傻子，昨天刚进医院的时候轻钢轨道上挂了一圈十几个瓶子，现在就剩一个了。瓶子里红色澄清的液体，不知道是什么。

上《神经病学》的时候，一个成名很早的少壮女神经病教授当众问我："脑出血恢复期的病人，可以用什么药？"

"不知道。脑出血恢复期要防止再次出血，又要防止血栓。不好弄。"我记得我是这么说的。

"看看这个病人在用什么药？想想祖国的伟大医学。"女神经病教授指了指病房里一个病人。那个病人仰面躺在床上，一脸的老年斑，绿豆大小或是蚕豆大小，一脸讨好地微笑，看完女神经科教授，看我。天花板上一圈轻钢轨道，轨道上挂着一个瓶子，红色澄清液体。

"不知道，我没有学好。"

"想一下，药是什么颜色的？"

"红的。"

"我国传统医学，最著名的药是什么？"

"六味地黄丸，补肾，主治耳鸣、腿软。三四十岁的中年人吃，有百益而无一害。"

"让我问得更具体一点，我国传统医学，最著名的药材是什么？"

"人参。"

"那你说，脑出血恢复期的病人，可以用什么药？"女神经科教授站在我面前，眼睛里充满了兴奋的光芒。

这种绣球我总是接不住。小学的时候，我大声反复背诵一首起始句为"锄禾日当午"的唐诗，我爸问我唐朝之后是什么朝代，我答不出来。我妈一步蹿到门外，拿进一个大墩布，从门背后衣帽钩上拿了一个帽子，顶在墩布的木棍上。

我妈站在我面前，眼睛里充满了兴奋的光芒："木头上戴个帽子，是什么字？"我不知道，我问："晚上咱家吃菜肉包子有没有小米粥喝啊？"

"红参。"我对神经病女教授说。

"红在古代汉语里叫什么？"

"也叫红啊。明朝就有红丸案。女人做针线叫女红。生了女儿，藏了一坛子酒，等她破身的时候喝，叫女儿红。"我说。

"丹参，记住，同学们，记住，丹参，丹参。医大的同学们，少念些英文，少背些单词，什么新东方、托福、GRE，不会死人的，不会影响你们去美国的。多看看医书！即使去了美国，也要靠本事吃饭的。我们当初闹'文革'，插队到内蒙古，什么书都没有，没有《新东方单词》，没有小说，没有《收获》杂志，屁也没有。我行李里只带了一本《神经病学》，我什么时候都看，想家的时候，想北京的时候，想哭的时候，都看。五年中，我看了十八遍，都背下来了，都神经了，不信你们可以考我，颅脑底部所有直径大于两毫米的孔，我都知道通过的是什么神经和血管。你们生在好时候，要学会下死功夫。聪明人加上死功夫，就是人上人了。不信？大内科的王教授，'文革'的时候什么书都没有，插队只带了一本《内科学》，看了九遍，'四人帮'一倒台，比王教授老得都动不了了，和他一拨儿的或者比他年轻一点的，都没他有学问，王教授顺理成章就是老大了，就是教授了。"女神经病教授说。

　　小红告诉过我，她也不会接绣球。别人眼睛瞟她再久，她也不明白别人是什么意思，是问路，是要钱，还是要昨天内分泌课的课堂笔记。我说："对于你，这个简单，以后别人再拿眼睛瞟你，如果是男的，眼睛里全是想摸你的小手和铺好白床单的床；如果是女的，眼睛里全是嫉妒。"

　　我成了脑出血恢复期吗？

　　没有什么医生来看我了，我头顶天花板上已经只剩下一个吊瓶。有个小女大夫每天下午三点左右来到我的床前，她涂嘴唇，玫瑰红，和她的两坨腮红很配，估计还没有绝经，所以我认定她还不是女教授。她个子不高，站着问我今天好不好，两个茄子形状的乳房同我的床面平齐，没有下垂的迹象，白大褂罩在外面，乳头的轮廓看不到。阳光从西面的窗户洒进来，再远处的西面是紫禁城太和殿的金顶琉璃瓦。

　　"97 加 16 是多少？"小女大夫笑眯眯地问我，她每次都问我同样的问题。她笑的时候，眼睛变窄，鼻子撮皱起来，鼻子上方的皮肤挤出四五条细细的褶子，那张脸是她身上第三个像茄子的地方，比那两个像茄子的左右乳房还要小一些。

　　我不知道。她每天都问同样的问题，我还是不知道答案。我估计正确答案在 100 左右，但是不确定。

　　我在数年前的某两个星期中，每天都问小红同样的问题："为什么不跟着我混，做我的相好？"小红在那两个星期里总是说："不知道，我不知道，秋水，你别逼我。你给我出去，你眼睛别这样看着我，我受不了。"小红平静的时候，我看她的眼睛，像是面对一面巨大而空洞的墙壁。她闭着眼睛胡乱摇头的时候，我看她的乳房，她乳头的轮廓，白大褂也遮不住，像是两只分得很开的大大的眼睛。

这样细的腰，这样巨大的乳房，我常替小红担心，会不会得乳腺囊肿、乳腺癌之类，或者腰肌劳损、腰椎间盘突出。《外科学》教过乳腺癌，得了很麻烦，如果是恶性的，不仅乳房，连附着的胸大肌都统统要切掉，还要做淋巴结清扫。胸大的，最严重的手术后遗症是走路不稳，后部太重，逛街经常一屁股坐在马路上。

小红反复强调，她几乎每三个月都去著名的乳腺外科大夫秦教授那里，被秦教授著名的肉掌摸三分钟，每次都没有问题。秦教授的肉掌能分辨出是肿瘤组织还是一般肿块，是良性肿瘤还是恶性肿瘤，准确率比最好的机器还高。自从加里·卡斯帕罗夫下棋输给深蓝之后，在我的认知范围内，秦教授定乳房肿瘤的肉掌和古玩城小崔断古玉年代的肉眼就是人类能蔑视机器捍卫人类尊严的唯一资本了。

我在数年前的某两个星期中，不吃饭的时候就想念小红的乳房，除了癌细胞，像小红乳房细胞这样的正常细胞也能如此迅速地不对称生长啊，癌细胞的生长基础在很大程度上一定和正常细胞的生长基础类似。那时我在研究卵巢癌发生理论，后来我才知道，这个思想，在当时，世界领先。以此为基础，我培养了很多细胞，杀了很多老鼠和兔子，做了一系列研究和论文，探讨卵巢癌的发生、生长信息的传递网络和异常，发现生生死死，永远纠缠，仿佛爱恨情仇。在思路上，这种对于纠缠的认识，又领先了这个世界好久。在成果上，要是有美国的实验设备和及时的试剂供应，也能领先这个世界好久。在《中华医学》上发表文章之前，我问小红，要不要也署上她的名字，她是这个伟大学术思想的起点，如果是在数学或是物理领域，就可以叫小红定律。小红说，她不是，她的乳房才是这个学术思想的起点，她的乳房没有思想、没有名字，它们是无辜的，叫乳房定律不雅，不用署了。

"97 加 16 是多少？"小女大夫笑眯眯地问我。

"大夫，您觉得 97 加 16 是多少？您问这个问题，是出自什么战略考虑？这样的战略考虑有组织结构的基础支持吗？您的管理团队里，有足够的负责具体运营的人才储备来完成您这种战略构想吗？"

我对自己挺满意，我要真是个傻子，一定是个聪明的傻子。我在咨询公司的导师 C.K. 教导我，语缓言迟，多问问题，少硬装聪明抢答问题。"Asking questions is much more powerful than answering them.（问问题比回答问题更能显示你的聪明伶俐。）"亨利·米勒说，糊涂的时候，干。C.K. 说，糊涂的时候，问。C.K. 是个精瘦汉子，四十多岁，还没有一点小肚子，一身腱子肉，肚子上八块腹直肌的肌腹被横行的肌腱分得清清楚楚，高尔夫球稳定在 80 杆以下。他有一整套没屁眼的问题，是人就答不出来。比如，宇宙是怎么产生的？物质是如何产生的？由无机物和有机物，又是如何繁衍出生命的？从普通的生命，如何突变出人这样的怪物？人又是如何具有了思维？他还有不少通俗问题，好多顶尖的聪明人都回答不出来。比如，他问香港某个十大杰出青年，香港街头的小姑娘和深圳街头的小姑娘比，有什么突出的特点？香港十大杰出青年答不出。"香港街头的小姑娘比深圳街头的小姑娘屁股大，平均大百分之十七。你知道为什么呢？"香港十大杰出青年还是答不出。"因为香港街头的小姑娘都是长期坐办公室的，深圳街头的小姑娘很多是在工厂站着做体力活的。"C.K.教给我很多类似这样行走江湖的秘籍，即使现在我还记得。我老妈、C.K.、辛莫、孔丘、庄周、曾国藩的教育构成了我百分之九十的世界观和人生观，我老妈、司马迁、刘义庆、毛姆构成了我百分之九十的文字师承。

"秋先生，请您好好想想，回答我的问题，97 加 16 是多少？"

小女大夫的头发高高盘起来，中间插了一根中华牌 2B 铅笔，六棱形状，深绿色的底子、墨绿色的竹子，铅笔的一端削了，露出黄色的木头和银黑色的铅芯。她的头发很好看，又黑又多，尽管盘得很紧，发髻还是在地心引力的作用下显出下垂的姿势。她的头发是如何盘起来的啊？

我从来就没搞明白别的女人如何盘起头发，如何盘得一丝不乱，让男人的眼睛顺着看过去，从鬓角看到脑后，再从脑后看到鬓角，心就乱起来。小红的头发总是散下来，小红说，别问她，她也不知道如何盘起来，如果我真感兴趣，可以去问其他女的。高中的时候学立体几何，北大的时候学结构化学，仁和医学院学中耳室六个壁的结构。我晚上总做怪梦，梦里全是空间，早上睁开眼仿佛刚坐完过山车，晕。考试能通过，基本是靠背典型习题。所以，我变成傻子之前都想象不出，女人的头发是如何盘起来的，别说现在了，我放弃思考。

"大夫，你给我签个名吧，我记不起来你叫什么名字了。现在傻了，记不起来了。"签名要用笔，我想象着她抽出发髻里的中华2B铅笔，盘起来的头发在一瞬间散开，像兰花一样绽放，然后在地心引力的作用下慢慢坠落，坠到尽头再在反作用力下悠然弹起，如落花一般。其他动物也有好看的毛发，不用香波，找个水塘，弯下腰伸出头，涮涮，就能光彩油亮。公狮子看见母狮子的毛发光彩油亮，会不会在不问姓名、不征得同意的情况下，伸出爪子，从上到下，摸摸母狮子的毛发？

"回答我的问题，97加16是多少？"

"不知道，我不知道，大夫，你丫别逼我。你给我出去，你眼睛别这样看着我，我受不了。"我说。女大夫在她的本本上记录了些什么，转身摔门出去了，头发还是盘着，她知道我记不住她的名字，没办法投诉她。

我想念小红。我傻了，她不会逼着我回答97加16是多少。数年前的某两个星期中，她说过，可以为我做一切，就是不能嫁给我。但是，我要是有一天残了傻了，一定让她知道，她就会来陪我，那时候，不管谁已经握着我的手，不管谁已经握着她的手，她都不管，她要握着我的手。我当时非常感动，但是不明白。如果我当时是个有老婆的贪官，我会更加感动，而且懂得。我半躺在床上，小红烧肉如果握着我的手，我左侧身，我的头枕着小红烧肉的胸，两个乳房如同两堆炉火，方圆几米的范围内，暗无天日，温暖如花房。小红定律发生作用，脑神经细胞会呼呼呼地分裂，神经支持细胞会呼呼呼地分裂，脑血管壁细胞会呼呼呼地分裂，我的脑袋一定会好的，几天之后就不傻了。

我想念小白，他后来水波不兴地娶了小红。小白说过，要是有一天我傻了，他就把他的外号让给我，名至实归。到那时候，他就搬来SONY的PlayStation教我玩儿："电脑太麻烦了，你要是真傻了，就不会用了，教也教不会。"他说。小白还说过，要是有一天我傻了，他就把小红让给我，只有小白痴才能霸占小红烧肉，万事都有个平衡，至道中庸，这是天理。到了中国两年之后，小白开始看《幼学琼林》。小白说，他会去做小红的父母和自己父母四个人的游说工作。小红的思想工作就不用做了，她没大主意，你、我还有辛荑同意就好了。

我想念辛荑。他说，我要是傻了，他就重新教我人生的道理。辛荑说，到了那个时候，他应该更理解人生了，教导我的东西，不带一点赘肉，录音整理之后，比《论语》更成体系。

还是傻了好，所有人都对你好，不用装，就是傻。就像上小学的时候，得了病，家里所有的好吃的都是你的，副食店里所有的好吃的都是你的。

小红烧肉从来不盘头发，老是散开来垂到肩膀。她脑袋太大。"盘起头发来，一个辫子朝天，像李逵。你是不是喜欢脑袋小的姑娘，然后头发盘起来，显得脖子特别长？"她问。

数年前，我在某两个星期中，每天都问小红同样的问题："为什么不跟着我混，做我的相好？"小红每天都给我类似的回答："不知道，我不知道，秋水，你丫别逼我。你给我出去，你眼睛别这样看着我，我受不了。"

我想起来了，我离开小红之前，对小红说的是："你借我昨天内分泌课的课堂笔记，我马上就走。"

第三章

北方饭店，菜刀

我第一眼见到小白痴顾明，注意到他困惑而游离的眼神，就从心底喜欢上了他。汉族语言里，男人之间不能用"爱"字，如果不顾这些规矩，我第一眼见到小白，就爱上了他。

小白个子不高，皮肤白，脸蛋最突出的地方，点点浅黄色的雀斑。方脑，平头，头发不多，体毛浓重。可能是要发挥体毛的作用吧，最爱穿短裤。在北京，一条斜纹布大裤头，从三月初供暖刚停，穿到十一月底供暖开始。大腿下段和小腿上段之间，裤筒遮挡不住，袜子够不到，常年迎风挡雨，用进废退，体毛尤其浓重。从外面看，基本看不见黄白的皮肉。小白浓眉细眼，眼神时常游离，看天，看地，看街角走过来的穿裙子的姑娘，不看课堂里的老师，不看和他说话的人。眼神里总有一簇不确定的火苗在烧，太阳照耀，人头攒动，火苗害怕，噗就灭了。小白的眼神让我着迷，鬼火一团，那里面有遗传过来的生命、胆怯、懦弱、摇摆、无助、兴奋、超脱、困惑、放弃。简单地说，具备将被淘汰物种的一切特质。

我从来不想象蒙娜丽莎的微笑，半男不女的，贴在燕雀楼门口的广告牌子上，当天晚上就会被小混混们画上胡子。我偶尔琢磨小白的眼神，在这个气势汹汹、斗志昂扬、奋发向上的时代里，我在小白那儿，体会到困惑、无奈和温暖，就凭这个眼神，我明白，我们是一伙的。

后来，一九九九年的夏天，我开辆一九八八年产的 2.8 升六缸 Buick Regal 车，在新泽西北部的二八七号高速公路上，暑期实习，上班下班。那个路段的高速路，草木浓密，山清水秀，路边竖着警示牌，说小心鹿出没。具体上班的地方叫 Franklin Lakes，有大大小小的湖，好些是世家私有，外人的车开不进去，听说湖边长满水仙，那些世家子弟弹累了钢琴，光天化日下绕湖裸奔，阳具粗壮得，自己把自己的膝盖打得红肿热痛。

在高速公路上，我没看见过鹿出没，但看见过鹿的尸体，撂在紧急停车带上，比狗大，比驴小，血干了，身上团团酱黑，毛皮枯黄。我常看见松鼠出没，停在路当中，困惑地看着迎面而来的车辆。我的老别克车轧死过一只，那只松鼠有我见过的最困惑的眼神，很小地站立在我车前不远的行车线内，下肢站立，上肢曲起，爪子至下颌水平，两腮的胡须岔开，全身静止不动。那个松鼠被高速开来的汽车吓呆了，那个眼神让我想起小白。我看了眼左侧的后视镜，没车，我快速左打轮，车入超车道，那只松鼠也跟着躲闪进超车道。右轮子轻轻一颠，我甚至没有听见吱的一声，我知道，那只松鼠一定在我的车轱辘下面被轧成鼠片了。太上忘情，如果更超脱一点，就不会走上这条路。最下不及情，如果再痴呆一点，就不会躲闪。小白和我就在中间，难免结局悲惨，被轧成鼠片。

小红后来问我，小白从来没有正眼看过她，为什么还会对她如此眷恋，死抓着不放？我没有回答，我想，我要是小红，如果一切可能，我会狂踩刹车，绝不把小白轧成鼠片。

我第一次见小白是一九九三年的秋天，我拎着三瓶燕京清爽啤酒和半斤盐炒五香花生米去看他。教导处的小邵老师告诉我，有个留学生刚来，你去看望一下，介绍一下我们学习和生活的环境，让他对我们的学校和祖国充满信心。

我敲北方饭店 204 的门，小白开了门，我说："我是秋水，我们会在一个班上课，我来找你喝啤酒，你以后有什么麻烦，可以找我商量。"

"哦。"小白只有一个杯子，杯子上画着一只维尼熊，"Winnie the Pooh。一个，只有一个杯子。"小白说汉语很慢，英文很快，英文的发音悠扬纯正，听上去仿佛美国之音。我想，牛啊。

我的英语是哑巴英语，我羡慕一切英文说得好的人。我从初中开始背字典，从高中开始看原文的狄更斯、劳伦斯、亨利·米勒，看韩南英译的《肉蒲团》，但是我开不了口。我害羞，我耻于听到自己发出声音的英文。为了不断文气，我读原文小说的时候基本不查字典，我认识好些词，但是我不知道如何发音。看《查泰莱夫人的情人》："她完全沉浸在一种温柔的喜悦中，像春天森林中的飒飒清风，迷蒙地、欢快地从含苞待放的花蕾中飘出……"当时生理卫生课还没上，我不想查劳伦斯提及的那些英文指的都是哪些花，我想赶快看，那个守林汉子继续对查泰莱夫人做了些什么？怎么做的？为什么做？做了感觉如何？查泰莱夫人两腿深处，除了清风朗月和《诗经》《楚辞》里面的各种花朵，还有什么结构？

"你用杯子，我直接用啤酒瓶子喝。"我说。小白也没有起子，我环视四周，有个朝南的窗户，窗台是砖头洋灰结构。我左手将啤酒瓶盖垫着窗台沿儿，右手铁砂掌，瞬间发力，瓶盖丁零落地，窗台沿儿只留下浅浅的痕迹，酒瓶子没有一点啤酒溅出来。辛荑的开瓶绝技是用槽牙撬。后来科研实习，我和辛荑二选一，争进妇科肿瘤实验室，妇科大佬陈教授因为见识过我的铁砂掌开瓶绝技，挑了我："秋水手狠，灵活，知道如何利用工具。辛荑就算了，养细胞基本不用槽牙。"辛荑去了药理实验室，试验用狗用兔子，先把狗和兔子搞成高血压，然后再用降压药，看生理改变。此后，辛荑咧嘴笑，露出他精壮闪亮的大白槽牙，我总仔细打量，怀疑他槽牙的缝儿里，每天都藏着狗肉丝和兔子肉丝，心里艳羡不尽。

"窗台会坏的。是不是需要赔偿给学校？"小白喝了口我倒给他的燕京啤酒，没干杯，第一句话是担心地询问。

"你签的合同上有不让用窗台当酒瓶起子这条吗？"

"没有。什么合同都没签。"

"你到了中国，到了北京，好些东西要学会凑合，尤其是最初几个月，工具不齐，举目无亲，要有创造性。窗台可以当起子，门框可以夹碎核桃，门梁可以当单杠。这个，常住宿舍的都会，辛蒉和厚朴都是专家。还有，不管有规定说不让干什么或是让干什么，如果你想干，先小规模干干，看看领导和群众的反应，没事儿，再接着明目张胆地干，中国就是这样改革开放，一小步一小步走向富强和民主的。"

"哦。酒淡。"估计小白没听明白，又喝了一口，然后爬上床，站在靠墙的床沿上，继续将一面美国国旗，用大头钉固定到墙面上。

"嫌淡就多喝。"

"直还是不直？"小白牵着美国国旗，红红蓝蓝的，星星和条条，很有形式美。

"应该说平还是不平。你要是中文困难，我们可以说英文。"

"平还是不平？"

"平。"

小白的屋子里，一床，一桌子，一书柜，一对沙发，一个独立卫生间，一对小白带来的大箱子，箱子上贴着英文的航班标记：CA986 旧金山到北京。我坐在沙发里，对着瓶子喝啤酒，小白爬上爬下，一边从维尼熊杯子里喝酒，一边收拾东西。

一些花花绿绿的外国书，基本都是医书，基础课和临床的都有，《生理学》《病理学》《解剖图谱》《药理学》《希氏内科学》《克氏外科学》之类，立在书架上，书名要人扭着脖子从侧面才能看清。走近些，那些书散发出一股木头的味道，和我们的书不一样，我们的书散发出油墨的味道。

桌子上两个相框，一大一小，两片厚水晶玻璃夹住照片，下沿儿左右两边由两根细不锈钢条支撑。我没有相框。我女友有相框，照片是我们俩和她父母的合影，他们家三个胖子，我一个瘦子，我艳羡地笑着，仿佛希望我也有成为胖子的那一天。我女友的相框是塑料的，两片薄塑料夹住照片，周围涂金漆，框子上有凸起的四个字：美好回忆。小白的大相框里，一男一女，男的戴眼镜，高大；女的不戴眼镜，矮小。背景是海水以及海边干净的楼房，翠绿明黄，仿佛水果糖，干净得一看就知道是腐朽的资本主义。

"左边的是我爸，右边的是我妈。我爸原来也是仁和医学院毕业的，我妈是弹钢琴的。"小白说。

我后来知道，顾爸爸是仁和的传奇，每门课都拿全年级最高分，不给其他人任何一次得第一的机会。顾爸爸和大内科王教授一拨赶上"文化大革命"，插队到内蒙古，五年一眼书都没看，王教授却把《内科学》看了九遍，"四人帮"一倒台，王教授四处炫耀，在别人面前倒背如流，还是不敢在顾爸爸面前背书。二十世纪八十年代初，顾爸爸觉得国内实在是欺负人，男的做医生做一辈子做到吴阶平好像也比不上开丰田皇冠车的司机烂仔，女的做医生做一辈子做到林巧稚好像也比不上穿旗袍的涉外酒店服务员。所以顾爸爸通过一个台湾教授的介绍去了纽约，到了肯尼迪机场，兜里有二十美元。刚到美国，医生当不成，还要吃饭，顾爸爸就当黑中医郎中。买了一盒银针，看了三天针灸书，在八层报纸上扎了一天，自己胳膊上扎了一天，顾妈妈胳膊上扎了半天，然后就在纽约下城 Bowery 街附近的中国城开始扎别人的胳膊。三年后，《世界日报》上管顾爸爸叫"神针顾"，和包子刘、剃头郭、大奶孙一个等级，店铺开到哪里，哪里就交通拥堵，鸡飞狗跳，治安下降。到了小白长大，他看正经东西一眼就犯困，提到玩耍两眼就发亮。顾爸爸觉得自己的种子没问题，有问题的一定是土壤，美国没有挫折教育，孩子不知道什么叫吃苦，没得过感冒，如果早上爬起来上学念书感到内心挣扎，法律规定需要请心理医生。顾爸爸打包把小白押送回北京仁和，交到昔日同学王教授手里，说："还是学医容易养活人，要是比我资质差，看一遍记不住，就照着你的方法做，看九遍；要是根本就不看书，就大嘴巴抽他。"王大教授说："一定。"小白第一次拿针，静脉采血，像是拿着一把二斤沉一尺长的杀猪刀，要被采血的病人还是个老人民警察，刑讯时多次犯过刑讯逼供造成疑犯伤残的错误，看见小白的眼神，说他听见窗外有猪叫，听见门外北风吹，死活求周围的护士再关严一点已经关紧的窗户和门。辛荑说，小白，别紧张，很简单的，静脉采血就像玩剁刀，和小时候下完雨，在泥地上玩"剁刀切肥肉"一样，把病人的胳膊想象成在湿土地上画出的肥肉。小白说，他小时候没玩过剁刀，他开过卡丁车，他去 Tango Woods 听过露天音乐会——贝多芬的《D 大调小提琴协奏曲》，去超市买肉也是切好冻好在冷冻区放好的。之后实习，小白也出了名，和甘妍一样，被当住院医的师兄师姐们重视。如果病人总无理要求见老教授和大专家，就把表情凝如断山、上半身如白板的甘妍带过去冒充。如果病人总无理要求继续治疗，病好了还赖着病床不出院，浪费国家医疗资源，就把小白带过来，告诉病人，顾大夫明天给你抽血，做骨髓穿刺和腰椎脊髓穿刺，还有血气试验，同时在病房里大声说："顾大夫，你看看，咱们病房的局麻药是不是剩得不多了？"小白比起顾爸爸，按我老妈的话说，就是黄鼠狼下耗子，一拨不如一拨，一辈不如一辈，都这样。我的确不如我老妈，我不会说蒙古话，眼神里没有狼的影子，喝不动68度的套马杆酒，喝多了也不会唱"蓝蓝的天上白云飘，白云下面马儿跑，挥动鞭儿响四方"。我们教授也总这样说，他们五八级的不如新中国成立前毕业的，八〇级的不如他们五八级的，我们九〇级的不如八〇级的。

总之，人类的遗传史，就是一部退化史。从一个更广阔的时空视角，孔丘说，尧、舜、禹的时代，是个异性恋的圣人和同性恋的艺术家遍地走的时代。五千年前的古人按现在的角度看就应该是半人半神，从道德品质和身体素质上看，和我们都不在一个水平。小白、我、辛荑都是证明。

小白另外一个小些的相框里，一个女孩儿，右手托腮，唇红齿白地笑着，短头发，吹风机吹过。照片里粉红的柔光，显得女孩儿的肉脸很圆润，长得有点像关之琳。我想，美国是好啊，打在人脸上的光都不一样。后来才知道，这种柔光照片，叫艺术照。后来，小红认识了一个叫迷楼影棚的老板，也去照了这种艺术照，说是在纸上留住青春，等有女儿了向她证明，妈妈比女儿好看，人类的遗传史，就是一部退化史。一套十好几张，黑白照片，泛黄的基调，小红烧肉化了很重的妆，嘴显得很小，眼神无主，手足无措，仿佛雏妓。小红烧肉问我要不要挑一张走。最像雏妓的一张已经被她爸挑走了，最不像雏妓的一张被当时已经是她男朋友的小白挑走了。我说，不要。

"你女朋友？"我指着照片问小白。

"女的朋友。我妈的钢琴学生，很小就和我一起练琴，她坐琴凳的左边，我坐琴凳的右边，也就是说，她坐我左边，我坐她右边。"

"不是女朋友，照片这么摆着，别的姑娘看见，容易误会，挡你的机会。"我女友见小白第一眼，知道了他爸爸的传奇以及小白从美国来，对我说："班上个子矮的女生要倒霉了，要被骚扰了。"我说："小白看上去挺老实的啊，个子不高，白白的，乖乖的。"我女友说："你戴上眼镜，看上去也挺老实的。"

"这样更好，我爸爸希望我努力学习，看九遍《内科学》，像王教授那样，笨人下死功夫。"

"你中文不错。"

"我上完小学才出国的。原来在和平街那边，和音乐学院的一些子弟玩儿，我妈是音乐学院教钢琴的。但是好久不说了，生硬。"小白说。

听到钢琴，我看了看我的手指。我的手指修长，小指和拇指之间的展距大于二十五厘米。小学老师开始不知道我五音缺三，跟我老妈讲，让他学钢琴吧，否则浪费天才。我老妈说，我们家放了钢琴，老鼠侧着身子都进不去屋子了，钢琴？我们厂长都没见过。后来，我老妈给我买了一个口琴。但是我肚子不好，一吹口琴，吃到前几天的口水，就闹肚子，所以基本没吹。我长大了之后，还是五音不全，还是对音乐充满敬畏但是一窍不通，对能歌善舞的姑娘没有任何抵抗力，在她们面前充满自卑感。我无限羡慕那些精于口哨、唱歌、弹琴、跳舞的优雅男生，趁热吃碗卤煮火烧，坐在琴凳前，打开钢琴盖儿，一首门德尔松的小夜曲，地板立刻变成祥云，姑娘立刻变成公主，手指产生的音符就是手指的延长，直截了当地解开公主灵魂的胸罩和底裤，集中于敏感点反复撩拨。再后来，我姐姐生了个儿子，他继承了我修长的手指。加州湾区的房子大，我姐姐要给我外甥买架钢琴。我老妈说："还是买两把菜刀吧，再买一块案板，一手一把菜刀，也能敲打，也练手，剁猪肉，剁韭菜，实用，省钱。"我外甥喊："我要菜刀，我要菜刀，我不要钢琴。"我姐姐恶狠狠地看了我老妈一眼。

"这里生活还算方便。"我开始介绍，"大华电影院北边有个奥之光超市，吃喝拉撒的小东西都有，就在你住的这个酒店斜对面。穿的，去秀水市场，各种假名牌都有，便宜，偶尔还能找着真货。来料加工，一百套的材料做出一百零二件，一百件按合同运到国外，剩两件流入国内，来到秀水。这种真货，辛荑和魏妍都会认，魏妍更会砍价钱，让她陪你去，不吃亏。但是买完衣服，她会暗示你，请她吃法国大磨坊的面包，秀水边上就有一家店。东单街上也有很多小店，你喜欢可以逛。辛荑说，晚上七八点钟逛最好，白领姑娘们都下班了，手拉手逛街，一家店一家店地逛。但是你别像辛荑一样，从正面盯着人家看太久，小心姑娘喊'臭流氓'。那样警察就会出来，你美国护照不及时亮出来，就可能被带到派出所。你可以从背后看，按辛荑的话说，看头发，看肩膀，看屁股，看小腿，没人管，而且背影好看的比脸好看的女生多很多。住在医院附近，两点最好：一、暖和，病人怕冷，医院暖气烧得最早、最足；二、吃的方便，总要给手术大夫预备吃的，食堂从早上六点到晚上十二点都有饭。医科院基础所的食堂，十点钟有馄饨，猪肉大葱，好吃。厚朴有私藏的紫菜和虾皮，我们可以一起抢，放在馄饨汤里。不要怕他叫，杜仲的嗓子比厚朴大多了。厚朴要叫，杜仲会喊：'厚朴，你吵什么吵，再吵打死你。'要玩儿，到我们宿舍来，基础所六楼，你要快点学会麻将。九号院可以打网球，仁和医院的各个天井里都可以打羽毛球。"

"听你说，辛荑应该是个坏人？"小白问。

"辛荑是个好人。"我回答。

啤酒走肾，我去小白房里的洗手间。天哪，小白的洗手间可真大，有十几平方米，可以横着尿、竖着尿、转一圈然后接着尿。我看着尿液溅出一层厚厚的泡沫，比啤酒的泡沫还厚，我想，啤酒是为什么啊，进入身体又出去？

我是倒尿盆长大的。我们整个儿一条胡同一百多人，共用一个十平方米的厕所。我做饭糊锅，洗碗碎碟子，扫地留灰。我老妈说："尿盆总会倒吧？倒不干净，留着明天再倒。"从此，倒尿盆成了我唯一的责任。我端着五升装的尿盆，尿盆是搪瓷的，外壁上印三条巨大的金鱼，盖上印一朵莫名其妙的莲花。我穿过巨大的杂院，我躲过自行车，我闪开追逐打闹的小孩儿，我疾走到胡同口，我看到厕所附近被屎尿滋润的草木苗壮成长，我掀开尿盆盖，我看见厕所墙上粉笔重彩二十四个字——"天冷地面结冰，大小便要入坑，防止地滑摔倒，讲卫生又文明"，我将尿液急速而稳定地倾倒进大便池，我尽量不溅到旁边蹲着看昨天《北京晚报》、坚持不懈、默默大便的刘大爷，我退出身来，我长吸一口气。所有活动，我都在一口气内完成，从小到大，我其实并不知道尿盆的味儿。后来，我发现我肺活量极大，4500毫升，长跑耐力好，3000米从来不觉得憋气。我还发现我嗅觉不灵敏，和公共厕所比较，每个姑娘在我的鼻子里都是香香的。这些都是从小倒尿盆的好处。

在小白十几平方米的洗手间里，没有发现拿着《北京晚报》的大爷，我自由自在地小便，然后不慌不忙把小弟弟收进裤裆。我想起在厕所里看《北京晚报》的刘大爷，他总是坚持看完一整张报纸，撕下他认为文气盎然可喜应该保留或者给小孙子们看的好文章。我学着辛芙归纳总结了一下，我和小白最大的区别，就是五升装尿盆和十平方米洗手间的区别。

第四章

信阳陆军学院，第一眼

后来，小红告诉我，她在信阳陆军学院第一眼见到我，注意到我困惑而游离的眼神，就从心底喜欢上了我。

我没见过自己的眼神。对着楼道里的更衣镜，我看见的总是一个事儿事儿的反革命装 × 犯（王大师兄为定义我而创造的词语）。我更无法想象，六七年前在信阳陆军学院，我的眼神是什么样子的。

"我眼神是不是贼兮兮的？"后来，在我和小红烧肉在一起的唯一的两个星期里，我仰望着由于粉尘污染而呈现暗猪血色的北京夜空，问怀里的她。

"不是。很黑，很灵活，毫无顾忌，四处犯坏的样子。隔着眼镜，光还是冒出来。"小红烧肉香在我怀里，闭着眼睛说，猪血色的天空下，她是粉红色的。她的头发蹭着我的右下颌骨和喉结，我闻见她的头发香、奶香和肉香。我痒痒，但是两只手都被用来抱着她，我忍住不挠。

"你喜欢我什么啊？"我问小红烧肉。王大师兄说过，这种问题只有理科生才问。他也问过成为他老婆的他们班的班花，班花骂他，没情调，没品位，没文化。可是我想知道，一个没有经过特殊训练的姑娘，如何从几百个同样穿绿军装剃小平头的男生中间，一眼挑出那个将来要她伤心流泪日夜惦记的浑蛋。没有没有原因的爱，没有没有原因的恨，学理的需要知道论证的基础，没有基础，心里不踏实。

"眼神坏坏的，说话很重的北京腔，人又黑又瘦。当时的你，比现在可爱，现在比将来可爱。听说过吗，好好学习，天天向下？说的就是你的一生。当时那个样子，才能让人从心底里喜欢，我现在是拿现在的你充数，试图追忆起对当时那个北京黑瘦坏孩子的感觉，知道不？所以，你是条烂黄花鱼。"小红继续香在我怀里，闭着眼睛说。天更红了，人仿佛是在火星。

"那叫滥竽充数，不是烂黄花鱼。"

"我从小不读书，我眼睛不好，我妈不让我读书，说有些知识就好了，千万不要有文化。有知识，就有饭吃，有了文化，就有了烦恼。烂黄花鱼比滥竽好玩。"

"从心底里喜欢是种怎么样的喜欢啊？"我问。

"就是有事儿没事儿就想看见你，听见你的声音，握着你的手。就是你做什么都好，怎么做都好。就是想起别人正看着你，听你聊天，握着你的手，就心里难受，就想一刀剁了那个人，一刀剁了你。就是这种感觉，听明白了吧？好好抱着我，哪儿来那么多问题？你这么问，就说明你没有过这种感觉，至少是对我没有过这种感觉。"

"我有。我只是想印证，我们在这个问题上的感觉像不像。"我说。

我刚考上大学，去信阳军训的那年，一米八一，一百零六斤。夏天在院子里，知了扯着嗓子拉长声叫唤，我光了上身冲凉，顺便在自己的肋骨上搓洗换下来的袜子和裤头，顺便晾在枣树树枝儿上。当时 ELLE 杂志上说，有个从非洲逃出来的世界级名模，也是一米八一，一百零六斤。杂志上没提那个姑娘胸有多大，我无从比较。我想，一米八一，一百零六斤，胸能有多大？我一口气能做三十个双杠挺身，胸肌发达，要是名模的乳房不比我胸肌大许多，我也可以号称名模身材了。

因为仁和医学院的预科要和北大生物系的一起上，所以，我们要和北大一起军训。

我问我老妈："为什么北大和复旦要去军训啊？"

高二的时候，某天全学校放假，狗屁孩子几乎都出去了。我怕走长路，而且天也阴了，闷闷的，蝙蝠和燕子低飞，要下雨。要是出去了，身上没带家伙，刘京伟怕被白虎庄中学的仇家围起来打，张国栋下了学要去找他女朋友看一个叫《霹雳舞》的电影（除了张国栋，没人认为那个女孩儿是他女朋友，包括女孩儿自己）。我说："傻呀，马上要下雨了。"桑保疆说："那好，咱们打牌吧，三扣一，不赌脱衣服，刘京伟，你长得跟牲口似的，看了会做噩梦的，看了你的玩意儿我都不好意思拿出自己的玩意儿撒尿哦。秋水，你长得跟手风琴似的，没什么可看的。咱们赌真钱，人民币，但是衣服可以换成钱，不论大小，一件当五毛。"我们围坐在两张课桌对拼成的牌桌旁，我和刘京伟平平，张国栋输了，桑保疆赢大了，桑保疆正吵吵，再赢下去，张国栋就有借口当掉裤头，光着屁股见他的姑娘了。桑保疆说："我们不打牌了，我们打麻将吧。"生物课老师放假没事，放下手里生物进化时间表的教学挂图，凑过来看我们玩闹。我瞄了一眼，那张生物进化时间表上是这样描述的："四十五亿年前，地球形成。十五亿年前，出现最古老的真核细胞生物。一百万年前，新生代，人类繁盛。"这时街上忽然起了一阵风，雨点忽然砸下来，溅起地上的尘土。

"看你们的散漫劲儿，没组织，没纪律的，所以要军训。"我老妈说。

"哦。但是为什么只选我们和复旦两所学校啊？不公平。"我的理科生天性改不了。

"公平不公平取决于你看问题的角度。只有你们这两所大学享受这么好的教学设施，国家财政拨款和国家给的名气，公平吗？我没遇见你爸的时候比你现在聪明多了，但是旧社会没有给我上学的权利，公平吗？要是我上了大学，我能当部长，比你还牛 ×。"我老妈被我长期的提问训练出来了，基本能应付自如。

"你为什么让我学医啊？"

"养儿防老。我本来想生四个孩子，一个当售货员，一个当司机，一个当医生，一个当厂长。这样，生活不愁。你姐姐当售货员，不用油票和粮票，不用排队，也能买到花生油和粮食。你哥当司机，你当大夫，我和你爸有了病，你哥就开车接了我们，到你的医院去看病，不用挤，不用挂号，不用花钱。你弟弟当厂长，厂长有权分房子。结果只生了你们三个，而且你哥和你姐都没有出息，不上进，不听组织决定，不按照我给他们设计的轨迹成长。就剩你了，你当然要当医生。"

"生四个最好了，可以不拉别人家的小孩儿也能凑够一桌打牌。我哥不当司机，你也有车坐啊，他买了一辆车。我不当医生，我将来开个医院给你住，给我爸住，进什么科，你们随便挑。"

"小王八羔子，你咒我们得病啊，没良心的东西。你不当医生，你干什么去啊？"

"哦。"这个问题问住了我。我从来不知道我该干什么。我、刘京伟、张国栋、桑保疆都不知道自己该干什么。刘京伟喜欢吹牛皮和打架，张国栋热爱妇女。我知道我一定不能学的专业，比如中文，那还用学啊，不就是把中国字从左边码到右边，切巴切巴，搓搓，长短不一，跟你老妈唱唱反调，跟你单位领导唱反调，跟街上卖的报纸杂志唱唱反调，就是小说。我还知道我学不会的，比如数学，我真不会啊。我吃了一根冰棍，我又吃了一根冰棍，我一共吃了两根冰棍，这种逻辑我懂。但是 1+1=2，我就不能从心底认同。桑保疆更惨，他的逻辑是，我吃了一根冰棍，我又吃了一根冰棍，我吃了一顿冰棍，爽啊。高考过后，桑保疆苦着脸找到我说，他蒙对了好几道大题，考过了重点线。我说："好啊，恭喜啊。"桑保疆说："好你妈，分数太低，报的重点学校都没考上，被分配到了南开大学数学系，陈省身是名誉主任，系里的介绍材料说，这个系是培养数学大师的。我从来没有乐得那么开心过，恶有恶报，天理昭昭。"

"当医生好，只要还有人，就有医生这个职业，就有医生的饭吃。"我老妈接着说。后来，我发现我老妈把她遇事探最底线的毛病一点不剩都传给了我。我坐到麻将桌上，就做好准备，把兜里的钱都输光。我在东单大街上看见从垃圾桶里掏出半张烙饼就往嘴里塞、掏出半罐可乐就往嘴里灌的大爷，就琢磨，我会不会有一天也沦落到这个地步，然后想，果真如此，我要用什么步骤重出江湖？

"那干吗要上仁和医大啊？还有那么多其他医学院呢？"我问。

"废话，哪儿那么多废话。这还用说吗，你上学，国家出钱，仁和八年一贯制，你读得越多，赚得越多，出来给博士。而且，学得越长，说明本事越大，就像价钱越贵，东西越好一样。傻啊，儿子。"

总之，我上了仁和，跟着北大理科生在信阳陆军学院军训一年，这一年军训救了我，我从一百零六斤吃到一百四十斤，从一个三年不窥园的董仲舒，锻炼成为一个会打三种枪、会利用墙角和窗户射击，会指挥巷战、服从命令、爱护兄弟的预备役军官。

在信阳陆军学院，我第一眼看到小红的时候，她和其他女生一样，早饭吃两个大馒头，穿镀金塑料扣子的绿军装，遮住全部身材，剪刘胡兰一样的齐耳短发，露出一张大脸，脸上像刚出锅的白面大寿桃一样，白里透红，热气腾腾，没有一点点褶子。第一眼，我不知道小红的奶大不大，腰窄不窄，喜不喜欢我拉着她的手，听我胡说八道。小红对这一点耿耿于怀，她说她会记恨我一辈子。

后来，那两个星期，小红烧肉对我说："你不是对我一见钟情，不是第一眼见到我就从心底喜欢上了我，这样对我不公平，你永远都欠我的，这样我们就不是绝配，既然不是绝配，和谁配也就无所谓了。"

"你为什么对这个这么在意？我和你上床的时候，已经不是处男了，我和你上床的那段时间里，也和其他人上床，这些你都不在意？"

"不在意，那些不重要，那些都有无可奈何或者无可无不可。但是，你不是看我第一眼就喜欢上我的，这个不可以原谅。"

"我有过第一眼就喜欢上的姑娘，那个姑娘也在第一眼就喜欢上了我，那时候，我除了看毛片自摸、晚上梦见女特务湿裤裆之外，还真是处男。那个姑娘家教好，不看毛片，不自摸，梦里基本不湿，那时候一定还是处女，但是那又怎么样？你是学理的，假设是可以被推翻的，时间是可以让化学物质产生反应，然后让反应停止的，变化是永恒的。现在，那个姑娘抱着别人的腰，现在，我抱着你。事情的关键是，我现在喜欢你，现在。"

"我知道那个姑娘是谁，我嫉妒她，每一分钟，每一秒。秋水，你知道吗，心里有一个部分，是永远不能改变的。"

"你第一眼见辛荑是什么感觉？是不是也立刻喜欢上了他？那时候，他也是眼神坏坏的，说话很重的北京腔，人又黑又瘦。不要看他现在，现在是胖了些，可军训那时候很瘦的。"

"我对他没有感觉，没有感觉就是没有感觉，和其他事情没有关系，也没有道理。我知道那个姑娘是谁，给我把剪刀，我剪碎了她，每一分钟，每一秒。"

我说："你汪国真读多了吧？脑袋吃肿了吧？我们去吃四川火锅吧？"我们去水碓子人民日报社附近的一家小店，山城辣妹子火锅，小红对老板说："锅底加麻加辣，啤酒要冰的。"小红一人喝了三瓶啤酒，给我剥了两只虾，夹了四次菜。吃到最后，小红对我说："我从上嘴唇到尾巴骨都是热辣辣的。"我说："吃完到我的实验室去吧，冰箱里有半瓶七十度的医用酒精，加冰块喝，加百分之五的冰镇葡萄糖溶液喝，让你从上嘴唇到尾巴骨都是热辣辣的。"小红说："不用麻辣烫，不用七十度的医用酒精，我奶大腰窄嘴小，自己就能让你从上嘴唇边沿到尾巴骨尖尖都是热辣辣的。"

我第一眼看到小红烧肉的时候，我刚到信阳。接待我们的教导员是个有屎硬幽默的人，他说信阳是个光辉的城市，除了灰，什么都没有。

我们都住进了一样的营房，睡一样的铁床，用一样的被褥，坐一样的四腿无靠背椅子，剃了一样的平头。发给我们每个人两套夏常服，两套冬常服，一套作训服，一件军大衣，一件胶皮雨衣，一顶硬壳帽，一顶便帽，一顶棉帽，一双皮鞋，一双拖鞋，两双胶鞋，一套棉衣，一套绒衣，两件衬衫，两条秋裤，四件圆领衫，四条内裤，两双袜子，一个军绿书包，一个小凳子，两个本子，一本信纸，一个铅笔盒，四支铅笔，一支圆珠笔，一块橡皮，一个尺子，十个衣架，四个木质小夹子，一个饭盆，一双筷子，一个脸盆，一块手巾，一块肥皂，一个水杯，一个漱口杯，一个牙刷，一管牙膏，一包手纸。除了阳具都发了，所有人都是一个牌子，一定数量，没有差别。

厚朴说："这可不行，所有人都一样，东西很容易丢。"厚朴先记下物品上本来的编号：小凳子，24-092号。饭盆，296号。水杯，421。没有编号的物品，厚朴用自己带的记号笔，在所有发给他的东西上写下他的名字：厚朴。实在没地方写下中文的，比如那四个木质小夹子，厚朴就写下他的汉语拼音缩写：hp。后来，我们的细小东西都丢光了，只有厚朴的配置还全，我们拿厚朴的东西来用，从来不征求他的同意，从来不还，厚朴就在整个营房到处扒看，连厕所也不放过，寻找带自己名字的物品：厚朴或hp。再后来，厚朴感觉到名字品牌的重要性和互联网的巨大潜能，一九九六年一月晚上七点多，用北京高能物理所的电脑，试图注册www.

hp.com，发现被惠普公司早他十年注册掉了，后悔不已，认定失去了一生中唯一不劳而获的机会。那天晚上，厚朴在后悔之后，注册了 www.hpsucks.com 和 www.hpshabi.com，幻想着惠普公司的人哪天拎着一麻袋钞票来和他理论。

黄芪说："这可不行，所有人都一样，人很容易傻的。"负责剃头的是炊事班李班长。李班长从当小兵开始就负责杀鱼刮鱼鳞，杀鸡拔鸡毛，杀猪去猪毛，所以剃头技术好。黄芪求炊事班李班长，头发少剪些或者索性剪再短些，哪怕剪光秃，"至少有些不一样嘛"。炊事李班长说："休想，都是平头，推子沿着梳子推过去，梳子有多厚，头发就剩多长，太长是流氓，太短也是流氓，黄芪，你再嚷嚷，把你睫毛也剪短，省得招惹是非。"黄芪会画画会写毛笔字，他在他穿的圆领衫前面写了六个篆字——"恨古人不见我"，在圆领衫后面仿蔡志忠，画了一个老子侧脸像，然后在营房里走来走去。

辛荑知道我是北京来的，知道我原来的中学是有名的流氓出没的地方，就小声跟我说："这可不行，没发香烟，也没发套子。"我当时就觉得辛荑在装坏，看上去油头粉面的，像个老实孩子，而且还是四中的。我说："不好意思，我不抽烟，也没用过套子，香烟可以到军人服务社买，什么地方有套子卖，就不知道了。八个人一个房间，女生都褪了毛，孔雀成了土鸡，要套子又有什么用啊？戴在手指上防冻疮吗？"辛荑说："自摸也要戴套子啊，卫生。"我说："是吗，第一次听说，你实在需要就拿棉线手套改吧。"

后来发现，每天睡十个小时觉，吃一斤半粮食，不吃肉，不吃葱蒜，不喝酒，不喝可乐，干六个小时体力活儿，背一百个英文单词，周围看不到雌兽的毛发嫩滑，没有裙子和细长的小腿和尼姑，铺底下不藏《阁楼》《龙虎豹》和观音造像，方圆几里没有猫、猫叫，青蛙、蛙叫，时间长了，我们也没有用套子的欲望了。每天就是早起晨僵那五分钟，才感觉到小弟弟硬硬地还在，然后马上跑三千米练队列，冷风吹十分钟，小弟弟就缩进壳里了。辛萸瞎操心。

剃完头，我们大致安顿了行李，统一穿了夏常服，和白杨一起，一排排站在操场上、夕阳下，红闪闪、绿油油的一片，教导员站在队伍前面，胖得很有威严，两腮垂到下颌骨，头从侧面看，呈直角梯形，底边很长，下巴突出。头顶基本秃了，仅存的几缕被蓄得很长，从左鬓角出发，横贯前额，再斜插脑后，最后发梢几乎绕了一圈，回到出发点。教导员在大喇叭里用河南话喊：

"同学们！同志们！你们第一次来到军营，欢迎你们！"

我们鼓掌。

"同学们！同志们！我们大队，来自二十六个省市，一百一十九个县，我的办公室有张空白的全国地图，我把你们的家乡全用大头针标出来了！"

我们鼓掌。

"同学们！同志们！到了军营，穿了军装，就是军人！第一次，你们跟我喊个高音，'杀！'。"

"杀！"我们齐声喊。

"声音不够大！女生先喊，'杀！'。"教导员的河南话，听上去像在喊"傻"。

"杀！"女生喊。

"好，男生喊，'杀！'。"

"杀！"男生喊。

"男生比女生声音还小！这里是军营。为了准备迎接你们，我们一个区队长三周内接到三封电报，'母病重''母病危''母病死'，但是他一直坚持在军营！他家就在信阳郊区，就在距离这里三十公里之外！这是什么意志、品质？大家一起喊，'杀！'。"

"杀！"我们齐声喊，杨树叶子哗哗乱动，营房屋顶上的瓦片落地，我们的身体被自己的声音震得一晃，我们被自己吓着了。

"好！吃饭！明天起，吃饭前唱歌！"

从第一天起，黄芪就在笔记本的封底开始画"正"字，他说，再熬三百零二天就回北京了。厚朴有时间就背英文单词，他说，英文是通向知识宝库的桥梁，是通向美国和欧洲的桥梁，而且是免费的，有心人，天不负，每天背一百个单词，就好像在通向宝库、美国和欧洲的征途上迈了一步。厚朴带了三本英文字典：《远东简明英汉词典》《柯林斯字典》《远东英汉大词典》，小中大成为系列，小的时刻放在他裤兜里，大的放在桌子抽屉里，不大不小的放在床头。那本小 32

开本的《远东简明英汉词典》永远和厚朴在一起，类似六指儿、甲状腺肿大，是他身体的一部分。即使下雨，我们也要去练瞄准，靶场地大无边，天大无边，西瓜皮帽子一样，扣在四野，一边是青青黑的鸡公山，一边是疙瘩瘩的黄土地，我们披着胶皮雨衣，趴在泥地里，五四半自动步枪支在靶台上，左手托枪身，右手握扳机，右眼瞄准，右肩膀顶住枪托，雨点打在背上，水顺着屁股沟流下来。厚朴找了根树杈，戳在面前的地上，架住步枪枪托，自己摊开《远东简明英汉词典》，不发声地背诵，直到教官发现他的枪头翘起，准星歪得离谱，掀开他的雨衣帽子，看明白了之后，一脚踢在他大屁股上，他的脑袋撞塌了靶台。日久天长，《远东简明英汉词典》被厚朴摸搓得书页油腻黑亮，他睡觉之前，字典摊在他两腿之间，书脊和他的阴茎只隔着一层棉布内裤，他眼睛微微闭上，手指反复拨弄书页，嘴角嚅动。我的想象之眼看到厚朴慢慢爬上英文单词搭造的桥梁，伸出他的肉手，摸向桥那边的金发美女和金条、美元。

从第一天起，我的注意力就是吃。我们的伙食标准是一天两块四，陆军学院的学员生是两块一，部队生是一块九。我们每天见猪肉影子，节假日加菜有狗肉和鳝鱼。后来我发现，信阳其实是个不错的地方，不南不北，农副产品丰富，原来五七干校就设在信阳，鳝鱼和狗肉新鲜好吃。鳝鱼是活杀的，小贩有个条凳，一根大钉子在一头反钉出来，露出钉子尖儿，你买一斤，他当场伸左手从大脸盆里拎出一条四处乱钻的鳝鱼，鞭子似的一甩，鳝鱼的头就钉到了钉子尖儿上，左手就势一捋，鳝鱼身子就顺在条凳凳面上，右手挥舞利刀，剔内脏，去头，两秒钟的工夫，左手上就是一长条剔好的鳝鱼肉，三两分钟，就是一斤新鲜鳝鱼肉。我们没有亲眼见过杀狗，但是大冷天，狗肉扔在肉案子上，冒着热腾腾的白气。辛羑在军训结束后的那个暑假，眷恋信阳的狗肉，背了一只扒了皮去了内脏的大肉狗，同他一起坐火车回北京。天气出奇地热，火车里人太多，人肉胳膊挤人肉胳膊，错开的时候拉出黏黏的细丝，再加上火车晚点，大肉狗终于臭不可耐了，被列车员强行在丰台站扔下了车，同时被扔下去的还有几十只德州扒鸡。辛羑后来告诉我，他差点哭了，回到美术馆，他肩膀上没了狗肉，只有狗味，美术馆的公狗都躲着他，母狗都想凑过来蹭蹭他。这是后话。每天早上，我吃两个馒头，中午吃两个馒头，晚上吃两个馒头，再努力吃碗面条。早饭和晚饭后，我歪在凳子上泛胃酸，床不敢随便躺，弄乱了太难整理。一碗面条被强压下去，在我的胃里左冲右撞，蛇一样探头探脑，但是我的贲门紧闭，我的胃酸让蛇的身体一圈圈变得瘦弱。在股股酸意中，我听见麦苗在五百米外的田地里展叶，听见我的脂肪细胞正在分裂和变大，我的肌肉纤维在逐渐变粗。的确是要长肉了，吃得多，屎少。后来算了一下，一天平均长一两肉啊，猪肉、狗肉和鳝鱼肉变成了我的人肉，我人生第一次体会到成就感。如果不是负责打饭的小值日，进入饭堂的时候都要唱歌，唱歌声音不响，不能进饭堂。教导员说："饱吹饿唱，大家要重视唱歌，将来谈女朋友，也是要用简谱的。"教导员继续说，"女同志最常问的一个问题是：'你知道四项基本原则吗？'最常提出的请求是：'你给我唱一支革命歌曲吧。'"厚朴不爱唱歌，厚朴喜欢到炊事班帮厨，他把猪肉切成大块，裹了淀粉，用手揉啊揉，用手插啊插，或肥或瘦的生猪肉从他的手指缝隙间溢出来。帮厨的班负责分菜，可以挑肉。我坐在条凳上等待厚朴走过来，每次看着厚朴端着鱼肉高度集中的菜盆走向我们的桌子，我想，他脸上流淌的那种东西，就是政治课上讲的幸福吧，将来如果厚朴当了官，一定是个贪官。

从第一天起，辛荑的注意力就在姑娘上。前三周，他说得最多的话是："看不见女的，还不给肉吃。"辛荑给所有他认识的女生写信，包括已经军训完毕回了北大的师姐。信中基本都是探讨如何不虚度这八年的医学院生活，以及毕业之后可能的出路和如何为之做好充分的准备等。给每个女生的信的内容都差不多，辛荑常常一式抄写七八份，偶尔装错信封。"反正没有儿女私情，装错信封也没什么。"辛荑说。他上厕所总要等窗口能望见女生练队列的时候，每次小便总会超过十分钟。他还从家带来了一个天文望远镜，还带了一个三脚架。他和教导员说，望远镜是看星星用的，信阳的灰都在地上，天空比北京清澈，没有沙尘，晚上，银河真的像河一样，从天空的一头流到天空的另一头，留下银色的轨迹，让人觉得祖国真美好。辛荑到军校的第二天就对我说，女的剃了短头，真难看，问我，女的哪个部分最令我兴奋，腿，胸，还是手？我说，头发吧，头发黑得实在，头发直得温柔。辛荑支起望远镜，拉开窗帘一角，对准对面的女生营房，说："秋水，你过来看看，头发丝都能看得真真的，唯一的缺点是看到的是倒影，但是如果不看眉眼，只看乳房，正反都是一样的。乳房最令我兴奋，小红的乳房最大，腰又细，那天她穿着背心儿，没拉窗帘，大月亮似的。没错，一定是小红，其他人没有那么大的月亮，那么细的腰。"

后来，在我和小红在一起唯一的两个星期里，小红烧肉问我："你不是看我第一眼就喜欢上我的，这个我知道，这个不可以原谅。但是，秋水，你是从什么时候开始从心底喜欢上我的？还是从来就没有过？"

第五章

北大游泳池，烧红成肉

后来，我向小红坦白，直到回到北大一年以后的那个夏天，在游泳池看到小红烧肉的眼睛和身体，我才从心底喜欢上了她。但是之后，这个事实永远不能改变，我喜欢她，哪怕北京一月打雷三月黄沙七月飘雪花。那个时候，小白还在波士顿上大学，小红和我都还不认识他。

北大收集了好些从专业队退下来的运动员和教练员，在他们牛 × 的年头，他们的名字常常占据报纸头版上半截的位置。所以我们的体育课内容丰富，一年两个学期，跑跳投足篮排乒乓球羽毛球随便选两项。因为有未名湖和游泳池，滑冰和游泳是必修，冬天滑冰，夏天游泳。

辛荑拉着我首先选了排球，他说排球秀气，球是白的，没有野蛮的身体接触，女生报名的多，而且多是身材修长梳马尾辫子的。天气热些，太阳出来，未名湖边的柳树绿了，随风摇摆，清秀高挑的女生脸红扑扑的，头发向后梳理，皮筋扎住，露出葱白的额头，在网前跳起来，马尾辫子和乳房一齐飘扬，辫子飞得比乳房还高，一个个伸出两条莲藕一样的胳膊，传球，垫球，皮球在白胳膊上打出红印子，红印子上面还有星星闪闪的沙土颗粒。

我又选了乒乓球，那是我的强项，原来在先农坛北京体校练过两个月正手攻球和正手弧圈球，一个从德国进口的自动送球机，一刻不停，从球台对面发出各种速度和角度的上旋球和下旋球，我的右胳膊肿了两个星期，动作基本定了型，长大了想忘都忘不了，跟一旦学会了骑自行车、写小说以及喜欢上小红一样，都属于小脑负责的智慧，不用重物强击和手术切除，删不掉。有次市少年宫比赛，因为种子选手都喝了过多的免费假冒北冰洋汽水，同时闹肚子，我得了一个小学男子组第三名，之后号称半专业。体校老师说我脑子快，手狠，特别是对自己狠，练起来总把自己的身体当成从别人那儿借来或者偷来的破自行车，毫不留情，说我有前途，好好练，为国争光，上《人民日报》，出国比赛为自己家挣彩电。但是练了两个月之后，我老妈没收了我的月票，死活不让我继续练下去了，她出具的道理和十几年后她不鼓励我小外甥练钢琴的道理一样："有病啊，练那没用。没用，懂不懂？争光不如蒸馒头。"

"但是我喜欢。"我拿着我老妈给我的十块钱，从白家庄一直骑到王府井利生体育用品商店，花七块二买了一只友谊球拍，729号的胶皮，郗恩庭用的就是这种型号，直握球拍，正手弧圈球凶狠。也有四块八一只的，这样我就能剩下五块二，五块钱能买两斤最好的三鲜馅饺子了，可以和刘京伟、张国栋一起吃一顿。但是我最后还是买了七块二的友谊729。

"喜欢值几个钱？耽误时间，时间就是钱，时间是用来学习的，学好了，将来能生钱的。"当时已经改革开放了，深圳蛇口刚刚提出"时间就是金钱，效率就是生命"。

"不耽误学习，那点功课我一会儿就明白了，而且打乒乓能换脑子。"

"脑子不用换，也没人能换，去医院，大夫都不能给你换。你记住，喜欢是暂时的，没用。钱，学业，前途，才是永远的。"

"你就知道学业，前途。"我把友谊729的拍子扔到铺底下。

我老妈是把问题简单化的大师，毛主席在，一个领袖一个声音，共产主义理论清晰，我老妈就听主席的话，跟党走，夏天做西红柿酱，冬天储存大白菜。改革开放了，我老妈就立刻转变世界观，一切用钱衡量。我老妈说，历朝历代对事物都有一个最简洁、最完善的衡量标准，原始社会，用打来野兽和泡来姑娘的多少来衡量，男人把吃剩下的动物牙齿打个洞穿起来挂在脖子上显示牛 ×，封建社会用粮食和土地多少来衡量，打仗的时候，用枪，现在改革开放了，用人民币。后来我在商学院学企业金融学，学到资本资产定价模型（CAPM），老师讲，股票市场不尽完善，但是没有比它更完善的了，所以，我们只好假定股票市场是完善的，其他一切模型和理论，从这个假设出发。在商学院的课堂上，我想，我老妈真是天才。

我周围几个人有类似的经历，辛荑对架子花脸和流行歌曲都有天赋，小时候是厕所歌王、楼道歌王、浴室歌王，长大之后在卡拉OK唱赵传，音响再差，也常被服务小姐误以为是加了原声。黄芪说，他三岁就梦见邓石如、张大千和齐白石，七岁时笔墨被老妈藏起来，一直没再练过，现在写出的钢笔小字还是有《灵飞经》的感觉。改革了，开放了，我们忽然有方向了。除了前途，我们这拨人从来就没有过任何其他东西。

我老妈对这个问题有无数的说法，反复陈述，我可以轻松地把她的语录写成演讲词："你们小兔崽子知足吧，我们那时候什么都没有，尤其是没有前途。那时候，分配你的工作，你可以干也可以不干，不干就什么也没的干了。分配你的房子，你可以要也可以不要，不要就得睡马路了。分配你的老婆，你可以摸也可以不摸，不摸就只能自己摸自己了。去食堂吃饭，你可以吃也可以不吃，不吃就饿着。现在，你们这帮臭小子有了前途，就该好好抓住，像抓救命稻草一样抓住，像抓小鸡鸡一样抓住，抓住了，翅膀就长出来。没有无限度的自由，不要想三想四。妄图过多的自由，就是自绝于家庭，自绝于国家和人民，就是自掘坟墓。"

后来电视里转播某届世乒赛，我看到曾经和我在体校一起练的一个天津小伙子得了世界杯亚军，我跟我老妈说："有奖杯和奖金的啊！金的啊！沉啊！钱啊！名啊！当年，在体校的时候，他正手弧圈球的稳定性还没我好呢。"我妈说："那是人家走狗屎运，你傻啊，你知道这种狗屎运的概率有多大吗？"辛荑和他的假日本爸爸说起王菲靠唱歌每年上千万的进项，黄芪和他老妈说范曾每平方尺五万块的润格，他们从父母那里得到的说法和我得到的基本类似：所谓前途，是条康庄大道，不是一扇窄门。走窄门的，基本是傻×。

公共滑冰课是在未名湖上教的。和珅的石舫前面，平整出一大块湖面，远看仿佛一张青白的大扁脸。湖周围柳树的叶子都掉光了，干秃的细枝儿仿佛几天没剃的胡子，稀稀拉拉叉在湖面周边。教滑冰的老师是个大黑扁脸的胖子，脸上全是褶子，褶子里全是没刮干净的胡楂。他利用每个休息时间，从好些个不同角度向我们证明，他曾经帅过。他像我们一样年轻的时候，比我们二十几个小伙子身体上最好的零部件拼在一起都帅，是那时候的师奶杀手，外号"冰上小天鹅"。他穿了白色比赛服在冰上滑过，仿佛凉席大小的白雪花漫天飞舞，中年妇女的眼神像蝴蝶般在雪花中摇摆。辛荑说："别听他胡吹，当黑脸胖子还是小混混的时候，穿白衣服的男的，只有两种人，戴大壳帽子的是警察，不戴大壳帽子的是医生，根本就没有穿白衣服的天鹅。"

我们穿了黑色的跑刀冰鞋，先学两个脚在冰上站稳，再学一个脚站在冰上，另一脚抬起悬空，再学用悬空的一脚侧面施力踏冰面驱动身体，最后学扭脖子看后方转弯和止动。教完这四个动作，黑脸胖子说："所有基本功都教给你们了，自己使劲儿滑去吧。"好学的厚朴立刻如饥似渴地滑了出去，他说，他摔倒了再爬起来，摔倒了再爬起来，什么时候他的厚军绿裤子摔得全湿透了，他就学会滑冰了。

厚朴对学习总是如饥似渴，他最开心的时候是他在疯狂学习疯狂进步，而我们其他人正在扯淡溜达虚度时光，他能同时体会到绝对成长和相对成长的双重快乐。厚朴没决定买什么之前，绝不进商场，尿液不强烈挤压膀胱括约肌之前，绝不去洗手间，所有十二条内裤都是一个牌子一个颜色，穿的时候省去了挑选的时间。厚朴对每个实用项目都有类似滑冰的实用成功标准。比如厚朴增进单词量的成功标准是，背五遍含词汇五万五千的梁实秋编订的《远东简明英汉词典》，直到把那本词典翻到滑腻如十几岁重庆姑娘的大腿皮肤、污秽到背完词典不洗手就吃东西一定闹肚子。

厚朴第一次单独滑冰的那个下午，他的裤子很快就在冰上摔得透湿，回宿舍扒开，四分之三的屁股都紫了，脸面朝下睡了一晚上。第二天我和辛荑架着他去校医院，拍了 X 光，医生说："厚朴的屁股只是软组织挫伤，过几天瘀血散了，就没事儿了，只是以后屁股就不会像原来那样粉白了，不会影响性功能。"从片子看，厚朴的尾椎骨裂了一道小缝，一条尾巴变成两条尾巴了，要养一阵，但是也没有什么特别的治疗方法，肋骨骨折和尾骨骨折，只能等待自然愈合。

小红原来就会滑冰，没跟我们一起学。小红烧肉穿了一件白色的外套，窄腿暗蓝色牛仔裤，白色的花样滑冰鞋，绕着和珅石舫前最大的圈，滑了一圈又一圈，偶尔还原地做个旋转，从下蹲到直身，到双手伸向天空，同时仰头看天，仿佛渴望着什么，身体的半径越来越小，转速越来越快。我们不会滑的男生，在小红烧肉冰刀反复划出的湖面大圈里，在冰面上前后左右拉开一米的距离，五人一排，排成四列，在黑脸教练的指导下，双手背后，两眼前看，一只脚站在冰上，另一只脚抬起悬空，一蹬再一蹬，抖一抖，仿佛二十只公狗同时撅腿撒尿。

辛荑也已经会滑了，他家住在美术馆北海后海附近，自古多水，每年夏天都淹死几个游野泳的，每年冬天都摔折几条滑野冰的大腿。辛荑原本想以专家的身份辅导不会滑的漂亮女生，摸姑娘戴手套和没戴手套的手。上滑冰课前夜，辛荑临睡前在床上拟了一个漂亮女生的单子，一共五六个人吧，上了滑冰课之后他发现，单子上所有的女生都会滑了。

"这些姑娘上中学的时候一定都被居住地的小流氓和老流氓手把手教过！一定不是处女了！手把手！"辛荑有三个人生幻想：当一阵子小流氓，吃几年软饭，有生之年停止思考，混吃等死。这三个幻想，我认为他一个都实现不了。后来，过了几年，当肖月早已成了小红烧肉之后，我问辛荑，小红在不在他的单子上。辛荑说，不在。

"是不是滑冰要矮些，重心低，容易保持平衡，胖些，转起圈来有惯性？"我问。

"谁说的？我个子和你差不多高，我滑冰也挺好。"

"没有姑娘可教，你可以教厚朴嘛，你难道没有被厚朴的学习精神感动吗？"

"我不想摸他的手。我不能碰男的，也不能被男的碰。"

"小红滑得不错，胖就是好滑。"

"小红一点都不胖。她是脸圆，胸大，你看她的小腿，看她的脚踝，一点肉都没有。她的外套不是羽绒服，料子很薄的，全是被胸撑的，才显得那么鼓。"辛荑说。

小红又滑了一阵，热了，脱了白色的外套，扔在石舫上，露出白毛衣，脸和胸跟着都出来了，然后围着我们转圈，滑了一圈又一圈。辛荑观察得细，小红一点都不胖，只是胸大。

到了第二学期，天气热些，太阳出来，未名湖边的柳树绿了，辛荑和我也没看见小红的白胳膊被排球砸出浅浅的红印子，我也没有机会在女生面前显示我半专业的正手弧圈球，听乒乓球教练说，能上北大的女生，小脑都不发达，没人选乒乓球。小红后来自己说，她个头矮，胳膊短，所以也没选排球。

进入六月，天气烤人，开始上游泳课，男生用东边的更衣室和池子，女生用西边的更衣室和池子，东边和西边的池子之间是个过道。我清楚地记得，小红烧肉穿了件比三点式只多一小巴掌布的大开背游泳衣，火红色，坐在那两个游泳池之间的过道中间，左腿伸直，右腿蜷起，右肘支在右膝盖上，右手托着下巴，晒太阳，同时照耀东西南北。我、辛荑、厚朴都不会游泳，在教练的指导下，双手扒着水池的边沿，练腿部动作：浮起，并拢，收缩，蹬出；再并拢，再收缩，再蹬出。练出些模样之后，头埋进水里，收腿时抬起来。我穿了条极小的三角短裤，我老妈从箱子底翻出来的，说黑不黑说黄不黄，我老爸小时候穿的，我老妈说："只要不露出小鸡鸡就好，这个不用花钱，老东西质量就是好。"

我抬头换气，看见在两个游泳池之间晒太阳的小红烧肉，距离很近，两三米而已，我觉得她非常高大，非常明亮，强光从肉缝和衣褶往外，洪水般奔涌出来，比照耀男女公厕的电灯泡亮多了、大多了。我一次次从水中抬头，我的眼睛断断续续地顺着小红烧肉的游泳衣绕了一遍，我的大腿收不回来了。我又看了一眼小红烧肉的身体，胸的确大，大得仿佛就贴着我的睫毛，大得仿佛滴答流过我眼睛的水珠都是一个个放大镜，我每抬一次头都想起李白的诗："山从人面起，云傍马头生。"胸上面罩着的那块布是红色的，被完全撑开，颜色变浅，隐隐透出里面的肉色，仿佛中山公园四月里疯开的芍药和牡丹，仿佛朝外大街边上新出笼屉的大馅菜肉包子。小红烧肉的腰很细，那两块肉就在第五根肋骨左右峭壁般地蓦然升起，毫无铺垫。就算是气球也要吹一阵啊，我想。我的心一阵抽紧："为什么这么两大团肉堆在那个位置，就无比美好？"

我那时候还钻牛角尖，想不清楚蛋白分子式的空间结构和颅骨底面十几个大孔都是哪些血管神经穿过，我吃不出嘴里的东西是包子还是馒头。三十之后才渐渐说服自己，小红烧肉的两大团肉为什么无比美好，和两点之间线段最短以及乾坤挪移大法第九重以及共产主义是社会发展的极致等一样，按性质分，统统属于公理，没道理可讲。

我又一次抬头，小红烧肉忽然转过头也看了我一眼。她的眼睛比她的胸还大，我一阵发冷，我的身体一阵痉挛，小腿抽筋了，几个脚趾不由自主地扭曲在一起。我忽然意识到，除去春梦失身，还有好些其他时候，身体不由分说就被别人借走，仿佛一辆破自行车，想刹车都刹不住，狂捏手闸也没有用。

厚朴、辛荑、杜仲、黄芪把我从游泳池里打捞出来，我身体蜷缩得仿佛一个被开水猛烫了一下的虾球，很多湿漉漉的身体围着我看："怎么了？怎么了？"身体发出声音，"抽筋了，抽筋了，让他躺下，扳他的脚掌。"满眼全是湿漉漉的身体，小红烧肉的大眼睛和大乳房消失了，我的脚板被三四双手朝我鼻尖方向凶狠地扳动着，我蜷缩得更厉害了，仿佛一个三尺长的胚胎。

当天晚上，我梦见了游泳池，小红烧肉又坐到游泳池边上，那两块肉变得更加巨大而轻灵，眼睛一错神儿，就向我周身弥漫过来，上下左右完全包裹住，质地稀薄而有韧性。我感觉一阵寒冷从脚跟和尾椎骨同时升起，我又抽筋了。一阵抽搐之后，我醒了，内裤里湿漉漉的，全是精液，窗户外边的月亮大大的，深浅不一的黄色，朦胧看去，仿佛一张人面，五官模糊。

"秋水，听说，那天小红烧肉到了游泳池，男生游泳池的水就溢出来了，所以不止你一个，你不用自责，我也不用自责。"辛荑说。

"辛荑，你说肖月怎么就忽然变成小红烧肉了？"我问。

"是啊，不起眼的一个姑娘，忽然一天，刷刷牙，穿条裤子，挺胸出来，就照耀四方，母仪天下了。游泳课之后，其他系的人都开始跟我打听了，听说有个精瘦的坏孩子立刻就抽筋儿了？我们都走眼了，都走眼了。"

"辛荑，小红成了小红烧肉，一定是你干的？少装，老实交代。"我诈辛荑。

"你妈，你妈干的。我还高度怀疑你呢。"

"我有女朋友了。"

"我也有女朋友了。"

"你意淫，小红在你的意淫之下，逐渐开窍，慢慢通了人事。"

"那东西我不会，我连《红楼梦》都没看过，那东西你从小就练。我只会用眼睛看人。而且，小红是近视眼，谁在看她，她都不知道。"

"你教唆，小红一定是读了你借给她的坏书，逐渐接受了资本主义的价值观和人生观，慢慢春花灿烂。"

"你不要总把你想要做而不敢做的事安在我身上。我的分析判断，肖月成了小红，和你我都没有关系。"

后一两周，我和辛荑在北大后面几个杂草丛生的小湖边溜达，撞见小红和三个男的。其中一个年纪大些的，瘦高，一米八五上下，面容阳光，眼神温润，眼角皱纹舒展踏实。他的胳膊很长，右手伸出，蜿蜒缠绕，悍然从后面搂住小红的腰，手掌绕了一圈，在前面斜斜地搭在小红的小腹上，中指尖伸直，触及小红左胯骨的髂前上棘。小红的大眼睛漫无目的地四下观望，伸左臂搭瘦哥哥的腰，头斜靠瘦哥哥的肩膀，乳房挤在瘦哥哥右侧的十至十二肋间。辛荑后来说，瘦哥哥和小红从后面看，就像一个瘦高的黑老鼠拎着一袋子白大米。另外两个年纪轻些的男的，齐膝短裤，拖鞋，移动在瘦哥哥和小红周围。后来小红交代，那几个是瘦哥哥的小弟。

我和辛荑当时就断定，肖月成了小红烧肉，一定是瘦哥哥搞的。辛荑说，不是瘦哥哥，是兽哥哥，兽，禽兽的兽。我说，是，禽兽的兽。

小红在学三食堂的周末舞会上第一次遇上兽哥哥，春夏之交，天气不冷不热，食堂杂工刚刚打扫完地面，彩灯亮起，小红记得空气中还是一股淡淡的土豆烧牛肉的绵暖味道。社会闲杂人员要认识北大女生，北大女生要认识社会闲杂人员，食堂员工要创收发奖金，食堂舞会是主要机会。小红后来说，她那次去食堂舞会，主要原因是天气渐渐热了，无由地想起我，觉得无聊异常。我说："我哥哥姐姐那一辈人，说起他们沾染吃喝嫖赌抽的恶习和遭遇婚姻不幸、事业不幸、人生不幸都认定是'四人帮'害的。"小红说："没错，一定是你害的。"而次要原因是她上海表姐给她带来一件白底大红花的裙子，剪裁得精细，还有一瓶香奈儿的 No.5 香水。裙子穿上，

V字领，开得很低，左边乳房露出右四分之一，右边乳房露出左四分之一。耳根、腋下喷一喷香水，小红感觉香风吹起，看了看镜子里穿花裙子的自己，她知道很多人会心跳，于是决定去学三食堂，对抗土豆烧牛肉，让那些不知名的陌生人好好看看，让他们的鼻子血流成河。

在学三食堂舞场上，小红随便就看见了兽哥哥，他太高了，在以清华男生和民工为主的社会闲散人员中，明显高出半头。下一个十秒，小红还没完全移开眼神，兽哥哥已经走到了她面前："请你跳个舞，好不好？"小红近距离再次打量兽哥哥，他的眼神出奇地清澈，淫邪而旷朗坦白，热爱妇女而不带一丝火气，与清华男生和民工为主的社会闲散人员明显不同。

"我不会。"裙子里的小红，感觉自己就像桃树上垂得很低、等待被摘的桃子。她看着兽哥哥的脸，仿佛就像看着一只采摘桃子的手，她脑海里一片空白。

"会走路就行，音乐一起来，你跟着我走就好。"

那天晚上，小红学会了北京平四和南京小拉等多种"反革命"地方交谊舞蹈。小红后来问我："还记不记得那天晚上，你去干什么了？"我说："我怎么会记得。"小红说她记得，我和一伙男女去打排球了，其中包括我女友，之后还去洗了澡。我说："你怎么知道的？""我就是知道，你女友把你运动完洗澡后换下来的衣服，仔细洗了，晾在女生宿舍里，我和她一个宿舍，你说，班上这么多女生，为什么偏偏我和她住一个宿舍？你还记得你内裤的样子吗？白色，很短，上海三枪牌，晾的时候里面冲外，所以看得见三枪的商标图案，三条半自动步枪架在一起，内衣怎么会叫这么奇怪的名字？"小红接着告诉我，那天晚上她和兽哥哥一直跳到散场，又去小南门外的馆子喝了啤酒，发现后脚跟的皮肤都跳破了，但是一点也不疼。回去时那条内裤还没拿走，小红从躺下的床头望去。"喊，比月亮还大，比月亮还靠前。"小红说。接下去的七天，小红和兽哥哥跳了七天舞，周末在学三食堂，其他时候在 JJ 迪厅。"你为什么不拿回去你的三枪内裤？明明已经晾干了，干透了，为什么还不收衣服？一天不消失，我就出去跳一夜舞，我需要累到可以倒头就睡。"我说："我有好些条三枪牌的内裤，我也忘了，它们和袜子一样，慢慢自己长出腿脚和翅膀，神秘消失。"

　　一周之后，七晚上北京平四和南京小拉之后，小红去了兽哥哥的房子。那是一个在城南劲松小区的地下室，窗户高出地平线不到半尺。兽哥哥做过各种古怪营生，很早就去了欧洲，和他一拨的人或者得了国际名声，或者得了国际货币，他没有国际名声也没有国际货币，只带着一根饱受苦难的国际阳具回了国，继续学他的德语专业。兽哥哥后来没有拿到博士学位，在全聚德烤鸭店找了个和德语没有一点关系的活儿做，赶上单位最后一批福利分房，他排在最后，拿到这个被人腾空的地下室。地下室里有一箱空啤酒瓶子，大半瓶伏特加酒，几包大前门烟，半架子书，一张床，一架立式钢琴，除了琴上和床上，到处是厚重的灰尘。兽哥哥开了门先进去，背对着小红问："跳渴了吧，你喝不喝水？"小红进门的时候感觉像是掉进了一个山洞，蝙蝠成群结队地飞翔，她下意识地掩门上，兽哥哥已经转过身，从后面把小红抱在怀里了。之后兽哥哥没有说一句废话，没有征求许可，他的手干燥而稳定，很快地剥开小红的衣服，小红仿佛没了表皮的蜜桃，跳舞出的汗还没干透，她感到风从地平线上的窗户吹来，一丝凉意，汗珠子慢慢流下，或者慢慢蒸发到空气里。再一丝凉意，一阵挤压，没有疼痛，兽哥哥已经在她的身体里了，没有血。

"你一晚上最多做过几次？"小红后来问我。

"和一个人？"

"你还要和几个人？好，算你狠，你先说和一个人，一晚上最多做过几次？"

"别误会，理科生的习惯，在答题之前，要先问清楚题干。我一晚上最多和一个人做一次。那你一晚上最多做过几次？"

"七次。"

"禽兽。"

"都是因为你。"

"我姐姐说，她小腿比大腿粗，她几何没学好，她路痴，她小时候没看过男生一眼，所以现在千山万水睡遍中西无忌，都是'四人帮'害的。我哥哥说，他打瞎子骂哑巴，他敲寡妇门挖绝户坟，他三十五岁头发白了眼睛老花了，四十岁出头就没有工作没有革命方向了，都是'四人帮'害的。"

"第一次之后，我笑了。我跟他说：'你怎么一句话不说就进来了？这是我第一次啊，就是房间门，也要敲一敲啊，我们还没有这么熟吧。'我笑着对他说，'护士打针，也要告诉小朋友，不疼的，打了针之后，病就好了，然后才乘其不备捅进来。'他还是一句话都没说，甚至眼皮都没有抬，就开始了第二次。他的手指慢慢摸我，我想他练过哑语吧，手指会说话，一句一断，说得很慢，说得很准，摸得都是我想要被摸的地方。我想他的手指也练过北京平四和南京小拉吧，节奏感真好，手指落下的时候，正是我皮肤的期待到了再忍受就不舒服的时候。第二次的时间很长，他到高潮的时候，我的小手指指甲陷进他的后背，小手指的指甲留了好久，两侧向中心包卷，仿佛管叉，他一声闷叫，我小手指尖感到血从他背上的皮肤流出来，我以为是汗。之后他说，他十五岁时是个小诗人，代表学校去区里比赛，得过一等奖，还上台朗诵他写的诗，他记得他的腿肚子一直在哆嗦，最后彻底扭转到胫骨前，和他的脸一起面对观众，阳具缩到无限小，几乎缩回了盆腔。他说：'十五岁之后，二十年没作诗了。'然后，他点了一根大前门烟，念：

'你是我这个季节最美丽的遭遇

首都北京一九九二年四五月间最鲜艳的雏菊

你离开的时候我的门前排放着七支香烟

不同时间点上不同心情下体会你的七种缠绵

烟丝燃烧是你的丝丝呻吟你的尖声高叫

我抽尽七支大前门就是做你七次'

"第三次和第四次之间，他去烧水，泡茶。他说：'你一定渴了。今年雨水大，是小年，新茶不太好喝，将就吧。'我平时不喝茶，喝了一定睡不着觉。我喝了两杯，我的确渴了。我睁着眼睛看他，他说我的眼睛真亮，在黑暗中闪光，星星没有存在的意义了，他住的地方不是地下室了，是银河帝国的心脏。第四次和第五次之间，他打开钢琴，说：'随便弹点什么给你听吧，正在和老师学，在烤鸭店端盘子挣的工资都交给钢琴老师了，钢琴也该调音了，不太准了。'他弹琴的时候，没有穿衣服，开了一盏小台灯，照得只有他的身体是亮的。他的小东西瘫软在他两腿间，疲惫而安详，全是皱纹，随着琴声偶尔点头，仿佛一只聪明的老狗。他的眼睛里没有任何时间的概念，没有将来，没有过去，只有现在，我在他的破落中看到一种贵族气。第五次和第六次之间，他说：'你一定饿了。'然后厨房里就飘出来土豆炖牛肉的味道。他说：'牛肉越炖越入味的，你胸这么大，一定需要吃肉，三十五岁之后才能不下垂。'第六次和第七次之间，他说：'天快亮了，你没课吧？别去了，我给你烧点水，冲个澡，睡会儿吧。'我说：'8点的课，《脊椎动物学》，我一定要去。'他说：'好，索性不睡了，一起喝杯酒吧。'"

小红回到宿舍，不到七点，除了我女友去操场跑步锻炼身体去了，宿舍里其他人都还睡着。小红看到三枪内裤不见了，她一肚子的土豆炖牛肉，不想吃早饭，也不敢睡下，怕一躺下就爬不起来了，于是洗了把脸，直接去了第三教学楼，提前看看今天要讲的内容。那天《脊椎动物学》讲脊椎动物的器官结构演化，什么下颌骨如何变成耳骨之类，后来期末考试，在这个问题上出了大答题，小红这门课得了全班最高的97分。

"那个禽兽不如的夜晚，七次之中，你到了几次高潮？"有一次，我问。

"什么是高潮？"

"我推想，就是不由自主，自己在一瞬间失去自己，肩头长出翅膀，身体飞起来，远得看不见了。"

"一次也没有，我满脑子都是三把自动步枪。"小红说。

第六章

时刻准备着

我感觉到她手上的劲道,她体育有特长——跳远、长跑、铁饼,国家二级运动员。我躲不开我女友的双眼,那双眼睛可真大,比她的两个奶还大,一个龙潭湖,一个未名湖,阴风怒号,浊浪排空。我的眼神游离,左突右摆,左边还是龙潭湖,右边还是未名湖。透过无色的结膜,从外到里,白色的是巩膜,棕黄的是虹膜,黑洞洞的无穷无尽的是瞳孔。在我女友的瞳孔里,我看见自己,我的眼睛,结膜,巩膜,虹膜,黑洞洞的游离的我的瞳孔。我女友的瞳孔问我的瞳孔:"你准备好了吗?"

小学二年级的时候,我考了双百,语文和数学都是满分。班主任大妈新烫了一个硬邦邦的卷花头,炭黑油亮,心情像雪花膏一样简单美好。她办公室案头放着塑料的芍药花,花瓣长如小刀子,边缘锋利如小刀子。墙上的镜框里有一条真丝的红领巾,血红,套在小孩儿的脖子上仿佛被弯刀掠过表皮,血从破了的颈前静脉和颈内静脉慢慢渗出。班主任笑着说:"你考得不错啊。"班主任两眼焊着我的两眼,继续说,

"祖国，是我们的母亲，她有锦绣的河山、悠久的历史、灿烂的古代文化、光荣的革命传统，以及优越的社会主义制度。她经受了苦难的折磨，正在焕发青春，展现新颜，走上中兴的道路。'我爱社会主义祖国''团结起来，振兴中华！'是广大青年的心声。"我想，也是你的心声。班主任甩了甩新烫的头，一头卷花纹丝不动，她沉静地问："学习好的上进同学都加入了少先队，你准备好了吗？"

春天风盛，晚上一阵雨，浮尘落地，月亮露出来，女特务蜕皮一样卸掉深绿的军装，只剩黑色高跟皮靴、蓝色花边乳罩和同样蓝色花边的三角裤头，掀开被子，钻进我被窝。整个过程中，她嘴里始终嗫着一根细细的绿色摩尔香烟。我没见过她，我问："你是哪个中队的？你是哪片儿的啊？我认识你吗？"女特务没有直接回答，左手拔下发髻上的中华牌2B铅笔，甩一下头，头发散开，末端微卷，右手中指和食指夹住烟卷，右臂半弯，高高擎起，右小指兰花样横斜。女特务伏下头，散乱的头发弥漫在我下小腹腹壁，黑暗中她的头发比黑暗更黑、更长。她吐尽一口青烟，左手食指指尖搭在我右乳乳头上，我看见她指甲上蓝色的繁花点点。

第二次高考模拟考试过后，成绩出来了，印刷恶劣的高考志愿表摊在桌子上，第一批录取院校四个志愿，第二批四个志愿。我老妈小时候没填过这个，她出身破烂地主，没资格进修，我分数看上去足够，我老妈仿佛兜里有一百张一百块大钞站在崇文门菜市场门口，想吃点嘛就吃点嘛，仿佛她老家小时候是真正的地主，周围十来个村子，想摸谁就摸谁。我老妈自言自语，比我兴奋多了："清华好啊，还是北大好啊？清华好像一个酱肘子，北大好像一把月季花。你从小吃不了什么肉，肠子不好。还是北大吧。学医当然要去仁和，不能去北医，保送也不去。要去就去最好的，时间长点也无所谓，反正你什么时候出来都是危害社会。定了，第一志愿就是仁和了。还去北大上预科，被拉到信阳军训，好啊，军训好啊。在军校时少读点书，傻吃闷睡，长些肉。你读书坏脑子，你读书虽然也长心眼儿，但是基本上长坏思想，你坏思想比心眼儿长得更快，你没救了。长肉，好。长心眼儿，别人也瞧不见，长肉实在。第二志愿就报北大，你和肘子缘分不大，人各有命，不能强求。但毕竟是第二志愿了，专业你就挑不了了，要找些冷门的，越冷越好。别怕，行当不怕冷，热的行当，一万个牛×，你即使牛×了，也是万分之一，主席想不明白了，不会想到找你。冷的行当，就你一个牛×，好事儿都是你的，你背的那个诗如何说的，宋朝的那个诗，寂寞中独自牛×，描述的就是这种状态。核物理？算了，那都要到大西北去，一年到头见不到你，去看你还要被搜身。而且，死了之后别人才能知道你牛×，活着的时候看着自己的牛×飞上太空也只能憋着一句话不说。还听说，核辐射杀精子，你生的儿子，我的孙子，会长出独角、四蹄，犀牛那样，过去叫瑞兽，新社会叫怪胎。历史系不招理科生，选考古吧，扒不了铁路，扒古墓。没准挖出来个宋朝的东西，瓷器什么的，看看荒郊野外，你手举着一个瓦罐，是不是寂寞中独自牛×？我们内蒙古，我们老家，赤峰，巴林右旗，就出彩石，什么形状都有，鹰啊，云啊，外星人啊，太阳啊，小时候我都见过。挖的大的都上交了，小的都夹在裤裆里塞进屁眼里带回家了。玉好啊，比青铜器好，青铜器过安全检查要叮当乱响，那么大，裤裆屁眼怎么夹带啊？大的不交的，有的发财了——戴电子表，骑凤凰自行车；有的被抓了，绑了，插个牌子——反革命盗墓贼，枪子崩了，砰，倒了，当时他穿了全身的棉衣，站着像个面口袋，倒下像一口袋地瓜。将来，你捡着大的不能不交啊。小的要挑值钱的捡，白的，润的，有雕花的。个头儿太大，弄坏屁眼。你觉得怎么样？"

我的女友眼神平静，我早知道她临大事有静气。她仿佛抓住一把宝剑的剑柄，平静地等待着上天和宝剑告诉她是否要从地底下拔出，她可以负责拔，但是上天和宝剑要负责后果。她仿佛攥住小白杨的树干，平静地等待小白杨说，根被拔出来之后，它的苗儿会更壮、叶儿更圆。

我二年级班主任问我要不要加入少年先锋队的时候，我在琢磨我第一次上身的圆领衫。我老妈五块钱给我买的，28路汽车站旁边的地摊上买的，第一次专门给我买的，以前我或者捡我哥哥穿剩的，穿上之后，如果叼根烟像小流氓，不叼烟像愤怒白痴老青年，或者捡我姐姐的，穿上之后，叼不叼根烟都不像男的也不像女的。第一次穿圆领衫上带图案的，一只五色斑斓的雄鸡，表情淡然地等着第一线天光绽放，然后高唱。以前的圆领衫都是白色的，至多有些奖励劳动先进等的红色字句，穿旧了变成灰色的，永远变不成五彩斑斓。我觉得这个雄鸡圆领衫应该是我外部存在和内心状态的集中表现，但是它太大了，雄鸡的胸比我的胸还宽大，不穿内裤，下摆也能完美覆盖我的下体，我耸一耸肩膀，它就完全掉下来，堆到我裤带周围。我在想，我穿着这只雄鸡，老师会觉得我像好学生吗？女生怎么看？班上有两个女生长得好看，一个是班长，短头发，她替班主任管理我们的时候，强悍易怒。她生气的时候，小脸绯红，额头渗出细细的粉色的汗珠，挂在她细细的黑色的发丝上，她如果出生在一九四九年前，加入共产党会变成江姐，加入国民党会变成女特务，抽摩尔香烟。另一个是学习最差的那个女生，高个儿，长胸不长脑子，她好看到一个问题都回答不出，我还是喜欢看她，她如果出生在一九四九年前，无论是落到共产党、国民党还是日本人手里，都会变成文艺兵。我在想，我穿着这只雄鸡，她们会注意我吗？比我考双百分更容易吸引她们吗？班主任问："加入少年先锋队，你准备好了吗？"《共产儿童团歌》唱过千百遍了，"准备好了吗？时刻准备着！我们都是共产儿童团。将来的主人必定是我们，嘀嘀嗒嘀嗒嘀嘀嗒嘀嗒。小兄弟们啊，小姐妹们啊，将来的世界是无限好啊"。我回答班主任，我时刻准备着！

我是一瓶细细的可口可乐。身体和女特务的联系在柔软中瞬间建立，身体和我之间的纽带在无奈中瞬间消失。我对身体说："被单弄脏了怎么办啊？"身体说："简单啊，我安排我的手去洗啊。"我的眼睛透过香烟的烟雾，透过弥散的头发，看到女特务的眼睛。她的眼睛抬起，对着我的眼睛，睫毛弯曲如刀。我的身体对我说："你看到了，我毫无抵抗。"我说："好吧，你准备明天手洗吧。"我的身体说："时刻准备着！"

　　我老妈拿出鸵鸟牌碳素墨水，灌满我的永生牌金笔。我写字用力，而且用力不均匀，金笔笔尖的左边已经磨秃了，露出银白的金属颜色，右边还是金牙般闪亮。她基本汉字都会写，理也没理我，戴上老花镜，开始填写：第一批录取学校，第一志愿，仁和医科大学，临床医学系。第二志愿，北京大学，考古系。第三志愿，复旦大学，科技英语系。第四志愿，南京大学，天文系。第二批录取学校，第一志愿，针灸骨伤学院。我老妈放下笔，说："其他就空着吧，要是这些都考不上，你就再补习一年，再考，咱们还是填这些志愿。"我老妈望着窗户里盛着的星星，夜来香和茉莉花的味道从纱窗透进来，早熟的对自然界不满的虫子在叫，她的眼神坚定决绝，未来的不确定性荡然无存。我老妈从十四岁跟着我姥姥过生活，从来没有让别人替她拿过任何主意。她六十八岁时在旧金山的唐人街买了一本盗版的《狼图腾》，看完之后，她电话我老哥说她开始苦练英文，半年之后参加美国入籍考试，说她一定能在一年内把老哥带到美国，手段包括偷渡、假结婚、考 MBA。她电话我说她留在北京的檀木匣子里面有几件祖上传下来的东西，包括和田玉烟嘴、珊瑚耳环和一颗真正的狼牙，她说让我帮着在狼牙根部打个洞，做成一条项链，替代我送她的战国黄玉绞丝纹环，挂在脖子上映衬她的眼神，彰显她的志向。她告诉我，我出生之前，计划生育政策出台，最开始不是强制一对夫妻只生一个娃儿，而是全面消灭"老三"。所有的人都听党的话，包括哥哥姐姐老爸奶奶姑姑叔叔舅舅舅妈厂长书记科长组长，叫嚣着把我消灭在她的阴户之内子宫之中。第一次打胎，我老妈从垂杨柳医院二楼厕所的后窗户沿着围墙溜走，她说，多少年过去了，每当她想起替工厂党委书记死守厕所门口的我老爸警惕的眼神，她就觉得人类是由两类人组成的，一类是白痴，另一类是浑蛋，其中白痴占百分之九十九，浑蛋占百分之一，我老爸属于第一类。第二次打胎，我老妈结石位叉开两腿在妇科检查床上，仰面朝上，不弯脖子，已经看不见医生，但是我老妈说，我在她肚子里代替她非常准确地看到了那个医生的丑恶嘴脸，于是抬脚就把他踢出了治疗室。这一脚的踢法，在之后三五百次的叙述中变化巨大，但是中心思想一致，就是我的肉身是我老妈坚定决绝意志力的产物，这个不容改变。我听见虫声，闻到夜来香，我看见我老妈的眼神，只要不让我上数学系，我说："好，我时刻准备着。"

第七章

保卫祖国，八次列车

小红小学三年级就戴了眼镜，度数深，如果忘戴眼镜，课间偶尔会梗着脖子闯进男厕所。同班小个子男生通常腼腆，坐在教室前排，一怕老师忘戴假牙，努力口齿清楚，唾沫成瀑布；二怕小红忘戴眼镜，课间上厕所的时候，那玩意儿还没收藏好，抬头见小红进来，晚上会反复梦见，同样不由分说地闯进来，同样让他们尿水长长。厚朴后来去澳大利亚进修人工授精技术，出了车祸。辛荑说厚朴那阵子满脑子都是交媾，MSN 个人图标是精子电镜照片，签名档是"在高倍显微镜下看到单个卵子都能想起邱淑贞"，不出车祸才奇怪。厚朴说，那是敬业。厚朴说，撞他的人扔下车就逃窜了，他一动不动，怕加剧内脏或者脊椎损伤。他看着面前的气囊鼓起，一个白人警察走过来，驴子一样高大，用英文问："你叫什么？""厚朴。""你哪年出生？""一九七一。""你多大年纪了？"厚朴忍不住了："我去！今年一九九九，我脑袋都被撞得震荡了，屎尿都被撞出来了，你就不会自己算一下吗？你们国家的小学教育真的这么差吗？"厚朴唯一喝多了那次，是因为辛荑说他一九九五年的夏天，坐在魏妍旁边听神经解剖课，魏妍穿水绿无袖低领棉衫儿，仿佛露点，厚朴仿佛汗出如浆。厚朴说辛荑诬蔑，和辛荑拼酒，胆汁都吐出来，然后自言自语。撞他的是辆新款奔驰，仿古典的凸起的大车灯，远看像大奶，近看像没睫毛的大眼睛，犹豫不定地迅速地撞进他的视野，厚朴马上想起了《无脊椎动物》课间，梗着脖子闯进男厕所的小红，他一下子尿了。

从小学三年级开始，小红妈妈跟她说，不要读闲书了，一本都不要读了，对身体发育不好，对思想进步更不好。

小红的爸妈都是清华大学一九六五年毕业的。和新中国成立后"文革"前的大学毕业生一样，除了俄文、中文和英文的通信技术书籍以外，小红的爸爸还看长期以来整套订阅的两种在当时颇受读者喜爱的杂志：《啄木鸟》和《法制文学》。这两种刊物采用故事和文学的形式，介绍了当时许多形形色色的，正面的或者反面的，发生在国内的或者国外的，很具有教育意义的真实的故事。小红的爸爸看完之后，连连感叹世界之大，无奇不有，千姿百态，反复告诫小红：坏人真坏，封建社会真愚昧，资本主义社会真腐朽，社会主义社会，如果不好好管制，依法治国，提高国民素质，有比封建社会还愚昧、比资本主义还腐朽的危险。后来，我见到了小红的爸爸，他右半拉脑袋明显大于左半拉脑袋，带动着右眼明显高于左眼，右嘴角明显高于左嘴角。我想，那些俄文、中文和英文的通信技术书籍一定装在右半拉脑袋，《啄木鸟》

和《法制文学》和大盆的水装在左半拉脑袋。这一现象，和我学习的《神经解剖学》与《大体解剖学》不一致。

小红说她的脑袋没装那么多词汇，所以平常话不多。和我们混在一起的时候，我们说三句，小红经常笑笑不说话或者最多说半句。这并不说明她傻，五子棋我从来下不过她，她自学麻将牌之后，每次聚赌，都是她赢。小白说都是因为辛荑每次都做清一色一条龙，每次都被小红抢先小屁和掉。辛荑说都是因为三男一女，女的一定赢钱，牌经上说的，不可能错。小红说："你们别吵了，打完这四圈，我请客去南小街吃门钉肉饼。"

但是小红时不常会和我讨论，我是如何上了我女友的床。

我说："世界上，人生里，有很多事情是没有道理可讲的。比如，你的胸如何按照这个速率长得这么大？是什么样的函数关系？多少是天生的，多少是后天的？天生中，母亲的因素占多少，父亲奶大有没有作用，生你那年林彪死了，有没有影响？后天中，多吃奶制品更有用还是发育期间多看黄书更有用？又如，我为什么这么喜欢你？我为什么看到你心里最发紧，比看毛片之前还发紧，在十二月的傍晚，在王府井街上，在我的毛衣里颤抖？"

小红说："你逻辑不通，偷换概念。奶大没有道理好讲，但是让谁摸不让谁摸，这个有道理，我主动，我做主。你看到我，心里发紧，第一，你不是第一眼就是这样。你第一眼看见我，仿佛我不存在，仿佛一头母猪走过，仿佛一辆自行车骑过去。第二，这个道理非常明显，你看到我心里最发紧，那是因为在你见过的姑娘当中，我的奶最大、最挺，和腰的比例最不可思议，这个不涉及你的灵魂，不涉及你在黑暗中苦苦摸索。"

我说："那，再换套逻辑。世界上，人生里，有很多事情是不由个人控制的，个人是渺小的，是无助的，人为刀俎，我为鱼肉。比如，我爸妈生下我，我没有说过愿意，因为我根本就没有被征求过意见。我老妈认定，将来需要一个司机，所以有了我哥。将来需要一个售货员，所以有了我姐。将来需要一个厂长或者医生，负责分套房子或者生老病死方便就医，所以力排众议，有了我。因为力排众议，所以我更加必须成为一个厂长或者医生。因为我老妈想不清楚，除了做人浑蛋之外，如何才能当上厂长，所以为稳妥起见，我只能当个医生，这是我的责任。因为我老妈生我的时候，被她踢过面门的妇产科医生用力过大，她落下了子宫脱垂的毛病，腹痛腰痛，总感觉到阴道内有异物或有满胀感，所以我更加有责任当个医生。如果我提前知道，我有义务为了我们家，托着我老妈的子宫当一辈子医生，或者有义务为了我们祖国，托着炸药包炸掉美国人的碉堡，我一定不同意被生出来。但是这个不归我管。类似的例子还有很多，出生之后，一定年岁，我一定要去上小学，一定时候开始发育，一定夜晚开始做春梦。这些都是被决定了的，比历史清楚太多，不容篡改。法国为什么那时候出了个拿破仑？美国为什么那时候出了个林肯？这些都是诸多偶然因素共同作用下的必然结果。拿破仑和林肯是好是坏，这个水分很大，但是他们的出现，没有水分。"

小红说："秋水，我们是学自然科学的，你说的论据和论证都对，但是我想问你的是，你上一个姑娘的床是必然，但是为什么上了你女友的那张床？这个偶然，如何解释？道理上，我们没有差异，只是你的论据和论证让你的论点立不住脚。"

我第一次看见我女友，她距离我五百米。

一年军训，课程安排以强健身体挫刮脑子为主。后来见过小红的爸爸之后，我马上理解了当时的安排。对于多数坏孩子，正常的杀毒软件已经失灵了，癌组织和正常组织已经从根本上纠缠在一起了。这一年的目的是把这些坏掉了的脑袋先格式化。回去之后，再填进去各种知识、技能和实用科技，其他空间，就装《啄木鸟》和《法制文学》和一些基本公理，比如祖国伟大，人民很牛，大奶好看，伟大的中国和很牛的中国人民五千年前就发明了一切人类需要的东西而且将会永远伟大和牛下去。然后，这些坏孩子就成才了，长得就像小红她爸一样了，右半拉脑袋明显大于左半拉脑袋，右眼明显高于左眼，右嘴角明显高于左嘴角。到那时候，《神经解剖学》就要改写了。所以除了《大学英语》和《大学语文》之外，都是《人民军队》和《内务条例》之类的课程，讨论如何宣誓、军官和首长的区别、首长进屋后我们没戴帽子要不要敬礼之类问题。

黄芪说，如果有拉屎这门课，就会听见这样的对话："报告教官同志，二十四队八班拉屎集合完毕。是否上课，请指示！"

"好。拉屎分解动作开始。场地划分一下，前五名第一、二坑位，后五名第三、四坑位，上坑！"

《大学语文》是个河南籍老师教的，他说，中国历史上一半的美女产自河南，《诗经》里一半的诗歌是河南诗人创作的，他读，"曰归曰归，岁亦莫止，靡家靡室，猃狁之故……曰归曰归，心亦忧止，忧心烈烈，载饥载渴"，辛荑和我怎么听，怎么是"丫归丫归"。辛荑小声嘀咕："你丫想回来就回来吧，还作首诗？"

辛荑最喜欢上《大学英语》，因为男女合上，能看见长头发。我说，能比我们的长多少，辛荑说长多少也是长。上完两堂《内务条例》，我们在教学楼三楼的走廊等待女生的到来。天气阴冷，杨树的叶子都掉光了，我们都穿了棉袄和棉裤，靠在铸铁栏杆上，有小风吹过，顺着后脖子舔到尾骨，人一阵哆嗦，然后望见，从杨树那边，从营房那边，一大队女生列队走了过来。脸，圆的，红的，被冻的。身子，圆的，绿的，早餐一顿两个馒头一大碗面粉汤催的，被棉袄棉裤撑的。远远地，仿佛一个大球顶着一个小球，肉把骨形淹没，然后一堆球整整齐齐地滚了过来。

之后变成我女友的姑娘，走在队伍的最前面，明显是班长，虽然不是个子最高的一个，但是显得最高大，在那一大队球里，她也穿军绿的棉袄棉裤，但是遥望过去最不像球。队伍快到楼梯的时候，我女友一脸刚毅地喊"一二一，一二一，一二一，立定"，便步上三楼，带队齐步进教室，然后我女友一脸刚毅地喊："报告教官，二十五队全体到齐，请您上课。"教官喊："请坐下。"然后我女友一脸刚毅地坐下，其他女生也纷纷坐下，肉屁股和木椅子碰撞，发出此起彼伏的闷声。等下课的时候，我女友又站起来，一脸刚毅，喊："报告教官，二十五队学习完毕，是否带回，请指示！"教官喊："带回去。"全学院范围内聚会，我还见过多次我女友指挥女生队唱歌，她的双臂控制着所有女生的声音，她的脸上聚集了无数男学员的目光，她一脸刚毅，没有一点畏惧，最后右臂一挥，全部声音骤停，我觉得她很帅。

我和辛荑坐在教室的最后面，他绿着脸背俞敏洪的《GRE词汇》，每背一课，就小声而坚定地骂一句，然后就拉我扯淡聊天。辛荑说，厚朴告诉他的，每次记忆训练，开始和最后接触的部分记得最牢，所以要记得深刻，就要增加停顿次数。辛荑在军训的时候培养了一个历史学家常犯的坏毛病，他把自己想出来的鸡贼观点都借着厚朴的嘴说出来。我刚看完原版的《大卫·科波菲尔》，接着看《查泰莱夫人的情人》。我看完一部原版长篇，就在英文字典的扉页上画上正字的一笔。鲁迅在《杂文》里说，他在日本无聊的时候看过一百部小说，之后写小说的底子就基本有了，后来就成了文豪。我想在二十五岁之前也要看完一百部原文长篇小说。好久之后，我隐约发现，我被鲁迅误导了，他说的一百部，一定不都是长篇，很有可能大部分是短篇，而且是日文短篇，而我读的都是英文长篇，都三百页以上，多费了我好些倍的时间。读劳伦斯的时候，我无须引导，瞬间体会到他所有的苦，觉得他是英国的屈原，书后有劳伦斯的小传，这个痨病鬼只活了四十多岁，想到我的来日无多，想起我看长篇小说浪费的光阴，我忍不住骂。

每看十来页《查泰莱夫人的情人》，我便看前面仙人球一样的女生歇眼睛。我女友坐在最前面，头发是这些球里最长的，几乎拂肩膀，表情最刚毅、最显眼。后来我女友告诉我，头发的长度是她全力争取的，军官区队长以及区队长的上级中队长放出狠话，说留发不留官，班长说不要当了，但是找不到替手，其他女生都在专心背英文，而且表情没有我女友刚毅，一半都没有。又说留发不入党，军校火线入党就不要想了，但是我女友高中二年级就入党了，还是市级优秀学生干部。我当官过敏，但是我长期被女干部吸引，她们刚毅勇决，认定屈原和劳伦斯是白痴，理直气壮不问人生为什么，剪刀一样气势汹汹地活过八十岁。如果我是茑萝，她们就是大树。想起她们，我的心里就感觉踏实。辛荑后来说，我脊椎骨里横躺着一个受虐狂，这个暗合《生理学》，正常男人大便和高潮时候的痛苦是骨子里的欢乐。

我女友说，她注意我比我注意她晚很多，所以界定我们的恋爱史时，官方说法是我追逐她。我们军训所在的陆军学院有一个挺大的图书馆，阅览室的大桌子，两边坐人，中间一道铁皮隔断，防止两边的异性之间或者同性之间四目相对，但是隔断靠近桌面的地方开了一道一指宽的缝。我女友后来说，她第一次注意我，是从缝隙里看见我的嘴，薄小而忧郁，灿如兰芷。我算了算，那时候我应该在读《查泰莱夫人的情人》描写最细致的三五十页，那两片嘴唇流露出的迷人的气质都是憋出来的，这种气质的吸引力是有激素基础的，也符合《生理学》。

我和我女友熟悉起来，是在陆军学院组织的全学院党的知识竞赛上，那次竞赛，我们联手得了第一。

贯穿军训一年，我们有各种集体活动，基本目的都是消耗体力和脑力，抵抗一平方公里内积聚的大量激素。国庆之前，中队指导员做国庆动员："我军有三个基层组织，一是党支部，是核心。二是团支部，是助手。三是军人委员会，是参谋。明天就是国庆了，祖国的生日，我们所有人的母亲的生日，我们怎么能不激动？怎么能不自豪？再过三天就是中秋节，我们怎么能不期望？怎么能不畅想？我队做了周密的安排。第一天上午，和二十三队打篮球，全体人员必须参看并且鼓掌。这是毫无疑问的。没有集体活动，就不能成为一个集体。没有好的集体活动，就不能成为一个好的集体。下午，看电影，《危楼传奇》。第二天，上午也是看电影，《飞人传奇》，下午乒乓球比赛，晚上当然有晚会，首长讲话，部队学员代表发言，北大学员代表发言，部队学员代表表演节目，北大学员代表表演节目。第三天，上午也是看电影，《鬼屋传奇》，下午展开劳动竞赛，把上周帮助老干部活动中心挖的人工湖填平，种上松树。有几点注意，第一，必须注意安全。第二，要注意在节日里学雷锋，适当到厨房帮厨。第三，上级规定，外出人员不许超过百分之五。第四，节日时间，从九月三十日，即今天，下午六点开始，到十月三日下午六点结束。现在，各班带回，每个人表表决心，如何过好这个光辉而伟大的节日。"晚会上，我代表发言，结尾是这样的："三百六十五天，只是一瞬间。花开了又落，叶子绿了又黄，树木的年轮又增加了一圈。祖国啊，祝您生日快乐，祝您又走过了光荣的一年！三十而立，四十而不惑。四十一岁的您又经历了多少沧桑风雨。风雨终将过去，您仍是您，不，您是更成熟的您。祖国啊，祝您生日快乐，祝您身体健康。"黄芪弹吉他，辛荑演唱《我要的不多》："我要的不多，无非是一点点温柔感受。我要的真的不多，无非是体贴的问候。亲切的微笑，真实的拥有，告诉我哦告诉我，你也懂得一个人的寂寞……"辛荑说，他当时在台上，想到"丫归丫归"，看到所有女生的眼里都是泪水。之后两个月，女生中队跑步时有一个人晕倒，校医在非凡的想象力作用下马上测试 HCG，结果阳性。领导们有一点疑问，为什么怀孕的女生长得不算好看？一点结论，和晚会，特别是辛荑的演唱有关，因为女生中队的队长指出，辛荑演唱的时候，这个女生哭得最凶。

那之后，我们都按照这个逻辑，说那个女生肚子大了，都是因为辛荑。我安慰辛荑，有些事，说有就有，说没有就没有，女方告就有，不告就没有。那之后，集体活动也只剩看电影和挖湖填湖了。

我想尽办法逃避集体活动。推选党的知识竞赛的代表，大家说，厚朴最会背了，梦话都是单词，他应该去。秋水也会背，圆周率能记得小数点后一百位，他也应该去。厚朴抱着他三本大小不一的英文字典，说，好呀好呀。我也跟着说，好呀好呀。

女生中队派来的是我女友。我们三个占据了大队的会议室，厚朴放下屁股就说，他负责党章，也就是一本字数少于《道德经》的小册子。我女友放下屁股喘了一口气就说，她负责党对军队的政工，也就是一本少于五十页的《支部建设手册》。我说："你们俩都是你们省市的高考状元吧？反应真快。好，我负责党史，包括人物、事件、会议，还有军史、国民党史，还有其他。"

会议室很大，大方桌，坐十来个人没有问题，不用去集体看电影，不用去挖湖填湖，还有勤务兵送开水。信阳产毛尖，大队政委送了一斤当年的新茶，说，多喝，少睡，多记，为集体争得荣誉。我们仨各坐一边。我背半个小时的党史：一大，1921 年 7 月 23 日；二大，1922 年 7 月；八七会议，1927 年 8 月 7 日；六大，1928 年 6 月 18 日到 7 月 11 日；古田会议，1929 年 12 月。然后看十来页《查泰莱夫人的情人》，然后看我女友的头发这两天又长了多少。厚朴背半小时英文字典，背几分钟党章，再背半小时英文字典，然后去会议室旁边的小卖部看看卖东西的女兵。厚朴和那个女兵早就认识，我听辛荑说，他们第一次对话时，他在现场，当时的情况是这样的：

女兵问厚朴："要什么？"

厚朴答："手纸。"

"大的小的？"

"当然是小的。"

后来，辛荑见厚朴就喊："当然是小的。"厚朴学习了很多北京民间缓解压力的方式，想也不想，对着辛荑回喊："你大爷当然是小的。"

小卖部没人的时候，厚朴常常教那个女兵文化，"这不是陪陵榨菜，这是涪陵榨菜""这不是洗衣粉，这是奶粉""这不是秦国话梅，是泰国话梅"。会议室敞着门，听得真切，我发声地笑，我女友不发声地笑。我女友一背《支部建设手册》就是两个小时，然后起来伸展腰腿，眺望远方，然后再背两个小时。我们俩很少说话，她时不常带来小米薄脆、橘子罐头、花生米、鸡公山啤酒，摆在大方桌一角。除了啤酒，厚朴吃掉了百分之八十，他比女生还能吃。吃完汗就出来，透过衬衫，直渗外衣，明确显示他奶头在什么位置。厚朴说，如果不出汗，他会成为一个大得多的胖子。

中午午睡的时候，值班的狂喊："秋水，有女生电话找你。"我喊:"你喊什么喊？我妈。"接了电话，是我女友。

"不是天天都在会议室见吗，怎么想起来打电话？"

"买了一个西瓜，我吃了一半，另一半想给你。带到会议室，又都喂厚朴吃了。"

"好啊。我也不喜欢看他吃完了露出奶头。"

"我怎么给你？"

"我过去拿？太显眼了吧？你过来送？太显眼了吧？"

"十分钟之后，去大操场。操场北边，'保卫祖国'四个大字标语台，在'保'字下面见。"

走在去"保"字的路上，我在想，餐具都在食堂，中午上了锁，到什么地方去搞把勺子挖西瓜来吃？"保"字下面，我女友拿着个半透明的塑料饭盒，不是半拉西瓜，饭盒里有个塑料的叉子。

"而且西瓜是去了籽儿的。别问我为什么知道，我就是知道。我一边在床上背单词，一边看着你女友剥籽儿的。一共三十七颗，二十二颗全黑的，或者叫成熟的吧。"小红有一次说。

"我还知道，你没和大伙儿一起回北京，她帮你订了第二天的八次列车。别问我为什么知道，我就是知道。记得我问过你是不是五号走，你说六号走？我负责女生订票，你女友订了两张六号的车票。"小红有一次说。

六号的八次列车，挤死，到处是人，车厢间过道、座椅底下、头顶行李架上、厕所里，如果车厢外面有挂钩，一定也会是人；如果人能飘着，车厢上部空余的空间也会飘满人体。我和我女友一起回北京，周围没有其他认识的人。到郑州之前还挺着站着，过了郑州，车厢里更挤了，我女友找了张报纸，叠了几折，铺在地上，两个人一起坐了上去。

天渐渐黑了，火车和铁轨碰撞，发出单调的声音。我慢慢失去意识，梦见高考揭榜后，张国栋考上了北京电影学院，三十个高中男女生去他家大聚大吃。张国栋喝得脸红到肚脐，和嘴唇一个颜色，举起一碗汤，喂了裤裆。朱裳也去了，到处和人喝酒，基本没和我说话。她给别人说她要去上海，说没报北京的学校，她说："听天由命。我，听天由命。"声音越来越大，我蓦然醒了，手在我蜷起来的腿底下，在我女友的手里面，头在我女友的肩膀上，她完全清醒着，两眼看车厢前方，表情刚毅。

"我累了。"我说。

"嗯。接着睡吧。"

"军训一年，你有什么收获？"

"党知识竞赛的时候，你说：'我们发下来的军毯属于军用物资，用完上交，太遗憾了，多好的打麻将布啊。'我帮你买了一条，打进包裹，直接运到北大去了。九月开学的时候，你就能用上了。"

"真的？"

"真的。"

"你头发已经很长了。"

"你喜欢长头发？等一下，我把辫子散开，你枕着舒服些。"她的头发散开，垫在我的头和她肩膀之间，我心境澄明。

"说句话，你别生气。"

"不生气。不会生你的气。"

"我想抱你。"

"现在不成。人真讨厌。"

"你生气了？"

"没有。我高兴。"

"男孩心思太苦。很多时候太累，表面强悍，实际上很弱。"

"我知道。我喜欢。接着睡吧。"她的手干燥而稳定。

车厢里没有人注意我们。每个人都在努力，努力在车厢里给自己找个空间放好。

"我知道你如何上了你女友的床，你自己爬上去的。一种可能，你对你女友充满爱恋。另一种可能，你没有任何意志力，有个洞你就钻，有个菜你就捡，有个坡儿你就往下出溜。你或者什么都想要，或者不知道自己要什么。两种可能，对我来说，一个意义。你知道我为什么问你想几号走吗？因为我有同样的想法，我想你晚一天走，和我一起走，然后车上我有机会告诉你，我喜欢你，请你上我的床。"小红有一次说。

"你知道吗，老兵洗脚，一只一只地洗，洗左脚的时候，右脚穿着袜子，穿着鞋，系着鞋带。据说，这样，如果战斗打响，跑得快。"我当时回答。

第八章

无性之爱，夏利车

小红有兽哥哥，平均一周见一次，她的兽哥哥又开始经常扛着巨大的编织袋跑东欧，名片上注明，他在捷克有个艺术工作室。辛荑现在和一个外号"妖刀"的北大女生探求灵魂上的至真至美至纯粹至善良的爱情，他第一个前女友女工秀芬已经被他爸拆散了，第二个小翠也已经被他妈否决了。小白每个周末必须去他大姨家，吃饭，感受家庭温暖；每周必须去王教授家一次，吃饭，感受大医风范。我必须和我女友每天吃三顿饭，睡觉不在一起，学校不让，宿舍的其他人也不让，进入临床实习后，我要求两个人自习不在一起，我说我怕我女友的魅力干扰我探究古今学问，我女友说随便。其他时候，小红、小白、辛荑和我常泡在一起，辛荑说："这就是传说中伟大的至真至美至纯粹至善良的无性友谊，无性之爱。"小红说："真的啊？"

小红、小白、辛荑和我四个人泡在一起最常见的形式是坐车出去吃喝。

一九九六年，北京街面上黄颜色模样的面的还没有绝迹，车没鼻子没屁股，十块起步，钻过胡同钻过裤裆，一块一公里。普通型桑塔纳和尼桑皇冠算最拉风的车型，车有鼻子有屁股，司机师傅百分之五十戴白色棉线手套，两块一公里，街上基本揽不到生意，他们集体穿西装，有鼻子有屁股，在五星饭店趴着截击老外。面的和桑塔纳、尼桑之间是夏利，车有鼻子没有屁股，一块二一公里，是小白的最爱。小白初到中国，先喜欢的是屎黄的面的，便宜，肚大，我们三四个人在车里面对面坐着，小白说，恍惚中内部空间如同加长的凯迪拉克，中间焊个玻璃桌子、小冰箱，圆口矮杯，喝加了冰块的白兰地。后来，小白坐面的差点出了车祸，急刹车之后，脑门和鼻子撞在车窗玻璃上，脑门肿了，鼻子流血了，架在鼻梁上的一副雷朋眼镜碎了。之后，小白爱上夏利，说："颜色好，猪血红，底盘低，开起来感觉掠地飞奔，仿佛法拉利。"

这种猪血红的夏利长久地留在我记忆里。

基本的画面是这样的：小白坐在的哥旁边，左耳朵听的哥臧否中央党政军时尚人物，左手攥着一个厚实的黑皮钱包，负责到地方点车钱，眼睛巡视前方左右两边人行道和自行车道上衣着暴露肢体出众的姑娘，看到左边有就挥左手，看到右边有就挥右手，同时用他短促、低轻但是有穿透力的声音，叫一声。

那个钱包是黑皮的，看上去很软，最外边清晰地印着"Hugo Boss"。这个牌子，我和辛荑在王府饭店地下购物区的专卖店里看到过，一条内裤，两百多块，够买我们俩一辈子穿的内裤,够我们两个月的伙食或是在燕雀楼买一百五十瓶燕京啤酒。当时,在冷艳的导购小姐面前,辛荑机智地征求我意见:"马来西亚生产的,不是德国原装货,不要买了。"导购小姐偷看了一眼,看看我和辛荑有没有手拉手。很久以后,小白告诉我们,钱包是在秀水市场买的,二十块,他同时还买了一块劳力士的满天星,八十块。Hugo Boss 的钱包质量好,用了很久。劳力士表送给了他老爸,表盘里的满天星,三个月就开始松动脱落,他老爸需要将手表同地表放平行,脱落的星星们在重力作用下均匀分布,大部分回落到原来的坑里,才能勉强看清时间。辛荑总结,小白身上,鞋是名牌,耐克;牛仔裤是名牌,李维斯,而且是李维斯的银标,所以身上的名牌只需要百分之三十左右是真的,就足够让别人认为你全身名牌,所以超过百分之三十就是浪费和傻子。那个钱包层数很多,小白有很强的组织能力,有的层放人民币,有的层放发票,他说以后到了公司上班,发票就能报销了,现在只能给他爸妈。我在那里面第一次见到了墨绿色的美元,单在钱包的一个层次里放着,一块、十块、百块都一样大小,比我们的十块钱小很多,比我们的一块钱也小一些,一元纸币正面印个卷毛秃顶老头的半身像,面带赘肉,表情老成持重,仿佛清宫太监,反面是个洋房,比故宫太和殿规模小了很多。

辛荑、小红和我坐在后排。后排空间小,我坐左边,辛荑坐在右边。小红坐在我们中间,身体正对前排的手刹和后视镜，左腿贴着我的右腿，左乳贴着我的右臂，右腿贴着辛荑的左腿，右乳贴着辛荑的左臂。小红说，她坐车喜欢坐后面，后面比较颠，身体一颤一颤，上下，左右。小红说，她坐车喜欢坐我和辛荑中间。"左边是帅哥，右边也是帅哥。左边是个一米八的精瘦帅哥，右边是个一米八的微胖帅哥。"因为是辆夏利，左右都没有多少缝隙。小红不是小白的女朋友之前，常常这么说。小红成为小白的女朋友之后，也常常这么说。

我有个错觉，尽管都没有多少缝隙，我还是觉得小红贴我这一边比辛荑那一边更紧一些。小红长得非常对称，肉眼目测，不存在左腿和左胸大于右腿和右胸的现象。我一百三十多斤，小黄笑话辛荑一百九十多斤，相差的六十斤肉，填补在小红和辛荑之间，可我还是觉得小红和我更近。所以我认定这是个错觉，仿佛躲在小屋子里看武侠小说，没过几十页就把自己错觉成小说中的主角少侠，我一定禀赋异常，出身名门，一定父母双亡，被人追杀，一定掉进山洞，碰到一个白胡子残废师父，一身功夫一肚子脾气，找到一本天下第一的《易筋经》，没几分钟就练成了。为了替我父母和我师父报仇，我出了山洞，每到一个小镇都遇上一个脾气秉性不同但是胴体一样动人的女侠。总之，在错觉里，所有好事都会冰雹似的砸到我身上，躲都躲不开。几年之后，一个夏天，小红从波士顿回到北京："秋水，小神经病，干什么呢？我回来了，你有空吗？咱们去捏脚吧。"街头已经没有面的了，多了一种叫富康的一块六一公里的出租车，多数也漆成猪血红，从远处驶来，要很好的眼力才能分辨出不是夏利，有屁股的。小红天生大近视，我左眼一百五十度，右眼二百五十度，但是忘戴了眼镜。我还是眯缝着眼睛，放走五六辆富康，分辨出来一辆夏利，小红和我重新挤进夏利车的后座，我坐左边。天气很热，日头很毒，司机师傅说，好多年的老夏利了，开了空调就开不起来速度，开起来速度就没有空调，像宏观经济一样，上级一放就过热，冒出很多不良贷款和贪官，上级一收就硬着陆。所以他开一会儿空调，开一会儿速度，就像国务院调整我国的宏观经济一样。后排座子的窗户被司机用两张《北京青年报》挡了，"阳光进不来，车里凉快。"司机说。小红烧肉一手扯掉报纸，说："我喜欢眼睛到处看。"身子挤过来，又说，"我还坐中间好不好？"车堵得厉害，我在流汗，我回忆起我过去的错觉，当初学医的时候，教授说人类有记忆，记得时间、地点、人物、故事的发生、发展和结束，说过人记得其他吗，比如触觉、味觉、听觉、嗅觉？好些事实，时间长了，也就成了错觉。好些错觉，时间长了，反复确认，也就成了事实，反正脑子里没有确凿的证据。我忍不住把这些告诉小红，小红眼睛看着车窗外的赛特大厦，说："捏脚的良子店就要到了。"

我坐在夏利车的后排左边，右边是小红的左腿和左乳。实在是挤，小红的胳膊只能放在突出的乳房的后面。小红是我们学校无可争议的豪乳。她个头刚过一米六，腰一尺七，衬出她 D 罩杯不成比例的巨大。小红后来告诉我，她中学的时候，一心向学，脑子累了眼睛累了就吃大白兔奶糖、双桥酸奶和梅园乳品店的奶酪干，吃成了一个大胖子，后天加上天生，很快眼睛坏了，九百多度了，什么闲书都不看了，什么也都不吃了，身子瘦了，但是奶还在，身材就不成比例地好了。我说，我中学时候看书，三年不窥园，累了就睡，醒了就看，心里肿胀，连着胃口也满满的，什么都不想吃，早知道，我就吃甘蔗吃白薯吃竹笋吃猪鞭吃鹿鞭吃野狗鞭，然后下身也就不成比例地好了。小红说我变态，她说在国内没有买到过合适的衣服，腰合适了，胸一定嫌小，胸合适了，腰一定嫌大。这个问题到了美国之后才得到基本解决，美国那个地方，有麦当劳巨无霸汉堡卖的地方就有巨乳，A杯才是珍奇。所以小红在国内上医学院的时候，基本没合适的裙子穿，只好穿圆领衫和短裤，除多了胸少了腿毛，和小白的打扮类似。小白在确定追求女朋友的目标之前，考虑过很多，罪魁是辛荑。辛荑帮他定的指标，最重要的是三大项：材、才、财。还明确了定义，材指脸蛋和身段，才指性格和聪明，财指家里的权势和有价证券。还明确了权重，材占百分之四十，才占百分之三十，财占百分之三十。

小黄笑话辛荑对我说："给小白用EXCEL做个电子表格，把他彻底搞晕，小红就是你的了，我们要保卫班花。"

我说："我有女朋友了，还是留着你用吧。要不我和我女朋友商量一下，就说是辛荑说的？"辛荑马上闭嘴了，我女朋友的剽悍和他女朋友的剽悍一样有名气。他的女朋友在京西，镇北京大学。我的女朋友在京东，镇仁和医学院。辛荑现在睡我下铺，在京东，在仁和医学院。

辛荑对小白说："把你的可能目标都交代出来，我帮你确定分数值以及确定最后目标。"

小白说："小红奶大腰窄嘴小。她奶大，李加加说的。"李加加也是个留学生，住北方饭店小白的对门，主攻内分泌，我想主要是为了治好她妈妈和自己的毛病。李加加是个话痨型八婆，感慨于加拿大地广人稀，冬天漫长，没有"八"的对象，除了在自己院子里私种些大麻，偶尔白日飞升，每分钟二点九九美元电话性交，没有其他娱乐。李加加读了斯诺的《西行漫记》之后，决定效法白求恩，来到中国。她在北方饭店的房子和小白的一样，有十平方米的独立卫生间，但她最喜欢的事情是去仁和医院的集体澡堂子洗澡。一周三次，拎着一个塑料桶，里面装一瓶洗头香波，一瓶润丝，一瓶浴液，一瓶涂身子的润肤霜。李加加仗着中文不好，口无遮拦。她告诉小白痴顾明，她亲眼看到，小红全裸的面貌："太大了，比所有人都大，比我的也大。灯光下的效果如同三克拉的钻石，要多少眼珠子掉出来，就有多少眼珠子掉出来。周围有多少眼珠子，就有多少眼珠子掉出来。你要是不把握机会，你就后悔吧。我就看不起你。我还有我妈都看不起你。"

辛荑说："奶大只是一类指标中的一个指标，虽然重要但是不能代表全部。你要全盘考虑啊。"

顾明说："小红奶大，李加加说的。"

辛薲说:"奶大是会改变的。生气之后会小,年纪老了会下垂。你看多了,会脑出血,摸多了,会长腱鞘炎,哪只手摸得多,哪只手就先长。好东西也要全面考虑,考虑将来,考虑副作用。"

小白说:"小红奶大,李加加说的。"

我后来认识了一个叫柳青的女人,她心烦的时候会问我方不方便见面吃饭,我方便的时候,她会出现,所以小白、辛薲和小红都见过。柳青也是大奶,她告诉我是遗传,她爸爸不到五十岁就发育成弥勒佛一样的大奶垂膝,五十岁出头得了乳腺癌。柳青时常出差到国外,她说香港有专给外国人的服装店,有适合她穿的裙子。小白把我当成好兄弟,他见过柳青后,拍拍我的肩膀,说:"哪天咱们交换一下指标,看看小红和柳青谁更伟大。"辛薲说:"看看是遗传伟大还是后天培养伟大。"

我坐在夏利车的后排左边,蜷缩着一动不动。我的右胳膊和小红的左胸之间只隔着一层衣物,我穿短袖,那层衣物是小红的圆领衫,我的右腿和小红的左腿之间一层衣物也没有隔。那一边,是热的。我的眼睛直直地盯着前面司机师傅的后脑勺,他的毛发浓密,油质丰沛,头皮屑如奶酪粉末一样细碎地散落其间。我闻见小红的香水味道,我是老土,我洗脸都用灯塔肥皂,我不知道那种香水的名字。后来,柳青告诉我,小红用的是香奈儿的 No.5,梦露晚上睡觉,只穿 No.5。夏天,夏利车常常空调不好,空调不好的时候,除了

No.5，我还闻见小红的肉味儿，不同于猪肉味、鹿肉味、野狗肉味，我没有参照系。她的头发总是洗得很干，小红说，她头发两天不洗就会出油，就会有味儿。车子左拐，她的头发就会蹭到我的右脸，很痒，因为右手如果抬起来一定会碰到小红的左胸，不能挠，所以，汗下来。夏利车在东单附近的马路上开过，马路下面是大清朝留下的下水道，雨下大了就都在地面上积着。我的屁股距离地面不足十厘米，车子每轧过路上一个石子、一个冰棍，或者开过一个小坡，我的屁股都感到颤抖。那种颤抖从尾椎骨开始，沿着脊椎直上百会穴，百会穴上胀痛难忍。我坐在夏利里，坐在小红左边，我了解了，为什么国民党认为，美人也是一种酷刑。我记不得一共坐过多少次夏利，但是我丢过一个眼镜盒、两支派克笔、三个钱包、两个寻呼机、一包口香糖，都是放在左边裤兜里的，不知什么时候掉在车里了。我发过誓，以后再也不在裤子口袋里放东西。以后我随身带个书包，装我的各种小东西，放在我的双腿上，遮挡我的下体。

辛荑比我有条理，他没有在夏利车里丢过任何东西，反而捡过二十块钱。我们四个开始一起坐夏利车之后三个月，小黄笑话辛荑开始流鼻血，用棉花球堵、冰块镇、鞋底子抽都没有用，流十几毫升自己就停了，一个月一次，基本规律。我怀疑，他惦记513室的小师妹，是为了蹭吃蹭喝那一锅补血的乌鸡红枣党参汤。

第九章
石决明，JJ 舞厅

在医学院的后半截，在决定要争取去美国实地考察资本主义腐朽没落之前，在手术前刮阴毛备皮和手术中拉钩子抻皮之外，我和辛荑的时间和金钱差不多都花在吃小馆和喝大酒上。

我们住宿舍象征性地每年交五十块钱，一间十平方米的房间，六个博士生，三个上下铺，一个脸盆架子，一墙钉子，杂物堆挂挤塞在任何人类或者鼠类能找到的空间，蟑螂在人类和鼠类不能利用的空间里穿行，晚上累了，就睡在我的褥子和床框之间，睡在我和辛荑之间。蟑螂们前半夜随处大小便，产出物随风飘落，然后听到辛荑梦里磨牙的声音。它们后半宿夜起彷徨，常常三五成群走过我的脸。我在墙上贴了黄芪写的行草"行苦"，杜仲这个没文化的总念成"苦行"，黄芪写的时候已经喝肿了，"行"字最后一笔被拉得很长，长得没有头的绝望。我姐姐说她要在美国换个大房子，至少要四间卧室，自己一间，老妈和老爸各一间。老妈提供的理由包括，她天生敏感睡得很轻；老爸夜里翻身吐痰抽烟磨牙打呼噜；她天生多病，看到老爸常常想到彼此人生观如此悬殊诱发心脏房颤、室颤，同时老爸还有脚气和神经性皮炎；她天生肥胖基因，到了美国有了吃的很快逼近二百斤，老爸不到一百斤，万一翻身压死了他，她属于意外杀人。我七岁的外甥一间，我姐姐提供的理由是，他要上小学了，他的脖子长得可快了，我老妈纵论邻里矛盾的时候，他伸长了脖子往别人家里看，眼睛能高过窗台，他要有自己的空间，发育自己的灵魂和自我，养他的千古万里浩然之气。想起我六个人十平方米的宿舍，我觉得我老妈和我姐姐讲的一定是抹香鲸的语言。

交通也用不了多少钱。宿舍在东单和王府井之间，和大华影院、奥之光超市、东单体育场、东单公园、王府井百货大楼等的直线距离都在二百米之内。在北京这个从来就不是为了老百姓舒服生活而设计建造的城市里，属于少有的安静丰富。辛荑家的一间破平房在美术馆北边，顺风的时候，憋着泡尿，从仁和医学院五号院西门出发，急走几分钟就到。我从小住的平房就够破了，我们六个人十平方米一间宿舍就够挤了，第一次看到辛荑家的老房子，我还是感叹人类忍耐苦难的能力和理解夏商周奴隶制存在的可能。我家已经不住平房了，辗转几处，最后又搬回了垂杨柳。如果需要回去，我从宿舍走到东单公园，坐四十一路汽车，两毛钱到家。

辛荑在穿衣戴帽上，没有来自女友的任何压力。辛荑第一个女友女工秀芬看辛荑基本是仰视，基本只看辛荑锁骨以上，辛荑下六分之五穿什么无所谓。辛荑第二个女友小翠在北京二环内长大，看习惯了军装晃荡着和片儿鞋趿拉着的混混。我们军训时发了五套军装，正装上挂塑料镀金扣子和血红肩章，镀金扣子比金牙还假，回到城市不能上街，但是作战和训练用的作训服还是和早期的军装很像，辛荑常常穿着它，产生医学博士生和街面土混混另类搭配的诡异气质。小翠看着辛荑身上的作训服眼睛就发蓝光，想起自己的初潮，想起自己的失身，阳光暖洋洋地照在身上，红晕湿脸颊。我、厚朴和杜仲都从心底里喜欢小翠，我们把我们的作训服都给了辛荑，这样，他将来十年，无论胖瘦都有的穿，我们也有机会看小翠眼睛里的蓝光。辛荑现任女友"妖刀"强调精神，心眼遥望美国和未来，心火昂扬，青布衣裳。清汤寡面的头发和生命力旺盛的眼睛，仿佛黑白资料片里抗战时期在延安的江青。只要辛荑的阳具包裹在路人视线之外，"妖刀"就没意见，所以辛荑一年在衣服上也花不了两百块钱。现在进入实习期，白天白大褂，夜里作训服，基本不用钱。

我很小就有自我意识，四岁分得出女孩好看还是难看，上幼儿园的时候就开始抱怨我老妈，总有用最少的金钱投入把我打扮成玉米、茄子、倭瓜这类北方植物的倾向。三十岁之前，我基本上是被我老爸用手动推子剃平头，基本是穿我哥穿剩下的衣服，基本上不需要我老妈金钱投入。我老妈的观点是："穿那么好看干什么？你不是说肚子里有书放屁都是荷花香、长痔疮都是莲花开放吗？你怎么不想想，你十一岁就要五十八块钱买二十八本一套的《全唐诗》，那时候，我一个月才挣四十八块啊。你当时可以选啊，买五十六条内裤还是二十八本唐诗。"我哥淡然玄远，他是我接触的真实生活里，交过最多女朋友的人。我伸出左右手，数不过来。刚粉碎"四人帮"的时候，大家纵极想象，也想不出日子如何能够更美好，天堂如果不是北京这个样子，还能是什么样子，但在心室最隐秘的角落，隐约觉得，好像有什么地方不对。电影里，英雄有两种表情，灿烂笑容或者巨大悲愤。我哥正青春年少，大鬓角、络腮胡子。一部叫《追捕》的日本电影在中国红了，里面高仓健饰演的杜丘，大鬓角、络腮胡子，皮下肉里和我哥一样淡然玄远，我哥穿上风衣就是杜丘，穿上内裤就是高仓健。我哥这种长相，成了时尚。他当导游，吃饭不用钱，带客人去餐厅吃饭，餐厅还给我哥钱。他的钱都用在行头上。

每过几个月，我老妈就问我哥："钱都哪里去了？"

我哥总是对这个问题很气愤："钱都哪里去了？那你说，几个月前的空气哪里去了？几个月来的粮食都哪里去了？这几个月的青春都哪里去了？"

在之前和之后的漫长岁月中，无论我哥境遇如何，他总是摆脱不了和我老妈的头脑激荡和言语相残，任何需要拿出大笔现金的时候，他总是要仰仗我老妈。我哥最低落的时候，总结老妈的乐趣：没有生活乐趣，酷喜斗争，贪婪无度。我哥说，他们俩的恩怨只有其中一个死了才能了断。我老妈最低落的时候，还是动之以情，就是看着我哥的眼睛说："我怎么生了你这样一个东西。"还不管用，就晓之以理，问："你怎么出门不让车撞死？你怎么不去北京站卧轨？你怎么不去我家？门后有半瓶没过期的敌敌畏，你最好都喝了。"这些都不管用了，最后的最后，我老妈说三个字："还我钱。"

我哥各任女友用她们的美学偏好指导我哥买行头，我哥每换一任女友，我就多了几套一两年前曾经非常时髦、非常昂贵的衣裳，其中包括一条周润发在《上海滩》里那种白色羊绒围巾。十多年后，我哥开始成套继承我的笔记本电脑和手机，都是两三年前最先进的，比如二〇〇六年用 IBM Thinkpad T41 和诺基亚 Communicator 9500。

我哥想不开的时候，说："北京风沙太大，干得尿都撒不出来，十年河东十年河西，比上，我们不如老妈老爸，他们无成本养儿育女，国家福利分房子，还有劳保。比下，我们不如你们，没有赶上'四人帮'被粉碎，有前途，没被耽误。这些都是报应。"

我说："我六岁偷看你抄在日记本里的港台靡靡之音，'我知道你会这么想，把我想得变了样。我不怪你会这么想，换了我自己也一样'，十岁的时候，读两千年前的诗，三十岁以前穿你以前的衣裳，这是传承。"

在原来没有小白和王大师兄的时候，我们有钱的时候去燕雀楼之类的街边小馆，没钱的时候去吃朝内南小街街边小摊的京东肉饼，有钱没钱都喝普通五星啤酒和普通燕京啤酒。王大师兄早小白两年回到仁和医大，一整身白肉和一皮夹子绿色美元，一美元比我们一块人民币大十倍，十美元比我们十块人民币大十倍，让我们所有的人都服了，认定美国的确是个该去的好地方。王大师兄刚来的三个月，我们从南到北，从东单北大街南口吃到地坛公园，又从西到东，从鼓楼东大街吃到东直门。有了王大师兄之后，我才知道了东来顺、翠华楼和东兴楼里面到底有没有厕所，才知道了不是普通的燕京啤酒是什么滋味。

"王大，你说普通燕京和精品燕京到底有什么区别？"我没问辛荑，他倒尿盆的历史比我还漫长，和我一样没有这方面的幼功。

"价钱不一样，差好几倍呢。还有，商标不一样，精品燕京，酒标烫着金边呢。还有，口碑不一样，你看点菜的时候，小姐一个劲儿说精品好。还有，精品的泡沫多，倒小半杯，出半杯泡沫，尿蛋白含量老高似的。"王大师兄说。

我基本认定，不管王大师兄后天的实验室修为有多深，少年时代也是倒尿盆长大的。

"都是骗钱的。"辛荑说，"总要人为区别一下，否则如何多要钱？学医不要学傻了，以为人都一个样，即使脱了裤子也不一样。说实在的，你说，鱼翅和粉丝有什么区别？龙虾刺身和粉皮有什么区别？燕窝和鼻涕糨糊有什么区别？没区别。唯一有些独特的，应该是鲍鱼。"

"什么独特？"在北大上无脊椎动物学实验课的时候解剖过鲍鱼，耳朵似的贝壳，贝壳上一排九孔，学名叫石决明。

"鲍鱼有最像女性生殖器的肉。"辛荑说。

我始终没有改变我在信阳陆军学院对辛荑形成的看法，辛荑的流氓都在一张嘴上。他常年睡在我下铺，真正的流氓不可能有那样彻朗宝玉的睡相。医院供暖期超长，辛荑常年裸睡。人脏，床铺也脏，但是两种不同的脏，产生不同的色彩，一个清晰的人形印在辛荑的床铺上。凭着这个人形，我能清楚地分辨出他的睡相：头面墙，微垂，枕左手，基本不流口水，肚子微坠，肚脐比下巴低，膝收起，大小腿呈九十度，右臂搭身体右侧，一晚上全身基本不动。这个人形长久戳在我脑海里，时间冲刷不掉，过了很久用天眼看过去，仿佛看着新挖开的古墓：内壁长 108～186 公分，宽 24～32 公分，系石板立置砌成女性墓。头向正西，头部马蹄状束发玉箍，胸前一对玉雕猪龙。在朝内南小街街边的京东肉饼店，我、辛荑和小白坐在层叠至屋顶的啤酒箱旁边，街北十五米外是汽油桶改的烙饼炉子。辛荑看着街道旁边凭空而起的板楼，说他小时候，跑步最慢，家周围大单位盖楼房，街上的混混没见过一家一户的厕所，在跑得最快的混混的带领下，蹿上快盖完了的楼房，跑进一家家厕所。抽水马桶的水箱都在头顶，控制水流的绳子垂下来，末端是葫芦形的坠子。混混一把扯下葫芦坠子，跑得最快的混混扯得最多，多到觉得没用还是都揣在怀里。辛荑跑在最后，跑了一下午，一个葫芦坠子都没抢到。辛荑还说，在那片板楼的地下室，在人住进去之前，男女混混常去鬼混，他站岗。跑得最快的混混给他一瓶五星白牌啤酒，说："不是给你喝的，不是给你砸人的，是有人过来就摔在地上，听响，报警。"站在门口，辛荑听见俩喇叭录音机，"美酒加咖啡"，手碰吉他，吉他碰酒瓶，酒瓶碰酒瓶，酒瓶碰墙，肉碰墙，肉碰肉。辛荑说，一直在等那个跑得最快的混混出来，对他说"轮到你了"，但是一直没有。"后来？后来也没轮到我。后来我拎着那瓶啤酒回家，酒瓶盖儿都没启开，天上有月亮，酒瓶盖儿大小。后来，又过了两周，下午，还上课呢，初中的班主任让我去她办公室，办公室里面坐着两个警察，然后我就被带走了。派出所里，我看见了那个女混混，眼睛还是亮的，但是没神儿了；皮肤还是白白的，但是皱了。一个警察问，那天地下室里有他吗？看仔细了，仔细看。那个女的看着我，看了足足三天，三个月，三年，三十年。然后说，没有。后来，警察让我回去了，让我和班主任说，认错人了。后来，那学期我没评上三好学生。后来，我高中考上了四中。"

后来，王大师兄不再拉我们吃高级饭馆了。"理由很多，第一，我钱花得太快了，你们麻将又打得太小，一晚上赢不了一百块，我也不一定每次都赢，我有出没进，我老婆在美国查得到我的账户，她有意见了，认为我在北京有其他女人了，比她年轻的，比她现在漂亮的。第二，我太胖了，我超过二百斤了，我血糖也超标了，我老婆说，如果再超百分之十，过了能被十五开平方的二百二十五，就不见我了，更别说做别的了。我老婆说，如果我再胖，我的那玩意儿都被我肚皮孵住了，肚皮比包皮厚多了，那玩意儿硬了也出不了头，想做也做不了了。第三，我要集中精力好好学习了，我要毕业，然后回美国当校医，我不能草菅人命，我不能砸了'仁和'这个牌子。"

后来，王大师兄爱上了蹦迪。王大师兄开始穿皮鞋，周一到周五，值完班，脱了白大褂，食堂吃碗馄饨，铆进夏利出租车后座，就去小西天的 JJ，全场飞旋。在不带我们出去喝酒之后的三个月时间里，听小护士说，王大师兄有了个外号——JJ 安禄山。虽然更结实了，体重却没有因为跳舞降低到二百斤以下。王大师兄蹦完迪，吃夜宵。一个人的时候，吃东单的街边小馆和京东肉饼，如果蹦迪的时候带着小女护士或者小女大夫或者体形娇小但是年纪不小的老女大夫，就吃一个叫雪苑的上海馆子。我在东单街上仰头见过，王大师兄一边吃一边挥舞着他柔弱无骨的大肉手，小女护士或者小女大夫或者体形娇小但是年纪不小的老女大夫，面积基本上不到王大师兄的四分之一，体积不到八分之一，微笑着坐在对面听着，王大师兄的肉身和肉手占据了雪苑临街所有面积的一半，仿佛拉下了一半的巨幅窗帘。

后来，王大师兄改去劳动人民文化宫周末交友会场，王大师兄基本都不带身边的小女护士或者小女大夫，但是也穿皮鞋。他教育我、辛夷和厚朴，他到了岁数，现在越来越喜欢俗气的女孩，二十岁上下啊，认识的汉字不超过一千个，常说的汉字不过五百个，会写的汉字少于两百个，在王府井百货大楼包个柜台，比仁和医大的女大夫、女护士、女学生强多了，小动物、小树木一样简单，更纯粹，更容易好看。他和我说，在劳动人民文化宫集体交友的人都站在享殿外巨大的平台上，那个享殿比太和殿还高，站在平台上看得到准备祭祖用的井亭、神厨、神库。男男女女在平台上各自扎堆，男的多，女的少，所以往往女的立在圆心，男的围成一圈，轮流介绍自己的情况，谈成绩谈理想谈人生谈工作谈学习谈最近的国家大事。会场的喇叭反复放"一把金梭和一把银梭，交给你来交给我，看谁织出最美的生活"，但是不许唱歌跳舞，所以每个男的都从脚踝发力到喉咙使劲儿说。王大师兄站在旁边，基本没有他说话的份儿，即使轮到他，他刚说"我是个医生"，下一个男的马上接着，"我也是一个医生，我行医五年多了，现在是三甲医院主治医生，年底很有可能提副教授。我是放射科的，但是别担心，我受辐射不多。有带薪假。穿铁裤衩不影响生育，有科学证明发表在上一期《自然》杂志上"。王大师兄说，唯一的一个女的跑过来说："我盯你好久了，这么多人，就数你老实，有诚意。我老实跟你说，我离过婚，有一个小孩儿，虽然我显得小，但是三十多了，你的情况呢？"

后来，小白来了。

第十章

翠鱼水煮，七种液体

我问小白，当他站在东单街头，兜里揣着厚实的黑皮钱包，里面塞满墨绿色的美元和七张不同品牌花花绿绿的信用卡，他是不是感觉如同带着一把装满子弹的五四式手枪，站在两千五百年前燕国首都蓟的中心广场，想谁就是谁，想怎么样就怎么样。

小白只是"呵呵，呵呵"着。

我是在我老姐的钱包里第一次看到传说中的美国绿卡，其实绿卡不是绿的，是深棕色的，印着我老姐的照片，比较真实的那种。我是在小白的钱包里第一次看到那么多张信用卡，花花绿绿金光银光，好看，我一张卡也没有，我有个工商银行的纸存折，在银行营业部打印流水单，从来没见过大于一百的数字。小白将信用卡一张张从钱包里拿出来，然后一张张告诉我："这张是花旗银行的 VISA 卡，跑到哪儿的大商店、大酒楼都能用。这张是美洲银行的 MASTER 卡，也是跑到哪儿的大商店、大酒楼都能用。他们常常在不同时候举行不同的促销活动，所以两张都要有，占两边的便宜。这张是 DISCOVER 卡，基本到哪儿都不能用，但是自己可以挑卡片的图案，比如美国国旗啊、圣诞老人啊、你喜欢的美女啊、你妈妈你爸爸你女朋友的照片啊，而且一旦能用，每花一百美元它返还给你几个美分现金，关键是，你一旦申请到了，就没有办法退，你打电话过去，普通接线员不能受理，她们给你转到客户经理那里，你至少要等半个小时，然后才能和客户经理说话，客户经理通常都是印度人，通常他说话你听不懂，通常他会解释这个卡的各种好处，警告你如果退卡，男的有得阴茎癌的危险，女的有得阴道炎的危险，说话方式和你和辛蒉很像，如果你继续坚持一定要退，三秒钟沉默，电话就断掉了，我打算管小红要张她的艺术照，做成 DISCOVER 卡，放在钱包里，反正退不掉，就当压塑照片用。这张是 VISA 和西北航空公司的联名卡，你消费刷卡，同时可以积累航空里程，里程多了，你可以换一张免费机票，但是一般来说，你忍住不刷卡省下的钱足够买一百张机票。这张是 DINER'S CLUB 的卡，吃饭用的，去餐馆，特别高级的餐馆，没有这张卡不让进门，但实际上，基本没用，你手上攥着美元，基本都让你进去。这张是 Barns & Noble 书店和 MASTER 的联名卡，有了这张卡，可以坐在书店的地板上看书，没有人有权利赶你走。这张卡是 American Express 卡，有个战士戴顶头盔，世界上最早的信用卡，最初都是给最富有的人，拿出来的时候，周围知道这个背景的人都会用另外一双眼睛看你。后来 American Express 出了一个子品牌 Optima，开始发给青年人。我这张是正牌 American Express 卡，我爸爸的附属卡，也就是说我花钱，他需要每月月初付账，我不用管，呵呵。"我想起老流氓孔建国，他有个大本子，土灰色，封面有红字"工作手册"，下面两道红线，可以填名字、日期或者课目。孔建国的本子里夹了七张女人的照片，大小各异，孔建国号称都和他有关系，让我、刘京伟和张国栋以后在街面上遇见，不要上手，毕竟曾经是师娘。孔建国有次一张一张讲过来，用了很少的词汇："这个，清通，敢睡，忘忧。这个，简要，事少。这个，话痨，速湿，会叫。这个，另类，发黑，口好。这个，大气，腿细，毛密。这个，聪明，腰细，反插。这个，卓朗，臀撅，耐久。"对于我，孔建国的话比小白的话，好懂多了。我还想起柳青，是柳青第一次教导我如何喝红酒。我们已经隔了很久没有见面，柳青穿了套男式西装，盘着的头发散下来，比两年前削短了很多，侧身站在七楼自习教室的门口，隔了半分钟，我抬眼看见。柳青说："出差到香港，在太子大厦找老裁缝做了一身西装，穿上之后觉得半男半女但是很帅，忽然想起你。既然穿了西装，去吃西餐吧，还有另外一个朋友也去。"我们去了王府井北边东厂胡同附近一个叫凯旋门的法国餐厅，端盘子的都是男的，柳青教导我说，高级西餐馆子最大的特征之一就是端盘子的都是男的，更高级的西餐馆子，端盘子的都是"玻璃"。我点头，反正我不懂，柳青说什么就是什么。柳青那个朋友也点头，他也穿了西装，不像男的也不像女的，像个胖子。我们互相介绍，我说我是学医的，妇科。他说，他懂，呵呵。他说他是做商业的，文化投资，儒商。我说，不懂。他说，他原来是做林业的，后来商业运作成功转型到能源领域，后来全球大势和中国经济持续稳定提升，他很快完成了原始积累，很快挣了没数的钱，很快体会到了中年危机：知道了自己的斤两，这辈子，知道有些东西一定做不到，比如比比尔·盖茨还富，已经绝望，有些东西一定做得到，比如捣鼓捣鼓挣几个亿，但是已经做过了，已经不再刺激，之后三四十年做什么？到五台山睡了三天之后，离婚之后，决定做文化，文化是最没有止境的东西，手机链上拴块老玉，决定做新中国第一代儒商。柳青说，更通俗易懂的版本是这样的，儒商原来是山西的，他爸和他叔叔穷得共用一个女人，他原来承包了村边上的两个山头，打算种山楂果树，一镐头下去挖出了煤，就做了运煤的，钱很快堆起来，不想让人看死他是个挖煤的，又喜欢小明星，雇了两个没进成投资银行和咨询公司的 MBA 和两个过气导演，开了一个投资公司，在报亭天天读文学杂志看哪个小说可以拍电影电视剧，八大艺术院校附近到处看哪个姑娘可以拉来培养成明星。那个朋友说："呵呵，是啊是啊，最难的是培养一个民族的精神，有了钱不一定有文化，但是有了文化，一个国家、一个民族就有了长期的希望和基础。最近有个写东西的，说写了个八十集电视连续剧，说这是第一季，如果投资拍，一定火，火了之后，观众逼着，连着拍八十季，推着进世界纪录。还说女主角都找好了，他女朋友。我看了剧本，够神的，深情。女的说，你如果不信，我把心给你掏出来。男的说，不信。女的扒开乳房和肋骨就把心掏出来了，带着血在跳动，我真服了。那个女主角候选，大方极了，在××门前，我说，装个梦露，女主角候选二话不说就撩裙子，这么敬业，能拍不好吗？我真服了。但是最后，他们露馅了，露怯了，他们说，保证挣钱，我说，骗谁啊，保证挣钱我拍什么啊，我们是做文化投资的啊，我是儒商啊！"凯旋门餐厅的酒单是法文、英文双语，法文我一个都不认识，英文每个字母都认识，合在一起，一个词都不认识。柳青教导我，有些地产的红酒，都是垃圾，越有名气越垃圾，垃圾场的面积巨大而已，然后挑了瓶澳洲的红酒，说，新世界的酒，物超所值。男服务员戴了副眼镜，当着我们面麻利地拧开软木塞子，给瓶子围了块深红色的抹布，单独给柳青面前的杯子倒了一口，柳青右手大拇指和中指夹住杯底，倾斜酒杯，衬着她的白衬衣左袖口，看酒的颜色；轻轻摇晃，那口红酒上下浮动，在杯壁留下微微鼓起的暗红色，观察杯壁上的痕迹，鼻子插进杯口，顿五秒，拔出，深深一口进嘴，漱口，并不出声，停五秒，目微合做陶醉状，大口咽下，闭目做更陶醉状，最后说一声，好，于是男服务员给我们依次倒酒。等男服务员走了，柳青一一教导每个动作的目的，看什么，听什么，闻什么，舌头尖、侧、根各品尝和触摸什么，说闭上眼睛，尝到蓝莓、红莓、黑莓的味道，闻到雨后澳大利亚森林的松柏香，说，这是功夫，她花钱、花时间学来的，现在免费教给我们两个。在全过程中，儒商朋友一直半张着嘴、鼻毛闪烁，我一直大睁着眼、睫毛闪烁，仿佛在《诊断学》课上听老师讲如何在不同肋骨间隙听病人的心音，如果病人乳房太大妨碍听音如何拨挪到一边。喝之前，我问柳青，如果她对男服务员不说好，这瓶开了的酒还算我们钱吗？是不是男服务员晚上下班自己喝了？你说如果我们只要三杯免费的冰水，服务员会让我们一直坐这儿吗，还会端免费面包上来吗？柳青没搭茬儿，问我，她穿西装好看吗，说，如果我觉得好看，她就再去做两套。我说，不懂啊。儒商朋友说，好看，好看。永井荷风说，男人的人生，三乐：读书、妇人、饮酒。你每期《收获》都看，品红酒，又是这样美丽的女人，人生三乐合一啊。我看了那个男服务员一眼，那个男服务员也看了我一眼。我明白他是干什么的，我估计他不明白我是干什么的。

"你一美元在中国当十块钱人民币花，而在美国，一美元买不了一块钱人民币在中国能买的东西，举例说吧，帮助你理解，你一百美元在美国睡不了一个姑娘，但是在中国你可以睡十个姑娘，你是不是觉得这美元毫无道理地长大了十倍？"

小白"呵呵，呵呵"着。

小白揣着他装着七张信用卡和上千美元的钱包走在东单的马路上，我和辛荑一左一右稍稍靠后保护着小白，想象着书包里藏着的菜刀嘹亮，想象着我们在护送一个刚从支行出来的分行提款员，周围胡同里或许会蹿出来三个月没有发工资于是决定来抢银行的四川民工。小红再稍稍靠后，左手挽我右臂，右手挽辛荑左臂，我们四个，菱形行进，到处吃喝。有一次我穿了一件我哥前两年穿的短风衣，下摆搭胯，浅黄布料，古铜色灯芯绒领子，小红也有一件相同款式的，小红说："我们俩穿一样的衣服，所以是一对，所以要走在一起。"然后左手就挎住我的右臂，停五秒，说："需要平衡，我要两个帅哥。"然后右手就挎住辛荑的左臂，然后我们就形成了这个菱形。此后，小白也买了一件一样款式的短风衣，我基本不穿那件短风衣了，这个菱形还是没有变，还是小红左边挎着我，右边挎着辛荑，小红说："制度形成之后就要长期执行，五十年不变。"三年后我在美国学 MBA，才知道这叫先动优势（First mover advantage）。

小白和王大师兄不同。王大师兄和刘京伟类似，一生中需要牛 × 滋养心灵。如果在没有人类的史前时代，如果刘京伟是头狮子，他一定要做狮子王，四足着地，屹立于山巅，下面是仰望着他的狮群，他的爪子最锋利，他两眼看天空，天空上有月亮。周围是几头母狮子，是狮群中面孔最美丽身材最好的，她们看着他，他会不会碰她们，一点都不重要。即使在下一秒钟，他失足摔死、站得太高被雷劈死、被奸臣狮子毒死，一点都不重要。王大师兄如果是头狮子，他一定用树枝和死老鹰的羽毛发明一对翅膀，和自己的胸肌有机缝合，青玉璧涂上荧光粉镶在头顶，从山巅飞起，成为第一个鸟狮。下面全是看着他的眼睛，在那些眼睛看来，他和月亮一样高、一样亮。如果小白是头狮子，他一定站在水边或者树后，眼神纯净，用余光端详他唯一喜欢的那头母狮子，他伸出前肢，收起爪子，用前掌中心的肉垫慢慢抚摸母狮子的毛发，从头到尾，摸一次就好，他就可以硬起来，就会永远记住。

这种差别也体现在找馆子上，小白不去金碧辉煌除了鲍翅之外什么都不会做的地方。如果有一百块能吃好的地方，就不去一百一十块才能吃好的地方，金额计算包括来回夏利出租车的费用。北京很大，我和辛荑长在东城和朝阳区，我们觉得丰台是河北，海淀是乡下，西城是肚脐上画小叉装二×。小白的到来打破了我们狭隘的地域观念，他第一个发掘出来的物超所值的地方是西城区阜成门西北角的四川大厦。自助任食，人民币五十八元一位，大冬天竟然有新鲜的三文鱼刺身，据说还是从挪威运来的！但是四川大厦偌大一个二楼大厅，三十多张大桌子，菜台上装三文鱼的盘子只有一个，盘子的大小只有八寸，盘子每三十分钟才上一次。盘子底儿铺冰块，冰块上铺保鲜膜，保鲜膜上码放麻将牌大小、半厘米厚薄的橙黄色三文鱼片，夹鱼片的半尺长夹子一扫，半盘子就没了。

我们的优势是时间。下午四点上完第二节《药理学》，我们四个拦截一辆夏利，向四川大厦出发。四点半之前，北京哪条路都不太堵，穿五四大街，景山前街，过故宫东西两个角楼，贯阜成门内大街，我们一定在五点前到达。这个时候，后厨和前厅服务员刚睡起来，做晚饭前的准备，要到五点三十分，二楼大厅才会开放，要到六点，吃的才会上来。天气好的时候，我们四个就坐在马路牙子上等待，还没到下班时间，自行车还不多，各种车辆或快或慢地开过去，没什么风，云彩慢慢地飘，比自行车还慢，除了公共汽车，包括云彩，也不知道都从哪里来，要到哪里去，也不知道来来去去都是为了什么。三五个百无聊赖的老头老太太带着三五个无赖模样的孙子孙女在不大的草坪上反复践踏，秋天了，银杏叶子黄了，只有些最皮实的串串红和月季之类的花还开着，无赖孙子伸手去掐，老头阻止："警察抓你！"孙子停住掐了一半的手，鼻涕流出一半，吓得不继续流淌，老太太微笑："骗你的，这附近没警察，掐吧，掐吧。"孙子乐了，鼻涕完全流出来，下端是黏稠的，上端是清亮透明的。一两个中年男子在放风筝，尽管风不大，他们的风筝却飞得老高，比云彩高，比吹着流氓口哨呼啸而过的鸽子高。那时候，我除了到河南信阳军训，其他什么地方都没有去过，那之后，我去了很多地方。我固执地认为，北京最好的蓝天是世界上最蓝的，又高又蓝，那种高、那种蓝独一无二，比后来到过的云南、西藏、古巴的天还要蓝，比绿松石、天湖石、蓝宝石还要蓝。我同样固执地认为，小红的奶是最好的，比它挺拔一些的比它短小矮钝太多，比它肥大一些的比它呆傻痴呆太多。在之后的岁月里，这点对于秋天蓝天和小红乳房的记忆，从自然和人文两方面支撑我的信念，帮我抵挡了无数对于北京的谩骂。草在风里摇摆,最黄的银杏叶子落下来。我想,如果在石器时代,我们四个土人穿着草裙遮挡私处,一边聊天一边等着其他土人烤熟野猪,一阵风出来,小红的草裙挡不住她的乳房,我们三个眼睛都红了,腰下都硬了,按照当时的行事习惯,应该如何处理?有三种可能,第一种,排队,一个一个来,谁排前面靠抓阄决定。第二种,三个人往死里打,打死一个,打跑一个,剩下的一个就和早就等烦了的小红走进树林。第三种,三个人用三头野猪换一块玉琮,让小红双手捧在双乳之间,小红就做了部落的女神,谁不同意就打死谁。无论哪种可能,都不会像现在这样,小红完美的乳房就在两米开外,三个人安静地坐在马路牙子上,看着北京的蓝天。

　　辛荑常常利用迟到三文鱼之前这三十多分钟逼迫我们考虑人生规划:"咱们今年是大学六年级了,哇,再长的大学,再过两年也不得不毕业了,咱们讨论一下,毕业的出路是什么,有哪些可能的选择?第一类选择,当医生。第二类选择,做研究。第三类选择,和生物和医学都无关,比如学MBA、学计算机等。第一类中,又有三个变种,留在仁和当医生,去国内其他地方当医生,去美国当医生。第三类也有两个变种,和生物和医学彻底不沾边的,比如投资银行方向的MBA,还有沾点边的,比如生物信息学、医院管理等。很复杂的,这还没完,另一个变量是学校名气,上哈佛之类的名校还是一般学校。以咱们的背景,除了小白,最诱人的选择最不可能,比如直接去美国当医生,去麻省总院,我们没有绿卡，没有工作许可，不能直接当。但是，又不是绝对不可能，有个变种是结婚，和一个有身份的人结婚，然后移民到美国。小红最有条件，但是我和秋水都不答应，所以小红也不要随便答应。"如果天气好，风不大，辛荑可以一边思考一边忧虑一边谈这些关于明天的变种，一天一夜，再一天再一夜。小红对辛荑说："求求你，别说了，你想好了，告诉我该如何做就好了。"辛荑说："好啊，三文鱼开门了。"

我们抢占靠三文鱼八寸盘子最近的桌子，重新安排四个人的椅子，充分妨碍其他桌子的人靠近鱼盘。服务员端着三文鱼盘子走过来，我们三个男的脸皮薄，一左一右一后，从三个方向挡住其他要靠近鱼盘的人，小红把着鱼片夹子在服务员前面，服务员进一步，小红就退一步，就等鱼盘放在菜台上的那一瞬间，右手快攻，鱼片夹子横扫过去，两下之后，盘子百分之八十就是我们的了，然后再慢慢调芥末和日本酱油，然后再慢慢吃，等待半小时之后下一盘子三文鱼的到来。分工是小红选的，她说，她近视，看得见三文鱼片，看不见别人鄙视她的眼神。她说，男人在外面，要撑住门面，有面子。过了两年多之后，我们毕业前夕照集体照，三十人中间，我们四个的眼睛闪闪发亮，是整张照片上光芒最盛大的八个高光小点，我戴着眼镜也遮挡不住。辛荑说，都是因为那时候一周一次三文鱼刺身任吃的结果。

小白进一步带领我们发现北京作为伟大祖国首都的好处，比如各个省市都在北京有办事处，每个办事处的餐厅里都有最正宗的地方菜肴。离东单不远，从新开胡同往东，国家文旅部北面，我们发掘出四川办事处餐厅。米饭免费吃，自己拿碗去饭桶里盛，拌三丝辣到尾椎骨，三鲜豆花嫩，芸豆蹄花汤饱人，翠鱼水煮，香啊。

翠鱼水煮是每次必点的菜，一个十寸盆，最下面一层是豆芽菜，然后是鲩鱼片，这两层被满是花椒辣椒的油水覆盖，最上面一层是青菜，漂在油水上面，一盆十块。吃了两次之后就开始上瘾，辛荑觉得自己懂，隔着玻璃问厨房里的大师傅："花椒辣椒油里面是不是有罂粟壳？"

"你脑壳里头缺根筋！你以为你是哪一个？大领导？还想我给你加罂粟壳？"大师傅用川普回答。

我劝我哥，开个饭店吧，什么都不卖，就卖这种鱼，除了川办，北京还没有第二家，一定火。名字我都替他起好了——"鱼肉百姓"。我哥说，他们几个做导游的，心中有其他更宏伟的想法，讨论很久了，他们从国外游客对北京的不满中看到很多商机。外国游客们总结，北京白天看庙，晚上睡觉，所以他们想开个夜总会，附带一个电子游戏厅，发挥首都优势，把北京八大艺术院校的女生都吸引过去，把漂在北京上不了电影电视的三流女星都吸引过去。那之后，过了一年，北京到处是水煮鱼，一个城市每年多吃掉一千万条鲩鱼。××夜总会也开业了，很快成为北京的头牌，传说走道里站满了一米七八的艺术类女学生，门票六十，比四川大厦三文鱼任食还贵。我哥他们几个，心中有了更宏伟的想法，从苏联进口飞机和钢材，海拉尔入境，卖到海南去。

我们四个最辉煌的一次是在一家叫花斜的日式烧烤涮锅店，三十八元任吃，含水果和酒水饮料。一九九六年的最后一天，小白说："我们今晚要血洗花斜。"我说好，辛荑说好，小红说："兽哥哥去捷克了，我也去。"

早上睡到十一点，早饭睡过去，辛荑说："要不要吃中午饭？"

"饿就吃吧。"

"吃了就占胃肠的地方了，影响晚上的发挥。"

"人体器官有自我抑制作用，如果一点都不吃，过两三个小时，交感神经系统会给胃发出信号，产生饱胀感，那时候我们正好在花斜，你想吃都吃不下了。"

"但那是假象啊，我胃肠实际上真的是有地方啊，我吃两斤肥牛下去，饱胀感就消失了。"

辛荑饿到食堂中午快关门的时候，买了一个猪肉大葱包子，一两大米粥，一个褶子一个褶子地把包子吃了，一粒米一粒米地把粥喝了。然后嚷嚷着要去消食腾地方，拉我爬东单公园的小山。抵抗到最后，我屈服了，说，好，爬山可以，不能手拉手。辛荑在东单公园的小山上问了无数的问题，比如东单公园如何就成了"玻璃"乐园？如何把"玻璃"同非"玻璃"分开？"玻璃"占人类人口比例多少，占中国人口比例多少，为什么和苹果机占个人电脑总数的比例如此相似？东单公园的小山有多大多高，能藏多少对"玻璃"，如果警察决定围剿，需要多少警力？为什么人体如此奇妙啊，平常小鸭梨大小的子宫能装十来斤的小孩，"玻璃"的屁眼能放进一根黄瓜？我说："你再问一个类似的问题，我就拉你去公园门口的春明食品店，在你被饿疯了之前，喂你半斤牛舌饼。"

　　下午五点整，我们四个坐在花斜的大堂，去了大衣，内着宽松的旧衣裳，八目相视，孤独一桌地等待火锅开锅。辛荑说服了我们吃涮锅，烧烤油大，闻着香，吃不下多少。七点钟，辛荑抽开裤带，卷起来放到大衣兜里。八点钟，外面排队的人吵吵闹闹，大堂经理微笑着问我们："先生小姐还需要些什么吗？"同时遥指门口的长队，"让我们分享这新年气氛吧。"小红说："还早，我刚补了牙，吃得慢，才刚吃完头台。"九点钟，小白说："辛荑，你的筷子变得有些缓慢了，我和你打赌，你二十分钟之内吃不了三盘肥牛，赌一包登喜路。"十点钟，门口的长队已经不见了，小红还在一趟一趟盛黄桃罐头，然后半个半个地吃，我数着呢，第七盘了，人体真奇妙啊，那些黄桃到了小红身体里，仿佛雨点入池塘，了无痕迹。十一点钟，我们八目相视，孤独一桌，望着彼此的脸庞，感觉竟然有些胖了。大堂经理狞笑着问我们："先生小姐还需要些什么吗？"这样吃有些过分吧？我们如果现在下班，或许还有希望和家人一起听到一九九七新年钟声的敲响。我说："我在洗手间看到有人吐了，肥牛和黄桃都吐出来了，漱口之后出来继续吃，太过分了。"一九九七年一月十一日，我在报纸上读到，花斜添了一条规定，限时两个小时，每延时十五分钟，多收十块钱。我和辛荑一起慨叹，是世界改变了我们还是我们改变了世界？是我们改变了世界！

晚上十二点钟之前，我们四个回到东单三条五号的宿舍楼。小白不愿意一个人回北方饭店，要去我们宿舍打通宵麻将或者《命令与征服》游戏。我们三个希望下雪，那样我们就有理由在钟声响起的时候抱在一起，特别是和小红抱在一起。雪没有下，天冷极了，三条五号的铁门锁了。平常低矮的铁栏杆在六个小时花斜任食之后，高得绝望。我们三个努力推小红翻越，我们都感到了黄桃的分量，觉得推举的不是小红，而是一大筐黄桃。小红戳在栏杆的顶部，左、右两手各抓一只栏杆的红缨枪头，左脚下是我，右脚下是辛荑，屁股底下是小白，我们同时看到等在院门里的兽哥哥。

兽哥哥长发飘飘，眼神温暖，伸手抱小红下来，小红忽然轻盈得仿佛一只长好了翅膀的小鸡。我听见兽哥哥在小红耳边小声说："我想你了，所以早回来和你听新年的钟声。"兽哥哥隐约递给小红一个精致的粉红色的盒子，说，"送你的，新年快乐。"

后来，小红告诉我，盒子里面有七个小瓶子，袖珍香水瓶大小，每个瓶子一个标签，分别写着：泪水，汗水，唾液，尿液，淋巴液，精液，血；盒子外边有一张卡片，写着：我的七种液体，纪念四年前那个夜晚你给我的七次，一九九七年快乐。

第十一章

妖刀定式，素女七式

辛荑现任女友妖刀的肉身离开辛荑去美国留学，已经快一年了，刀光还是笼罩辛荑周身，我猜想，除了周末自摸喷射的一瞬间或许想过小红或者关之琳，辛荑无论是在精神上还是肉体上都克己复礼、敬神如神在。

这几乎是个奇迹。我一天不和我女友说话，两天不见，三天不摸，几乎想不起来她长什么模样，尽管我女友和邓丽君刚出道的时候非常相像，模样非常好记。辛荑和妖刀几乎很少通电话，当时越洋电话超贵，比小十年后，科技发达的现在，我打电话给二十多年前死去的姥姥还贵。辛荑说："秋水，这个你不能了解，在妖刀身上，我见到神性。"我说："你见过神吗？你见到的只不过是一些非人类的东西。"

妖刀和辛荑一样，也是四中的。"妖刀"这个外号，典出围棋中的妖刀定式，在中国流创立的早期，妖刀定式很流行，出手诡异，非人类。在四中这个数理化雄霸全国的男校，妖刀是校史上第一个高考文科状元，上了北大西语系。妖刀被班主任请回母校做演讲，介绍学习经验和人生体验，台下一千多个男生，一千多个小鸡鸡，八九百副眼镜，一万多颗青春痘，妖刀平视远方："我觉得，成功，关键的关键是信念。我听我爸爸说，我生下来的那一刻，是早上，他从产房的窗户里看到天边朝霞漫天，他认定，我的一生将会不平凡。我崇拜我爸爸，我相信他认定的东西，我听他的话。我生下来的时候，盯着周围的护士，她们打我，掐我，举我到高处，但是她们没有办法让我哭泣。三岁的时候，我爸爸给我找来《幼学故事琼林》，我从头背到尾。五岁的时候，我爸爸给我找来《唐诗三百首》和《毛主席诗词》，我从头背到尾。七岁的时候，我爸爸给我找来《十三经注疏》，我从头背到尾。九岁的时候，我爸爸给我找来英文原版的《小妇人》，我从头背到尾。"辛荑说，妖刀的班主任也曾经是他的班主任，听这个班主任说，妖刀的风姿震翻了当时在座所有怀揣牛×的小男生。妖刀不到九十斤，不到一米六，没个头没屁股没什么胸，仅仅用这种风姿，仅仅在那一次演讲会上，成了一九九一年左右公认的四中校花。我说，她的爸爸对中国传统文化还是不了解，应该进一步给妖刀找来《永乐大典》或者《四库全书》。对西方文学也是太保守，应该给妖刀找来《芬尼根的守灵夜》和《追忆似水年华》。

辛荑和妖刀近距离认识是在一个四中的校友聚会上。平常这种耽误时间的活动，妖刀基本不参与，但是这次聚会是给一个学计算机的高才生校友送行，妖刀对这个校友一直有些英雄惜英雄式的仰慕。在高中，计算机是稀罕物件，每周每人只有一个小时上机时间，进计算机房要换拖鞋刮胡子剃鼻毛。远在那个时候，这个计算机师兄就有无限时穿球鞋泡机房的特权，仿佛古时候聪明大略的司马懿可以剑履上殿。"妖刀自小恋父，或许初潮前后的夜晚曾经想念过这个计算机男生。"辛荑曾经酸酸地说。餐馆里很嘈杂，计算机男生的声音依旧能让所有来的人听到："曾几何时，有人说，世界IC业就是I，Indian，印度人，和C，Chinese，中国人的事业。印度人比中国人更靠前面，更主导。我要说，给我时间，给我们这一代时间，世界Computing业就是一个C，Chinese，中国人的事业。我这次去了斯坦福大学，去了计算机的故乡和热土，有着惠普发源的车库，结着史蒂夫·乔布斯的苹果，我不是我一个人，更是我们学校的代表去了斯坦福大学，更是你们的师兄去了斯坦福大学。我去了，就是一颗种子，过几年，等你们准备好了的时候，我就是一棵白杨。曾几何时，有人说，我可能成为北大最年轻的教授。我要说，我一定会成为斯坦福大学最年轻的教授，不只是最年轻的中国教授，而是所有人种中，所有国籍中，所有历史中，斯坦福大学最年轻的教授。"校友们放下熘肝尖和酱爆大肠和燕京啤酒，鼓掌。辛荑说，他看到妖刀脸上潮红浮现，红得鲜艳非常。在之后的八年中，辛荑尝试了从柏拉图的精神到小鸡鸡的温润，他都没有让这种红色在妖刀面颊上重现。

那次聚会小翠陪辛荑一起去了，穿了条紧身高腰的弹力牛仔裤，腿更加修长，头发拉直了，顺顺地搭在肩头。小翠一句话不和别人说，听，看，喝燕京啤酒，抽八毫克的中南海香烟。计算机男生讲话过程中，小翠小声问辛荑："你丫这个同学是不是诗人？"

"不是，丫应该是科学家，而且渴望牛×。"

"丫这种人要是最后能牛×，扬名立万，让我站在前门楼子上，我都找不到北。"

十多年之后，历史证明小翠是英明的。成千上万的计算机诗人抱着颠覆美帝国主义的理想散落在北美大地，十多年之后，住郊区带花园的独栋房子，房子的地下室里有乒乓球台子，睡着实在不想睡的老婆同学或者老婆同志，养着两个普通话带着台湾口音的儿子，开着能坐七个人带一家三代人的日本车子，成为美帝国主义经济机器上一颗无名而坚实的螺丝，怎么google（谷歌）都搜寻不到他们的名字。十多年之后，我在新泽西顺路拜访我奥林匹克数学竞赛得过金牌的中学同学马大雪，我停妥我租的车，看到他撅着屁股在花园里除草，他长得像猫熊的老婆坐在门口台阶上哭泣。马大雪的老婆手里拿着一个三十二开硬皮日记本，上面两个大字"温馨"，指着其中一页哭泣："马大雪，你原来还会写诗？这首诗是你给谁写的？是不是你们班那个狗×才女？你的诗写得好啊，真好啊，我看了心里暖暖的，空空的。马大雪，你大傻×，你听明白了吗？但是这不是写给我的！我心痛，我不干！你现在怎么什么都不会写了呢？怎么就知道0和1，怎么就知道调整你的风险控制模型呢？我知道了，因为我不是你的女神，我不是那个狗 × 才女！马大雪，你大傻 ×，你没良心，你一天不如一天！"我看了眼，诗是用马大雪特有的难看字体写的：

那一天
闭目在经殿的香雾中
蓦然听见
你诵经的真言
那一月
我转动所有的经筒
不为超度
只为触摸你的指尖
那一年
我磕长头匍匐在山路
不为觐见
只为贴着你的温暖
那一世
我转山转水转佛塔呀
不为修来世
只为在途中与你相见

"不是马大雪写的，你别哭了。"
"是他的字体，我认得。"

"我知道，是马大雪抄的，六世达赖喇嘛仓央嘉措写的。要是马大雪能写出这样的诗，现在还在高盛做什么狗屁风险控制模型，我比你先骂死他，唾沫淹死他。我们中学那个才女，在《北京晚报》副刊"五色土"上发过三首现代诗呢，和我聊过，说见到这首诗，被惊着了，觉得世界上如果还有这样的人活着，她还写什么诗啊。后来发现是前代活佛写的，心里才平衡。"

"真的？真的也不行，马大雪这个人从不读书的，那时候还能为个狗屁才女到处读情诗，然后工工整整地抄出来，然后给人家！马大雪，你大傻缺，你没良心，你一天不如一天。我还是不干！"

晚上我请他们夫妇吃四川火锅，越南人开的，比我最恶毒的想象还难吃。马大雪还是狂吃不止，满嘴百叶。我从小到大都无比佩服马大雪算术的超能力。

打麻将的时候，总听他类似的话，"如果八圈之前你不吃，这张牌就是你的，你就杠上开花了"。脑筋急转弯，2个7和2个3，用加减乘除分别得出24，每个数用一次。马大雪三秒钟之内，头也不抬地答出来。我总把马大雪和我初恋一起，奉为天人。我举起酒杯："说正经的，你不当科学家，真是科学界的损失。"马大雪眼睛不抬，满嘴百叶，说："无所谓，反正不是我的损失就行。"

四中校友聚会后的第二天，妖刀来到我们宿舍，和辛羮理论，质问辛羮作为四中英文最好的男生，怎么能如此自暴自弃，和女流氓混在一起。

"你的世界观是什么？"在北大二十八楼的宿舍里，妖刀盯着辛荑的眼睛问。妖刀眼神犀利，隔着隐形眼镜片打出去，还是在辛荑脸蛋上留下看不见的细碎的小口子。

"你的世界观是什么？你觉得什么样的世界观才是正确的？"辛荑避开妖刀的眼神，暗示我不要从宿舍里溜走。从二十八楼的窗户往外看去，银杏叶子全黄了，明亮得如同一束束火把。

"我的世界观是，世界是舞台，我的舞台。你的人生观是什么？"

"我忘了我中学政治考试是如何答的了。你的人生观是什么？"

"我的人生观是，我要在这个舞台上尽情表演。"

后来，小翠说辛荑一脑袋糨糊，辛荑的父母说小翠一嘴垃圾土话。后来，妖刀送给辛荑一条黄围巾，虽然难看，但是她这辈子第一次花时间亲手给别人织的。后来，妖刀就缠绕在辛荑脖子上了，我、杜仲、厚朴、黄芪和所有其他人都喜欢小翠，杜仲和厚朴还从辛荑那里把作训服要回来了，"没了小翠，没人欣赏"。我梦见小翠又来我们宿舍，我们六个人用皮筋打纸叠的子弹，黄芪的皮筋断了，向小翠借，小翠在兜里找了找，没有，随手把小辫儿上的撸下来，递给黄芪，没皮筋的一边头发散着，另一边有皮筋的还扎在一起。

妖刀很少来仁和，基本都是辛荑去北大找妖刀，这样，妖刀可以节约路上的时间，多看一些必须看的书。妖刀对于自己每天的活动都有计划，每月要读完的书，在一年前的年度计划里就制订好了。妖刀要做到的，特别是经过自己努力能做到的，妖刀一定做到，否则她答应，她死去的爸爸也不能答应。

辛夷和死去的妖刀爸爸通过几次电话，基本都是这样的：

"叔叔，她在吗？"

"她，她在学习。"

妖刀第三学期的时候，期中考试之前，她爸爸死了，妖刀是考完期中考试之后才知道的。她爸爸为了不耽误妖刀期中考试，严禁任何人告诉妖刀。妖刀考完试回家，去看了她爸爸的尸体一眼，她发现她爸爸手上用红色标记笔写着一个日期，就是昨天，她期中考试的日期。妖刀明白，她爸爸期望挺到这一天，到了这一天，他就可以给妖刀打电话，妖刀就能回来看他了。停尸房很阴冷，妖刀还是没哭，她觉得她爸爸做得很对。

辛夷对我说，妖刀身体一直不好，体重长期不足九十斤，经常性痛经。辛夷说，不能怪妖刀强调精神。他怀疑，如果妖刀泄了这口气，就会在一夜间枯萎，仿佛离开水的兰花。辛夷基本肯定，他是妖刀第一个男人，辛夷非常肯定，他和妖刀的每一次都仿佛第一次，都仿佛手指撬开河蚌的外壳，仿佛教廷的火焰蔓延到圣女贞德的下身。

"来吧，我可以忍受。"妖刀说。

"我有障碍。我如果继续下去，我会成为虐待狂。"辛夷说。

对于辛夷，这是个问题。辛夷是个性欲强烈的人。小白说，他不能常吃朝内南小街的京东肉饼，吃一次，硬一次，凉水冲下身，离开水龙头，那玩意儿还烫手。小白说，辛夷更过分，闻见京东肉饼就能硬。黄杂志过海关的风险太大，黄书对于辛夷太间接、太文学，每次假期，小白回波士顿，辛夷总给他一张三寸软盘："装满，压缩好，照片，东西方不论，不穿就好。"辛夷的药理实验室有电脑，可以拨号上网，下载毛片。一是要用的人太多了，整个实验室的研究生都靠这台电脑上网写邮件联系美国实验室。因为涉及前程，真着急回邮件的时候，小城出身的研究生，脾气比急性肠胃炎等坑位的时候还暴躁。二是网速太慢了，一个100K的照片，往往要半小时才能下载完。有一次下载到一半，一个研究生跑进来查邮件，辛夷飞快点击，妄图关闭浏览器，可Windows像预期的一样完美死机，真是尴尬死了。那个研究生说，下次再来人，记住，关显示器，千万不能信任微软！

辛夷和我抱怨，靠近东单公园，本来就有同情"玻璃"的倾向，和妖刀在一起，本来就有虐待狂的倾向，如果这么慢地看毛片，偶尔有人闯进来，添了射精困难的毛病，还如何在街面上混啊？

小白的房间里有台录像机，李加加不知道用什么方法从加拿大带了一盘超限制级的录像带。李加加以为这种东西北京没有，卖了之后够一学期的化妆品花销，结果发现有卖盗版服装和盗版软件的地方就有卖盗版毛片的。共用一个渠道，农村妇女抱一个小孩，光盘就藏在小孩尿布里。小白把辛荑和我都叫了过去，李加加要求同看，被我们拒绝，她的凳子留下，人被推出房去。辛荑说，如果我们三个被抓住，至多是聚众看毛片，如果有个女的，那罪名就升级到聚众淫乱。小红也让我们赶走了，我们的理由是，我们联网打一会儿《命令与征服》，《内科学》考试马上到了，这么厚一大本，我们四个人都不看，抄谁的啊？如何及格啊？

李加加的录像带真清楚，比小孩尿布里的毛片强多了，这个事实不能让李加加知道。内容真下流，一定不能让流到社会上。

小白、辛荑和我共同观看的时候，屋子里的日光灯惨白，电视里肉光金红，我们彼此不说一句话，表情严肃，比看《新闻联播》严肃多了，比在花斜抢时间吃自助的时候更安静。

毛片快结束的时候，小白脸色一片金红，忽然说："其实，如果现在有个女的进来，我也不会做什么。但是如果辛荑扑上去，我肯定是第二个。"

我说："我排队，我可以是第三个，但是那个女的不能是李加加。李加加笑起来，分不清鼻孔和眼睛。"

辛荑说："我去趟厕所。"过了一分钟，我听见冲水声，辛荑一脸严肃地出来。我也去了趟厕所，看了眼马桶，一片没被完全冲走的手纸。辛荑一定自摸解决了。看毛片的时候，肛门括约肌紧张，不会有大便便意，即使大便，一分钟也不够，如果仅仅小便，用什么手纸啊？这种观察和推理能力，我老妈培养我好多年了，比如根据邻居垃圾桶的内容物判断他们家现金流水平，如果多了鸡骨头和啤酒罐就说明最近日子不错，如果偶尔有个空外国香水瓶和空洋酒瓶就说明最近发了。

辛荑说："我们应该提高自身修养。我和妖刀是强调精神的。我们约定自己的宗教，我们每顿吃饭前，每天睡觉前，要想念对方，只要不涉及性器官，最好也不涉及肉体，其他什么都可以想，眼神啊，笑容啊，头发啊，想到丹田中一股暖意，缓缓上升到百会，慢慢下沉到足三里。然后，灵魂合一，干什么都在一起，一起吃饭，睡觉，喝水，气定神闲。坦率说吧，这种习惯持续时间长了，我心中邪念一起，比如想请小春师妹去吃建国门的 Baskin Robins 31 种冰激凌店，妖刀会在邪念尚未形成的时候感知，然后给我的呼机留言，非常简单，四个字：'这样好吗？'"

"你中午六个包子，从地下室食堂到六楼宿舍，还坐电梯，没到宿舍，包子就剩半个了，你真是饭前祈祷吗？"

"中午时间短，祈祷做得稍稍草率些，草率些。"

"你倒很老实。"

"是妖刀厉害，我同意她说过的一句话，妖刀说：'我不知道如何让你高兴，却知道如何让你不高兴。'"

我女友一样笼罩我，但是她一点都不相信怪力乱神。如果有灵魂，她的处理是买两斤猪肉和两斤粉条，同灵魂一起炖了。我女友不相信柏拉图，就像她不相信没有脸庞为基础的笑容。

我姐姐临去美国送我一个她用过的日记本。硬壳封面，粉色，上面有玫瑰花和八音盒图案。纸也是粉色的，有玫瑰花和其他各种花，有各种诗句，比如"我的日子里，在抒情的寂寞中，寻找一段摇滚的呐喊。我的爱情躲在摇滚的方式里，渴望拥有长久的古典"。她在扉页上写了一首诗："看花要等春天来，看本要等主人在，要是主人我不在，请你千万别打开。"扉页后面，斗大的字，她记了二三十页。我姐姐立下规矩，"你可以看，但是不要和我讨论"。我还以为里面哪个大人物在她十二三岁的时候把她当成洛丽塔崇拜，以及这种崇拜在改革开放的大背景下，文化的差异性下，都有哪些具体的心理和生理表现。结果连我姐姐什么时候拉手，什么时候失身都没有看到。

在扉页底下的空白处，我记录着我和我女友每次分手的日期：一九九二年九月十四日，一九九四年二月十四日，一九九四年九月十九日，一九九五年六月二十日。这些分分合合的具体过程已经无从考证，但是基本都和我初恋以及我女友的清华男生有关。二月是情人节，九月是我初恋的生日和那个清华男生的生日，六月是我初恋放暑假回到北京的日子。在一个无比漫长的时期，我高度怀疑我初恋掌握着我的基因密码，我对她缺乏最基本的免疫力。我一天一封地写信，总觉得还有话没有说完，我一天一封地收信，总觉得她写得太淡太矜持。十年之后回看，发现自己要求太高了，那些信再浓些再大胆些就接近限制级了，十年前，我初恋毕竟还是个清纯型少女啊。我初恋不喜欢计划和用即时通信工具，她的办公楼距离我的宿舍五分钟夏利车程，她喜欢忽然出现。我初恋穿着深青色呢子大衣出现在我宿舍门口，问："有空吗？"在那个无比漫长的时期，对她，我永远有空，我对不起辛荑对我的教育，我永远失去分析能力，我永远希望，我马上忘记医学、GRE、GMAT、BOARD EXAM、MBA，她牵了我的手，把我卖到月亮上去，永远回不来。

在一九九五年六月二十日那次分手的时候，我女友明确地说："我们彻底完了。秋水，你会后悔的，你现在的心不在我这里。历史将证明，你应该娶一个我这样的人，但是我现在已经身心俱疲。我不想成为你的枷锁，我对你更加关切，我就绑你更紧；你挣扎更凶，我就绑你更紧。我们有缘分，但是这种缘分太苦了，总之缘分像条绳子，把我们捆到命运的石头上，越挣扎，绳子捆得越紧，勒痛身体，勒细呼吸，勒出血。我决定，这次我做主，我要离开你。"

在我和我女友分分合合的过程中，我最难忍受的是一个人去食堂吃饭，我对我女友说："你夺去了我的第一次，尽管我自始至终就是一个浑蛋，你要对我负责。我们是送西瓜和鸡蛋的友谊。你总能给我带来福气，你不要我，如果我暴死，你要把我们的友谊提升到送鲜花的友谊。"我女友告诉我，她最难忍受的是离开我的身体。她说她和我的身体关系很好，她迷恋它，她说我身上有特别的味道，像传说中的外激素，在同一个食堂里，即使中午炖了猪肉，猪肉还是臭的，即使离开三十米，她也能闻到我的存在，这是事实、科学，无关神鬼。

无论是谁提出分手，我们偶尔在食堂碰见，我有对于一个人吃饭的厌恶，我女友有对于我身体的迷恋，她会走过来，说，一起吃饭吧？我说，好啊。吃完，我女友把碗洗了，放进食堂的碗柜，我的碗放在她的碗旁边。她说，下午两点上课，还早，外边走走吧。

出了食堂，她习惯性挽起我的右胳膊，我习惯走左边，她清楚。时间缓慢黏稠如米粥，看着一成不变的天空，我偶尔怀疑，我女友会不会永远成为我女友，无论怎样，我、辛薁和小白是不是永远无法毕业，无论怎样。我女友挽着我，我们走过大华电影院、红星胡同、金鱼胡同、红十字总会，走到干面胡同。我哥在干面胡同有一间小平房子，朝北，黑冷，他永远不待，我有把钥匙。进门之后，她习惯性把我放倒，她寻找我特殊味道的来源。"不许拦我。你不是说刚洗完澡吗？你不是以前答应我，只要你刚洗完澡，我就有权利亲它吗？你知道吗，我第一次抓住它的时候，我觉得老天对我真好，从小想抓住什么就能抓住什么，抓住了就是我的了，就永远是我的了。它后来用事实告诉我，它没有腿也能跑，老天爷也不是什么好东西。"她习惯性在全过程中闷声高叫，我到了，她就不叫了，一动不动，等着我提示她收拾。我永远不能确定，她是否到了。

平房里有一张桌子，桌子上有半包金桥香烟。她去洗脸，我点一根烟。烟雾里，所有神鬼汇聚。

我看到西去成都的 163 次列车，我们要去峨边和大渡河附近找一种或许存在的玉竹，白胡子教授有学问，说："又叫葳蕤，也是形容词，'兰叶春葳蕤，桂华秋皎洁'，这些，美国留学回来的年轻人都不知道了。"硬座车厢，午饭方便面之后，我女友趴在我腿上，搭盖我的冒牌 Polo 夹克，睡觉。醒来的时候，一动不动，拉开我的裤链，吸干我的汁液。井喷的时候，一动不动，拉上我的裤链，抬起身体，去洗手间收拾，回来对我说，下午好，刚做了个梦。火车还在行驶，周围人包括同去的厚朴和植物学白胡子教授或许都睡着了，我看见我的冒牌夹克衫上的假商标，好肥的一匹马。

我看到她拉着我的手走进她的宿舍，"小红不在，去找兽哥哥睡了吧"，她没拉窗帘，褪了内裤，裙子还在，高跟皮靴还在。她俯下身体，双手支撑窗台，仰起脸，我们两个一起面对窗户外面似隐似无的紫禁城金顶。我拉起她的头发，从后面进入，仿佛骑上一匹金黄的战马。"累了吧？睡一会儿吧，小红应该不回来了。她这种时候出去找兽哥哥，一般都不回来了。其他床都是护理系的，都去上夜班了。"床帘拉起，我们一起平躺在她的单人床上。她自说自话。有人开门进来，她按住我，我女友的床有重帘遮挡，仿佛欧洲中世纪战马的护甲，外边什么都看不见。我一动不动，我闻见香奈儿 No.5 香水的味道，我知道，是小红。小红叹了长长一口气，放了包，爬到我女友的上铺，拉开被子，又长长叹了口气，于是不动，和我隔着一层被子、一层床板。我在担心，如果小红就此睡去，我如何出去，我的屎尿依照生物规律来临，如何解决。透过细细的床和墙壁之间的缝隙，我看见小红的手指，她的指甲不好看，没有一个饱满，她常常引以为憾，我还看见兽哥哥送她的粉红色礼盒，我知道，里面有七个小瓶子，装着兽哥哥的七种液体。我女友在我耳边继续自说自话。

第十二章

麦当劳，《命令与征服》

小白说："请你们俩吃饭，麦当劳。"

我和辛荑跟小白去了王府井新华书店一楼的麦当劳，据说，这是北京市第一家。

店面气派，透过大玻璃窗看见王府井路口和对面的经贸部、北京饭店、大明眼镜店。店里有四家小朋友在过生日，"祝你生日快乐"，十来分钟就响一次，最多的一家聚了十来个人，家人还有同一个学校的三五个小屁孩。小寿星戴着麦当劳大叔大婶发的纸糊皇冠，左手拿一个草莓圣代筒，右手拿一个巧克力圣代筒，满足地笑着仿佛可以马上就地死去。爷爷奶奶笑得尤其甜蜜，仿佛孙子今天吃了美国麦当劳，明天就一定能坐进美国大学的课堂并飞快适应、飞快成长。小屁孩同学们眼睛不睁，在小寿星欣赏蛋糕的时候，往嘴里狂塞夹鱼夹肉夹鸡蛋夹奶酪的汉堡包，仿佛亚运会前后，北京路边常见的一种大熊猫张大嘴狂啃竹子造型的垃圾桶。

我第一次来麦当劳，也是这家王府井店，和我前女友，记不清是哪次分手之后了。她正在减肥，基本是看我吃，听说她的清华男生嫌她胖。我说："真好吃啊，人间美味。你管那么多干什么？胖抱着才舒服，要不骨头硌骨头，多痛啊！"我前女友说："你和你初恋是骨头硌骨头，你和柳青不是吧？她胸不小啊，应该舒服吧？你和你初恋呢，也说不定，有些痛是某种刺激呢，是吧？对于我，有些事情，比如美丽妖艳，比如身材窈窕，是义务啊。"我说："你好好尽义务。"她说："其实还是为自己，离三十岁远的时候，吃什么都不胖，胖了也很快减下去，现在离三十岁近了，很容易胖。清华男生也平淡很多了，我让他一个月来一次，他就一个月来一次。不像以前，死活都要每天从清华过来，晚上十二点，夜宵摆好，用手机呼我下楼吃，吃的都是肉，我第二天早上再困也要爬起来，沿着王府饭店长跑减肥。"我闷头吃东西，橙汁下得飞快，谁说是垃圾食品啊，多好吃啊。她说："再给你买一杯吧？"我说："算了。"她等了一会儿，交换了我和她两个杯子的麦管，她的杯子给我，杯子里还有好些橙汁。吃完，我前女友说去一趟洗手间，我以为是去补妆然后好去见她的清华男生。她回来的时候却带回一条麦香鱼和一瓶橙汁，用纸袋包好，说："你晚上做完实验吃吧。"这顿麦当劳花的钱，够我前女友一个星期的中饭和晚饭，我死活要埋单，她拒绝。到了美国之后的第一年，我还是吃不起麦当劳，在食堂里，买了汉堡，就买不起饮料，买了饮料，就买不起汉堡，这种状况直到我去新泽西做了暑期工作才有了明显改变。简单计算，我用了足足十年时间，才把麦当劳从一个没钱常吃的美味变成一个够钱常吃的美味。我是多么热爱垃圾食品啊!

小白请我们,事先没说为什么。辛荑买了两个巨无霸,我买了大橙汁和麦香鱼,小白买了四个最经典的牛肉汉堡,拨开面包,只吃肉饼。小白讲,他在波士顿的冬天见过一个大老黑二十分钟吃了二十一个这样的肉饼,然后开了皮带卡扣走路。

"我要小红,你们告诉我怎么追。"小白说这句话的时候,一点没看着我或者辛荑,双眼直直地看着玻璃窗外,表情决绝。后来,小红质问我:"为什么不在计划阶段拦住小白,你们这两张嘴是干什么吃的,平常不是很能说吗?"我说:"你如果看到那种眼神,你就会放弃努力。"当时,我或者辛荑要是放一把菜刀在小白手上,小白可以放下牛肉饼,从东单杀到公主坟,砍死每个胆敢拦住他去找小红的人。

"你不是有个和你一起学钢琴的女朋友吗?长得有点像关之琳的那个,你还有相片呢。"我问。

"女的朋友。"小白回答。

"秋水啊,妖刀说,从理论上讲,找女孩,一挑有材的,聪明漂亮啊;二挑有财的,钱多啊。你的标准是什么?"辛荑仿佛没听到小白说什么,问我。

"要是找老婆,我找可以依靠的,这样就可以相互依靠着过日子。我是想干点事儿,我也不知道是什么事儿,但是,这么一百多斤,六七十年,混吃等死,没劲儿,我初恋也要嫁人了,剩下的日子,我总要干点啥吧?干事儿就会有风险,就有可能一天醒来，发现自己在讨饭。隔着麦当劳的窗户，看着辛荑吃巨无霸，我口水往肚子里流，我敲敲玻璃，跟辛荑比画，意思是，如果吃不了，剩下什么都给我顺着窗户扔出来，谢了。所以，看到东单街上要饭的，从垃圾桶捡破烂的，我总觉得是我的未来。所以，我要是有个老婆，我希望她是我的后背。我要是有那么一天，她能跟我一起，拿个棒子什么的，告诉我，脑子在，舌头在，无所谓，我们可以从头再来。"

"你别煽情了。你就是极度没有安全感。"辛荑说。

"我也在想，我能相信谁，把我的后背交给谁，想了想，发现两个规律：第一，都没戏。我初恋喜欢自己把握局面，喜欢大排气口奔驰。柳青，也没戏，我不是非常了解，但是她有她非常凶狠的地方，当断则断，我见过她修理她的经销商。我前女友，或许吧。但是她算度精确，充满世俗智慧，一定不会让我做那些不着调的伟大的事情。第二，用这个标准判断，越是靠谱的，你越没兴趣。"我说，同时心里想了想小红，我不知道，毫无概念。

"妖刀可以做到。妖刀有非常人的精神力量。你们知道的，她申请美国大学的运气非常差，一个常青藤学校都没拿到。她爸爸周年忌日前后，她一直在未名湖旁边溜达，我知道她水性不好，陪了她三天，一步不敢走远。她上飞机去美国之前，和我说，让我一定要上哈佛或者斯坦福或者麻省理工，不要管学费，再贵也上，她讨饭、贷款也要帮我凑足学费。妖刀给我规定了每周的功课，两套GMAT试题，两套 GRE 试题，两套 TOEFL 试题。妖刀和我讲，她正找律师，打算申请杰出人士移民，她有了绿卡，我就有机会直接考 BOARD，在美国当医生了。"

"妖刀了不起，她怎么符合杰出人士的定义呢？创立宗教？"我问。

"我要小红，你们告诉我怎么追。"小白重复。

"其实费妍也不错，乖乖的，白白的。我见过她刚刚洗完澡，从澡堂子出来，头发散下来，湿漉漉的样子，好看。"我说。

"个子矮了一点点，有些驼背。"辛夷说。

"小白个子也不高啊，般配。而且皮肤白啊，驼背是谦和，笑起来多甜啊。"我说。

"那是表面现象。费妍属于古时候的城池，外城，山清水秀，毫不设防，谁都可以进来逛游，费妍对谁都客气，都乖乖的，白白的。但是再往里，谁都别想轻易进来，壕沟、弓箭手、滚木礌石。军训的时候，二十三队学数学的男生夜里值班无聊，打电话玩，找着正在值班的费妍，第二个周末就一起请假到信阳城逛街了，但是到现在，也说不清是不是男女朋友。大街上，走在一起，怎么看怎么像男女同学，一起核对考试答案或者议论老师的穿着。"辛夷说。

"我要追小红，你们告诉我怎么追。"小白重复，这次，眼睛盯着辛夷。

"你确定吗？小红好吗？小红将来是临床医学女博士啊，

养在家里，虎啸龙吟的，比仙人掌还高大，太壮观了吧？不要这么快定下唯一的目标吧？我以前帮你定的指标，对妖刀的两大标准做了明显的改进，三大项：材、才、财。还明确了定义，材指脸蛋和身段，才指性格和聪明，财指家里的权势和有价证券。还明确了权重，材占百分之四十，才占百分之三十，财占百分之三十。我给你的那个电子表格还在吧？咱们应该系统地往下接着进行，比如一共能有多少候选人应该进入这个甄选系统，如何收集候选人的资料，一批多少人，共几批等？胆要大，心要细。行愈方，智愈圆。"辛荑说。

"妖刀还是状元、才女和校花呢，你怕吗？我不喜欢多想，越想越不清楚，我喜欢做我喜欢做的事。我喜欢小红，小红也不是我爸的女朋友，也不是你们的女朋友，也没结婚没生孩子。小红好，心好，乳房大。"小白说。

"好兔子不吃窝边草，同一个班的，如果终成眷侣固然好，但是如果搞不好，成为陌路，成为仇人，还要天天看见，在一个食堂吃饭，一个教室上课，多别扭啊。"辛荑说。

"秋水现在不是也挺好吗？他前女友每次看见他，也不是恶狠狠的。"小白说。

"难度会很大的，小红有兽哥哥了。兽哥哥，到了四十岁，还是这种流氓状态，不得了的，魅力指数要超过我们好几倍。你想，兽哥哥在北京当小流氓长大，大气，宽广，够男人。会弹钢琴，认识好几个诗人和装置艺术家，有气质。又和你一样，有国际接触，骑过洋姐洋马，甚至更时髦，兽哥哥泡洋妞的地方是资本主义的老巢欧洲啊，布达佩斯啊，阿姆斯特丹啊。兽哥哥走了万里路，也是学外语的，读了好些书，泡过 N 个姑娘，有经验啊。还做生意，多少有些钱。现在还有几个马仔，有权势。当流氓到这么老，最好的归宿就是找个小红这样的美丽知性女生，还是学医的，还是中国最好医校的，喊，不当大元宝每天晚上搂在怀里，才怪。"辛荑接着说战略执行的难度。

"所以，我才请你们来吃麦当劳，问你们的主意。"小白说，眼睛还是看着窗外。

"好，我来帮你分析分析，你和兽哥哥的异同，然后根据这些异同，我们来制定夺爱战略，并确定所需要的资源，包括钱和人力资源，最后制订行动计划和每个阶段的里程碑。"辛荑说。

"我听不懂，我应该怎么办？"小白说。

"好，我问你，你和兽哥哥比，你的优势是什么？兽哥哥的优势是什么？你的优势是，你距离小红更近，你睡的床就在小红睡的床几百米之外。你和小红有更多共同语言，你们都要面对《内科学》考试。你更清纯、更青春，兽哥哥太套路了，小红是有慧根的人，或许会看得出来，不被他迷惑。你有时间优势，兽哥哥是商人，重利轻别离，你有大把的时间可以泡小红。你是美国人，如果小红想在美国当医生，你可以让小红梦想的实现，缩短五六年。"辛荑分析。

在辛荑没完没了之前，我打断辛荑，我看着小白的眼睛，问："小红是个好姑娘，是自己人。我问你，你老实回答，严肃回答。"

"我一直就没笑，辛荑在笑。"小白说。

我问："你真喜欢小红？"

"喜欢。"

"你把小红看得很重要？"

"重要。比《内科学》重要，比自己重要。我愿意把小红当成我的世界观、人生观。"

"不追小红，你能睡着觉吗？"

"睡不着。"

"好，中文里这叫冤家，还有个成语叫冤家路窄。我分析不出那么多东西，我要是你，做到一条，对小红好，往死了对她好，比其他人对她好，好一百倍，其他人包括兽哥哥、她妈和她爸。兽哥哥每天想小红半小时，你就每天想小红五十小时，兽哥哥每月给小红买一件东西，你就每月给小红买一百件。不在钱多少，在心意。"我对小白说，然后喝完最后一麦管橙汁，赶回妇科肿瘤实验室，继续尝试原位杂交法测细胞凋亡相关基因 RNA 的方法。RNA 降解酶防不胜防，头痛。

小红说："《内科学》考试之后，请你们仨到我们家吃饭。"

小白没说话。

我们仨那次麦当劳会议之后，没看出什么动静，小白只是更加沉默。我们四个人还是经常呈菱形战阵在夏利出租车能到达的北京疆土游荡，吃物超所值的大小馆子。我和辛荑都没催小白，辛荑说，要是小白和小红两个人好了，我们俩就多余了。要是没好上，小红和小白中一定有一个不能再和我们混了。总之，四个人不能再在一起了，夏利车坐着宽敞了。我，喊。

小白很少在他北方饭店的房间里待了，总是泡在我们这两三个宿舍里，没日没夜地打《命令与征服》。我们宿舍本来有一台组装的超级烂电脑，除了CPU是原装奔腾的，其他零件都是在城市化过程中失去土地的海淀农民纯手工制作的，开机两个小时，机箱就热得烫手，打到半夜的时候，辛荑经常放铝皮饭盒在上面，热他晚饭剩下的包子当夜宵，包子皮微微焦黄，但是不会煳，后来去了上海我才知道，这叫生煎。辛荑说，比军训时候整个二十四中队的锅炉还好用。辛荑在上面烤过割麦子打死的野蛇，一个小铝饭盒，均匀撒盐，加一点姜丝和葱末儿，锅炉是水暖型，烤不出脆皮。电脑是我们七八个人凑的钱，海龙电脑城组装的，黄芪和我骑学校食堂的平板三轮车拉回来的。机箱过热，找奸商理论，奸商说："你们三千块钱要配出IBM主打机器的配置，热点就忍忍吧，冬天给暖气助力，夏天？夏天，你们要不去隔壁买台电扇，一百多，能摇头，还有时间显示，合起来三千一百块钱，比IBM主打机器还是便宜三分之二。"小白搬了他GATEWAY原装电脑过来，我和他一起做了一根伪调制解调制线，把两台电脑连起来，联网打《命令与征服》。那根伪调制解调制线足足有十五米长，我和小白买了两个合适的接头和一根含三根线的电缆，将第一个接口的输出（第二针）和第二个接口的输入（第三针）连接，将第二个接口的输出（第二针）和第一个接口的输入（第三针）连接，保证输出、输入交叉，最后将两个接口的地线（第七针）连接，大功即告成。人和人斗，比人和机器斗好玩太多，没有比人更坏的了，那种把沙包堆到敌人家门口然后安上炮台的攻关密技由于敌人是真人而变得滑稽可笑。换人，不歇机器，输了的人下去，换下一个排在最前面的人，如同小学时在水泥台子周围排队打乒乓球。小白太强了，打败了我们所有人。我十五分钟就被小白夺了军旗，不服，说，是因为小白用原装美国机器。小白没说话，起身，移动到烧包组装机，坐下，右手已经僵直成鼠标形状。十五分钟后，小白又夺了我的军旗。小白基本不睡觉，偶尔喝水，实在打不动又输不了，就自动让位，上七楼自习室复习《内科学》，看他爸爸给他邮寄过来的原版《希氏内科学》(*Cecil Textbook of Medicine*)，一等一的印刷，上下册，十多斤重，纸又白又硬。小白看三分钟睡着，头倒在摊开的《希氏内科学》左侧，占不到一半的面积，口水缓缓从嘴角流到摊开的《希氏内科学》右侧，右侧的页面着水鼓起，呈现清晰的脉络。我偶尔想，世界的秩序是如何形成的，局部小世界的秩序是如何形成的。如果医学院不考《内科学》而是考《命令与征服》，小白就是老大了，如果世界考评男人不是按照钱财、学历、相貌，而是靠在《命令与征服》中夺旗的本领，小白就是极品了，想睡谁就睡谁，当然也包括小红。

辛荑问小红："为什么请我们仨去你家吃饭啊？"

我说："请吃饭还用问为什么？我去。你不去我吃双份，小白不去我吃三份。"

小白说："我去。"

辛荑说："我去。"

小红家在西北二环路边上，和 JJ 迪厅很近。《内科学》考完，我们四个蹿出室温三十摄氏度以上的老楼二一零教室，搭上一辆夏利车，杀进北京干冷的冬天。小白还是穿着大裤衩子和圆领衫，外面裹个羽绒服，厚棉袜子和耐克篮球鞋，袜子和裤头之间露出体毛。但是头发好像昨天剃过，明显簇新的痕迹，还上了些发胶之类的东西。辛荑还是穿着他的作训服，头发乱蓬蓬的。

老板儿楼，三楼，大三室一厅，小红有个妹妹，姐妹两个一间，小红的妈妈和小红的爸爸一间，第三间当客厅。小红的妹妹开的门，比小红高，比小红壮实，比小红眼睛大，胸没小红的大得那么突兀。小红妹妹的大眼睛探照灯一样飞快扫了一遍我们三个，对小红说："姐，今天有人送我巧克力，真恶心。"辛荑接话茬："就是，真恶心，吐他一脸口水。"小红的父母已经坐在客厅里的沙发上，我们一起叫："伯父，伯母。"小红的父母说："好，好，快进来坐，外面冷吧？"

没进父母的房间，隐约看到都是公家发的家具，带公家编号的铭牌，实木，厚重粗大，没见到什么书。我们把外衣堆在小红房间的写字台上，写字台上还有一张小红中学时候的照片，双奶裹在皮夹克里，比较胖，梳个辫子，一个健康的好孩子沐浴在那时候祖国的阳光里。

"小时候照的，挺傻的。"小红说。

"不傻。"我说。

"敢说傻！"小红说。

写字台两边各一张床，一样的碎花床单和碎花被套，我微合眼睛，霎时闻见头发、身体、洗发水、沐浴露、棉布、洗衣粉交织的味道，右边的床一定是小红的。辛荑的眼睛四处溜达，仿佛房管科检查房屋漏水的。小白的眼睛直勾勾地看着右边的床，枕头上一根长长的漆黑的头发，从枕巾的一边两三个曲折，横穿枕巾上绣着的"幸福生活"四个字，延伸到枕巾的另一边。

饭桌已经在客厅摆好，客厅墙上挂满各种挂历，明星的、主持人的、祖国山水的、国外风情的、可爱儿童的，摆满各种巨大而劣质的工艺品，最突出的是一艘巨大的黄色玉龙船。一米半长，一米高，三组风帆，船体一边刻"一帆风顺"，一边刻"招财进宝"，船旗上刻"祖国邮电事业"。走近看，不是玉的，连石头都不是，塑料粉压的，摸上去粘手。

饭桌已经摆好了，一只烧鸡，明显从商店买的，一盘酱牛肉，明显从商店买的，一盘黄瓜拌豆制品，应该也是从商店买的，一盘炒菠菜，小红妹妹说："姐，我炒的，新学的，不许说不好吃。"圆桌，小红的父母坐一起，我们三个外人坐一起。小红的妹妹好像好久没见小红，挤着小红坐，手拍了小红胸口一掌：

"姐，给你一个大便神掌。"

"你三天不吃大便，就变成大便。"辛荑接茬。

"你怎么知道的？"小红妹妹问。

"这个大便神掌，我小时候就开始在北京民间流传了。有二十四式和四十八式两种，你这掌，看力道和出掌路线应该是简化的二十四式大便神掌。如果是四十八式真传，威力大三倍，挨了一掌，一天不吃大便就会变成大便了。其实，最厉害的一种是极品大便神掌，就一式，一掌之后，中招的人必须马上吃大便，否则立刻变成大便。可惜，这招我还不会。"辛荑说。

"吃饭了，吃饭了。"小红说。

"要不要喝点酒？"小红的妈妈问我们三个。

"不用了，阿姨。"我看小白眼神迷离，看着烧鸡，等了等，回答。

"不是刚考完一门大课吗？喝一点啤酒，没关系。"小红的爸爸劝。

"回去还要再看看书。"我说。我喝啤酒，一杯就脸红，十瓶不倒，脸红还是不均匀的红，一块白一块红，小红说过，好像豹子，禽兽。所以，我咬死不喝，留下好印象。

"那好，多吃菜，多吃菜。"

辛荑一直在和小红的妹妹说话，小白一直不说话，筷子都不伸别处，笔直向面前伸出，他面前的烧鸡，大半只都让他一个人吃了。小红替小白夹了几次菜，小白也不推让，就饭吃掉了。

吃完饭，我不知道说什么，小白呆坐着，辛荑的话题一直围绕大便，我说："叔叔、阿姨，谢谢你们，我们先回去了。"

"再坐坐吧，还早。"

"回去再看看书。"我说。

"这么抓紧时间啊？"

"时间就像膀胱里的尿，只要挤，还是有的。"辛荑说。

两个月后，过了一九九七年的春节和元宵，小白和小红每人穿了一件一样的古铜色灯芯绒领子短风衣，手拉手，站在我和辛荑面前，说："我们请你们俩吃饭，开学了，亮马河大厦，Hard Rock。"

第十三章

宁世从商，海南凤凰饭

我坐在妇科肿瘤实验室里，思考生命、死亡和小红，我不知道后者属于不属于爱情。

小白和小红请我们在 Hard Rock 吃了大餐之后，开始了漫长的二人活动时代。我常常看到他俩穿了一样或者近似的衣服，童话一样，小朋友一样，手拉手，在东单街头走过，在医科院基础所、北方饭店、仁和门诊楼和住院楼之间游荡，比街边的垃圾桶高很多，比街边的槐树矮很多。

小白也很少来我们宿舍了，和小红一起开始学习《克式外科学》(Sabiston Textbook of Surgery)，和《希氏内科学》一样，也是顾爸爸从美国寄来的原版，也十几斤沉，打开之后，左边和右边也都有小白的口水痕迹。小白和小红也去七楼上自习，小红说，北方饭店不是学习的地方，没适合看书的桌子，只有床。即使坐在小红旁边，小白看三分钟书也会睡着，唯一的区别是不再睡在教科书上，口水偶尔流淌到桌面。小红把顾爸爸寄来的教科书摊在桌子上，右手翻页，左手摸自己的头发，从上到下。小红怕热，脑袋大，看书的时候更容易发热，"微波炉似的"，所以一年到头上自习的时候，穿得都很少，腿总是很细，从上到下。而且小红怕蚊子，说医院附近血腥弥漫，蚊子密度高出北京其他地方百倍以上，说香水熏蚊子，所以上自习的时候喷得很浓。

北京春天非常热闹和刺激，花痴一样的榆叶梅满街开、精虫一样的柳絮杨花满街跑、泥石雨冰雹满街下、沙尘暴满街咆哮。白天天是明黄的，夜晚天是酒红的，能见度在十米之内，我常常怀疑，在春天，如果火星会展设施客满，各种体形巨大的神兽和神仙就都到北京来开年会，他们一根睫毛比一棵三十年的柳树还粗大，一个脚指甲就是一个停车场，轻呼吸就是狂风呼啸、黄沙漫天。

风沙一停，天气骤热，北京就到了初夏。

有一天初夏的晚上，厚朴气喘吁吁地从七楼飞奔下来："报告，报告，小白和小红在上自习，小红喷了一瓶香水，小红没穿裤子！小红没穿裤子！！小红没穿裤子！！！"我和辛夷扔下手里打《命令与征服》的鼠标，跳进一条裤子，套进一件长袖套头衫，抓了一本书，一步三级台阶，飞上七楼。小红没抬头看我们俩，我们坐到教室最后。她的确没穿裤子，只穿了一条印花连裤袜。柳青穿套装裙子的时候，穿过这类装备，我见识过。黑底，网眼，暗红牡丹花。小红上面套了一件长衬衫，丝质，豹子皮纹，下摆遮住屁股，但是上厕所回来之后，在座位上坐下，腰下风起，吹升下摆，连裤袜的上界露出来，腰细，腿更细，从上到下。那天晚上，我和辛黄同桌，上了一晚上自习，《外科学》及格没问题了。香奈儿NO.5 好啊，隔了这么远，一晚上下来，我一个蚊子包都没有。

小白打《命令与征服》的机霸地位被一个八三级的师兄替代。

我们早就听说过他的名声，他网络名称"大鸡"，中文输入不方便的地方就用 BD（Big Dick）替代。大鸡玩物丧志，和他一届的同班医大同学都是教授了，大鸡连副教授还不是。大鸡说："真是不可思议啊，这帮牲口有个人一年写了七十多篇论文，发表了那么多篇在'中华'系列杂志上，还都不是综述类，不强占别人实验成果怎么可能啊？我怎么一篇综述都没时间写啊。人家当教授，我服气，我心服口服。"大鸡的同班同学从另外一个角度阐述："大鸡真是不可思议啊，牲口，去年一年，打电脑，最贵、最结实的键盘都坏了三个！"

大鸡原来一直上网打《帝国时代》，全国知名，但是最近发生了两件事，让他来到我们宿舍，正好顶替小白的位置。第一件事是大鸡和老婆最近离婚了，理由是大鸡常年为帝国征战，两个人没有作为人类的语言交流和作为兽类的夫妻交流。分割财产时，前妻除了自己的内裤之外，只要求大鸡的电脑归她，确定归属之后，在阳台探头看看，风凉月皎，楼下了无行人，左脚前右脚半步，站稳，将大鸡的电脑高举过头，双手先向后借力，然后发力向前，扔到楼下，一团小火，一声巨响。第二件事是大鸡右腿跟腱最近断了。大鸡为了保持为帝国征战的体力，经常踢球，踢右前卫，一次准备活动没做充分，被对方左后卫铲了一下，再触球拔脚远射，球进了，人动不了了，大家诊断，跟腱撕裂，或许还扯下了一些跟骨。六七个人抬他到仁和骨科，只剩值班的，男的，眼镜老大，胡子还没长出来，满口"都包在兄弟身上"。大家都不放心，呼叫二线值班的总住院。等总住院头发蓬乱、带着眼屎、别着呼机、穿着裤衩、披着白大褂从楼道的另一头撇着八字步走来，大家的心都凉了。那是仁和医大著名的政治明星，医大学生会主席、市学联领导、市团委苗子，小学时候的理想就是当卫生部部长。还有文采，酒量有限，喝多了的语录流传出来："有人讲，毛泽东写了《沁园春·雪》之后，这个词牌就该停用了，因为已经被他写尽了、写绝了。我觉得，说得非常有道理，没有争论，没有辩解。就是这个人，看了我写的《沁园春·沙尘暴》之后，说，没有，这个词牌没尽，没绝。"送大鸡去的人之中，有学骨科的，但是政治明星也是师兄啊，而且立志当卫生部部长的，不好意思自己上手给大鸡治疗，政治明星鼓弄了一阵，汗顺着脸颊流下来，头发更乱了，突然停手，大鸡一声惨叫，政治明星说，跟腱断了，全断了，整个大腿要打石膏，三个月不能踢球了。大鸡没了机器，也暂时没了腿脚去中关村再装一台，只好到我们宿舍蹭机器打。

　　大鸡来我们宿舍的时候，一条好左腿配合一个右拐，不撑拐的左手在左肩头扛了一个罗技专门打游戏用的巨大黑色键盘，右腿满是石膏，从脚到胯，"石膏是全部重新打的，那个总住院打的完全不能用，打碎了重新做的，否则，即使好了，也是一条腿长一条腿短，拆石膏之前，还不知道到底是哪条腿长哪条腿短"。大鸡是眼科的，来我们宿舍的时候披了一件白大褂，上面绣着蓝色字体的"眼门"，眼科门诊的意思。辛荑说："进来吧，欢迎师兄，您衣服上应该加个'屁'字，'屁眼门'。"大鸡涨红了脸："等我腿好了，等我腿好了，《命令与征服》，我先灭你。"

大鸡和小白不一样，别人杀不死他，就一直在机器上粘着，绝对不自己主动离开战局，喝很少的水，根本不上厕所，辛荑说，可能都走汗腺了，大鸡的器官构造和常人不同。夜深了，如果宿舍里有人嫌吵闹要睡觉，大鸡就戴上巨大的飞行员模样的耳机。我有一次早上被尿憋醒，天刚刚泛青，看到大鸡还在电脑前，脸和天一样靛青，除了手指在动，其他地方一动不动，仿佛僵尸刚刚开始复活或者在太阳出来之前慢慢死去。

少了《命令与征服》，妖刀在美国也加大了压力，辛荑开始疯狂准备英文考试。

辛荑说："妖刀说得非常清晰，基本标准是这样的，TOEFL，630，GMAT，750，GRE，2300以上。比基本标准高百分之十，将受到妖刀景仰，在外面鬼混，吃喝嫖赌抽，随我便。比基本标准低百分之十，将受到妖刀鄙视，将放弃对我的培育，任由我自暴自弃，随波逐流，睡小翠，睡小红，随我便。"

我说："多好的姑娘啊，总结一下，第一，只要你不考出基本成绩，你就可以随便睡。第二，你不可能被妖刀景仰。那三个分数，上浮百分之十，比满分都高了。你考完之后，那些资料扔给我吧，我闲着没事儿干，又没《命令与征服》玩，我也考试玩儿。"

我找到王大师兄，他坐在宿舍里，背靠着墙，嗑着瓜子，头小肚大，前凸后平，仿佛一切两半的巨大葫芦。我当他是宝葫芦、水晶球、王八壳，我要知道我的将来。从认识老流氓孔建国开始，我慢慢形成了一个习惯，三年五载，找个大我十岁以上神似异人的老头老太太，卜问将来。不需要事实，不需要分析，只要最后的判断，是东是西，是生是死。孔建国越来越不喜欢充当这个角色，他说，什么肿瘤发生，什么托福考试，不懂。管宿舍的胡大爷像喜欢雷锋一样喜欢古龙，认为他们都是一等一的好小伙子，他对于我的判断单一而固执，"学什么医，去写凶杀色情，你行"。我老妈的老哥，就是我大舅，永远喜欢设计我的人生。我大舅是黄埔五期的毕业生，上黄埔学校是他一辈子唯一做的牛×事儿，所以他一辈子为此牛×着。他家最大屋子最完整的一面墙上，没挂电视，而是永远挂着一张幅宽巨大的照片，上面密密麻麻或站或坐着无数的老头，比《八十七神仙卷》宽多了，比八十七多多了，至少有八百七十，顶上横印"黄埔同学会×××年集体合影"，左右两边分别侧题"贪生怕死请走别路"和"升官发财莫入此门"。我大舅说，这些人就是历史，挂照片的钉子必须用进口的水泥膨胀钉子，墙必须是承重墙，否则墙体裂缝。以前的房子没用承重墙，房子漏水，淹了楼下的木地板，还赔了钱。他还说，晚上关了灯，没有月亮，这上面八百七十双眼睛都在黑暗中发亮，他八十岁之后，每次起夜，都看得到，死了的发白光，活着的发蓝光，快死的在白蓝之间。我大舅的眼睛的确非常亮，腰非常直，坐在大沙发里打八圈麻将，腰板还是挺挺的。从我长眼睛开始，他就逼我认，那八百七十个人中，哪个是他。开始的时候，的确难，每个脑袋就是黄豆那么大，眉眼就是芝麻那么大。现在，我连肚脐眼、鸡眼和屁眼都认得出哪个是他，即使挂的是底片，我也找得到。我大舅说他是学炮兵的，成绩非常好，人品也非常好，"我在他家和一个退休的共产党将军喝酒，那个将军应该不是假的，接送他的都是挂军牌的奔驰。他一直叫我大舅师兄，一直说我大舅脑子好使，会算数，什么样的炮、敌人方位如何，立刻就算出来炮口如何摆，然后其他人就跟在后面摆。将军说，我大舅善于思考，他就不，也没有那个脑子，过去宣传的甩手疗法，他现在还坚持用呢；过去宣传红茶菌，他现在还喝呢，挺好的，活着。我大舅说，在做那个人生重大决定之前，他看天象，他重读《资治通鉴》，他学习《资本论》和《论持久战》。他思考之后或者说被我舅妈苦劝之后，决定不去台湾，一九四九年在都江堰和青城山缴械投诚，得了光荣起义的证书，后来，这个证书丢了或者被五个小孩儿叠纸飞机了，反正搬了几次家就找不到了。后来，"文革"了，没有起义证书，地方组织不认可，人差点被打死，地方组织说："如何证明你不是悍匪呢？如何证明你不是打到只剩三五个副官，一两颗子弹，看到我们满山红旗，逃跑不成，自杀未遂，号称投降呢？谁能证明你手上没有沾满人民的鲜血呢？我们倒有足够的证据，证明你的手上沾满了人民的鲜血，你在岷江边妄图阻挡历史的车轮，负隅顽抗，杀了我们多少革命战士？""文革"之后，我大舅和我舅妈吵架，实在没词了，都是用如下结尾："我这辈子就是被你毁的，我这辈子就是被你毁的，你几乎要了我的命，你几乎要了我的命。"我每次见我大舅，他要么是见我的第一句话，要么是最后一句，为我设计未来："小子，乱世从军，宁世从商，像我一样。"

我拿一包葵花子，加入王大师兄的嚼嗑活动，我问他："王大吃，我要算命。"

"我王大师只算姻缘，不算仕途。"

"那就算姻缘。"

"男的不管算，女的，手长得细腻，指甲涂得好，胳膊白，好摸好看，免费算。"

"我送你瓜子了啊。"

"好，破例。你会娶一个女子为妻。"

"废话。我应该娶一个什么样的啊？"

"娶一个有意思的，医学这么发达，人活得越来越长，要是娶一个没意思的，还不如一个人待着，或者早死算了。"

"我热爱妇女怎么办？是否不适合婚姻？"

"你是渴望理解。你命里没有桃花。你这种放不下的，被小姑娘看一眼、摸小姑娘一下手要纪念半辈子，写好几首诗才能心情平静，如何热爱妇女？"

"奶大重要不重要？"

"你认为重要就重要，你认为奶大有意思，奶大就有意思。"

"奶大的跟了别人，怎么办啊？"

"抢啊。"

"要是奶大的跟的是我爸，怎么抢啊？"

"找你妈啊。"

"要是抢不过呢？"

"哭啊。"

"抢了之后，要是发现奶大没意思呢？"

"海南凤凰饭。"

"我将来该做什么啊？"

"不知道。"

"算命的不能说不知道。"

"你要得太多，有能力，没特点，所以不知道。"

"大师用天眼再看。"

"三步之外，看不清楚。下一步，比较明确，去美国。"

"嗯。怎么去啊？"

"考试、做实验发文章、申请学校、办签证、买机票。"

"做什么实验容易发文章？"

"妇科肿瘤，肿瘤发生。在生长调控通路上找两三个基因，找五六十例卵巢癌患者，在 RNA 水平、DNA 水平、肿瘤细胞水平、肿瘤组织水平、大体临床特征水平上（什么腹水啊，淋巴转移啊，复发啊，预后啊，手术后生存年数啊），用原位杂交、免疫组化、流式细胞仪之类分别收集资料，不同排列组合，分别比较，发表五六篇'中华'系列文章，没有问题。"

"做什么实验能产生实际作用？让人类更接近真理？"

"医学到现在，感冒都不知道如何治呢。分开鸡和凤凰容易，分开生死，你试试看。知道我的医学三大定律吗？"

"不知道。我不问，你会不会也一定要我听呢？"

"是的。第一，不要怪病人为什么得病。第二，绝大多数病能自己好。第三，那些自己好不了的通常非常难治。"

我坐在妇科肿瘤实验室里，思考生和死，沿着 EGF—EGFR—C-myc 这条通路，越看越觉得生和死本来就是一件事儿。

肿瘤实验室在仁和医院老楼。老楼和北大一样，纽约设计师设计的中式洋楼，都属于文物保护单位。原址是豫王府，洛克菲勒投钱翻盖，绿琉璃瓦、汉白玉台阶、歇山顶、四合成院，自十九世纪以来，是北京唯一比例合适的大屋顶。屋顶下是现代化的西式医院，宽楼道，顶子高，躺着病人的平车迎面对跑，周围站满医生护士，挂满输液瓶子，不用减速躲闪。老楼八十多年了，比五年前盖的新楼还新。屋外下雨的时候，新楼楼道里渗水，屋顶掉皮，需要打伞。最近有个小护士在新楼楼道里摔倒，半面墙的墙皮掉下来，砸伤了脖子。实验室在老楼的三楼，两间房子，外间放实验台、办公桌和试剂柜子，里间放恒温箱、冰箱、液氮瓶、各种光学显微镜和荧光显微镜、细胞操作间、PCR等仪器。每间房都有巨大的窗户，上下推拉的木窗户，黄铜配件，经历北京八十年的倒霉天气，毫无变形，黄铜更亮。从窗户望出去，是图书馆的大屋顶，飞檐上绿琉璃的仙人后面，是五个绿琉璃的走兽——龙、凤、狮子、天马、海马，再后面是绿琉璃的垂兽头，一共七个。

小红和小白在七楼上自习，或者说小红在上自习，小白在小红的香气和头发光泽里睡觉，辛荑在做英文试题，我前女友在给国外教授发电子邮件谈人生谈理想或者和清华男友吃夜宵，我长时间地泡在实验室里。

我在四楼手术室等切下来的卵巢癌标本，跑下三楼实验室，切成牛肉丁一样的小块，处理后，放到液氮里保存，液氮瓶打开的时候，白气弥漫，好冷啊。我在等DNA电泳结果的同时，在电脑上拨号上网，查Medline数据库上和这些特定生死相关的文章，真多啊，同样是纯文本，比《查泰莱夫人的情人》难看多了，上帝有病啊，把人造得如此复杂，要是像火腿肠一样简单，多好，最多像收音机一样复杂，这样我们就可以彼此懂得，天天幸福，没有那么多选择，到处都是天堂。上网查文献的同时，我尝试微软视窗系统的多窗口，看看美国的毛照片有多么腐朽，日本的毛照片有多么变态，先下载到硬盘，凑够2兆，给辛荑压缩进一张三寸软盘里，当吃他实验兔子的饭票。下载了那么多，没有一张长得像小红的，没有一张比小红奶大的。偶尔打两个不激烈的小游戏，美女麻将基本通关了，我已经被尊为传说中的麻将之神了，任何美女想上我的牌桌必须穿得很少，但是在最后一关总被一个法国二百五美女灭掉，然后还用蹩脚的台湾腔国语很气人地说："噢，这就是传说中的麻将之神吗？"这个法国二百五美女在我心中激起的民族主义激情比北京所有的历史博物馆和所有关于八国联军的电影还多。另一个游戏是《疯狂医生》，也是台湾编的，我用来巩固基础知识，特别是内科，免得毕业出去别人总说我是兽医，砸尽仁和的牌子。通关了，开始理解辛荑为什么对小护士常常浮现性幻想。我在实验台上做免疫组化原位杂交，认定做生物医学实验是简单的体力劳动，会洗衣服会做饭，一定会做。德国人认死理，认死真，德国产的多孔eppendorf移液器死贵。国产的完全不能用，像中医一样模糊，像《随园食单》一样"放微微盐水"，用了之后，鬼也不知道加进去的是多少微升。没钱买德国产的，我右手大拇指反复按压单孔eppendorf，得了腱鞘炎，得了大拇指指掌关节炎。有个在外科乳腺组的师兄，乳房触诊做得太辛苦，也得了腱鞘炎，人和人的境遇为什么这么不同呢？累极困极，到老楼拐角一个厕所，我反锁上门，冲个澡。有水龙头，有热水，有窗户看得见月亮，有时会联想到小红的脸，想着她在直线距离五百米之外的自习室穿着印花连裤袜，想着她摸头发的手从上到下，想着她不留手的光滑的头发，阳具像一簇小火把一样在两腿间燃起，发出蓝白色的光芒，我关掉热水，用完全的冷水浇灭它。

窗户里也看得见新楼的病房，有一个夜晚，我看见一个人影从新楼楼顶飘落，甚至像树叶一样中途随风摇晃了一下，然后一声闷响。第二天听说，是个肿瘤晚期的病人受不了绝望和疼痛。上楼顶前，他写了个字条，问，幸福的构成是什么？人的终极意义是什么？从那以后，通向新楼楼顶的门就被锁死了。

第十四章

王七雄，牛角面包

傍晚，我一个人坐在东单三条和东单北大街交会处的马路牙子上，抽一种叫金桥的香烟。我不明白，小红和小白是如何手拉上手的。

东单三条以南，长安街以北，从东单北大街到王府井大街，全是建筑工地——一个巨大的坑。这个坑原来是东单菜市场、儿童剧院、假山公园，好些卖劣质工艺品给外地人和外国人的小商小贩也聚集在这里，现在，这个坑里还挖出了新旧石器时代的人类活动遗迹，什么厕所啊、墓地啊、澡堂子啊、祭坛啊等值得保护的建筑，这个坑还在挖，毫不动摇。我想象两千年前的司马迁，收集资料的时候一定也走访了大量当时的夏利司机，如果不是这样，《史记》不会这样怪力乱神，喝多了的大动物在书里时常出没。

东单北大街上，多小铺面的时装店，都没牌子，都说是出口转内销，比大商场款式好看，比进口名牌便宜百分之八十。常看见觉得自己有气质的白领，打着一把伞，一家一家溜着马路逛，雨天打雨伞，非雨天打阳伞，挑选配合自己气质的衣服，让气质更浓郁。辛荑常逼我和他一块儿猜想，这些气质白领的前身都是什么样的女生、她们回家都和谁睡觉、她们最大的追求是什么？我说，军训的时候，你戴一号帽子，直径比脸盆还大，我戴四号帽子，直径比漱口缸子还小，也就是说，我脑容量非常有限，没有富余的计算能力想这些没有答案无法判断正确与否的片儿汤事儿。我建议他去找小红，小红戴二号帽子，直径比尿盆还大，军校历史上没有女的戴过一号帽子。大街上还有些港台品牌店，大幅招贴上男女明星穿着这些牌子的衣服傻笑傻忧郁。这些牌子通常两三年就一换，撤退清场的时候，站在我们宿舍窗前，常看到小姑娘们抢购的场面，红着脸，白着胳膊，流着暗黄的汗水。柳青说，港台到处是奸诈的小商人。无商不奸，但是体会深了，她觉得比大陆的土财主更不是人。这些小商人从来不想长远，两三年换一个品牌是因为避税，牌子换了之后，找同样的明星照些照片，明星加港台一定能再卖。靠近灯市口大街东口，多婚纱影楼，都说摄影师、化妆师来自港台，表达欧陆风韵，橱窗里的样片真好看，女的好看，男的也好看，女的都长得一样，男的也都长得一样，一样的妆、一样的发型、一样的衣服、一样的构图、一样的灯光、一样的背景、一样的相框，估计小白和小红，这样打扮，吹这样的头，穿这样的衣服，也长这个样子。在仁和医院产科实习的时候，看到长得一样的一屋子小孩，担心家长会不会抱错，看着这些婚纱摄影，我担心新郎会不会抱错新娘。灯市东口正对着的一家食品店，门口有一头石兽，是我的最爱，每次路过都跟它打招呼。就一头，不是一双，分不清是狗还是狮子，因为脖子以上、耳朵以外都没了，听食品店的河南姑娘说，打清朝就待在那儿了，段祺瑞执政的时候，脸没了。灯市东口往北一点，东四南大街上，有一家老大的中国书店，夏天夕晒，冬天没钱生火，伙计永远戴着套袖。看着千年的文字垃圾，五颜六色、沾着尘土沾着汗水沾着手油、从地板顶到天花板，站在屋子当中，还想写东西，心里要多大一团火啊。司马迁心里一定是一团巨大的对汉武帝的仇恨之火，或者是对时间的困惑之火，或者是对声名不朽的贪婪之火，或者三者都有。

我坐着的马路牙子对面，是一个交通银行的营业部。我认识里面一个叫王世雄的营业员。第一次见他是在仁和医院的保卫处，王世雄蹲在暖气片旁边，保卫处高处长对他喊："你不要喊，会放你出去的。"我看见王世雄巨大的眼睛，水塘一样，荡漾在屋子中间。高处长说，这个人是个号贩子，还有偷东西的嫌疑。我再见王世雄是在呼吸内科门诊，我陪着罗老教授出诊。罗老教授七十多岁了，每天七点之前必到病房，雪白的大衣里面是雪白的白衬衣，雪白的头发向后梳理得一丝不乱，领带鲜艳饱满。"这么多年的习惯了，不管好坏，要改都难。"罗老教授说。所有抽烟成瘾的大官，肺用了五十年以上，就算是烟囱也堵了，都要排队找罗老教授诊治。罗老教授每周只有一次能出公共门诊，所以那个下午总是人山人海。病人山病人海中间的山谷有一张漆成土黄的桌子、坐着正被诊断的一个病人、两个我这样跟着学习的实习大夫，山谷底部是罗老教授。一年四季，罗老教授都是雪白的大衣，里面是雪白的衬衣，领带鲜艳饱满。冬天还好，夏天没有空调，窗户开着，屋外也是热风，周围的病人山病人海挡住所有外来的空气，山谷里盘旋的全是呼吸内科病人喷出的和体温接近的气体，仔细听，不同病人，由于病变位置、年份和病因的不同，从病变了的肺泡、支气管、气管发出不同的声音，总和的效果近似苏格兰高地的长笛和中山音乐厅的管风琴。罗老教授的汗水顺着鬓角和脖子往白衬衣里灌流："这么多年习惯了，习惯了就好，习惯了就好。"柳青告诉过我，在距离仁和门诊楼五百米的王府饭店，洗一件这样的衬衫要九十块，加百分之十五的服务费，罗老教授的专家号一个十块。罗老教授问得仔细，看得慢，一个下午，也就看十来个病人。我在病人山病人海里，又看到王世雄巨大的眼睛，门诊结束了，他还在。我问他："你不是倒号的吗，怎么自己还到门诊来？看看你的号有多紧俏，好调整价钱？"王世雄说："不是的，不是的，我本来就是给自己挂号的，肺结核，好久了。挂了几次都没挂上专家号，那天晚上我就和票贩子去得一样早，晚上不到十二点就到了，和票贩子一起站着。后来高处长带人来，我也搞不懂为什么心慌，就跑，真正的票贩子反而没有一个跑的，看着高处长，微笑。我从小跑得快，百米十二秒，要不是肺结核，我就进北京市田径队了。

我跑到你们老楼地下室，到处是岔路和各种管道，迷了路才被高处长的人抓到。当时楼道周围堆满了冰箱什么的，高处长穿的是皮鞋，跑的时候崴了脚，一边喊痛一边硬说我是票贩子，还跑，还想偷东西。"我问王世雄，为什么不给单位挂电话。王世雄说，他是交通银行的，如果领导知道，他被怀疑是小偷，即使只是嫌疑犯，他如何再混啊？我从罗老教授那里给王世雄要了个专家号，第三次见他，他已经住进呼吸科病房了。

第四次莫名其妙见到王世雄，是在外科病房。

自从被厚朴培养了挤脸上粉刺的习惯之后，我爱上了外科，每当想到从一个机体里将一块坏了的或者不需要的组织切除，然后肿胀消失了、疼痛消失了、炎症消失了、癌症被抑制了，我就感到巨大而莫名的兴奋，比拉紧窗帘、熄灯、放映黄片，更加巨大而莫名。厚朴也喜欢外科，尤其是心脏和乳腺之类和上半身有关的专科。厚朴总是反复纠缠这些专科的典型病人，总住院大夫已经把思想工作做好了："希望你们能配合教学。我告诉你们，你们的典型心音，你们让听得听，不让听也得听，这就像献血一样，是义务，献血是公民的义务，让听是病人的义务。凉？造影也会凉你们半个小时，你们怎么不叫啊？不让？我们是肩负着医疗和教学双重任务。你们怎么能这么自私？不为将来的病人想想？"

心外科来了一个二十四岁的女生，长得好，面带桃红，风湿性心脏病的典型面容。总住院大夫说她的心音很典型，在左乳房附近很容易听清楚。厚朴至少去了三次："我能听听你的心音吗？"

"你难道没听过吗？"

"没有。"

"真的没有？"

"真没有。即使有过，印象也不深刻。"

"好吧。"

"你帮我把听诊器放到你乳房上，好吗？"

"你自己来吧，别客气，没事儿的。"

我是在心外病房的一个加床上第四次看见王世雄的。查房的时候，教授掀开他的被子，王世雄下半身什么都没穿，阳具的位置上罩了一个空的塑料酸奶杯子。教授将杯子掀开一半，看了看，又全罩上，看了眼王世雄的桌子，一杯当早饭的黑芝麻糊。剩我一个人的时候，王世雄一脸哭相，说，肺结核很快控制住了，出院前两天，一个病友说，还不趁着住院，把包皮割了，省时省事，卫生，增加性能力，减轻体重，这个病友就割了，后来离婚了的老婆和他复婚了。王世雄苦求大夫，终于做了。主刀大夫说，术后一个月，禁房事，禁看黄书、黄片，禁喝春药，否则容易术后感染，轻则延迟伤口愈合，重则变成司马迁。

我坐在东单三条和东单北大街交会处的马路牙子上，金桥香烟抽到第五支，开始上头，更加想不清楚小白和小红的前因后果。

每次吃完包子，辛荑都会议论，说："我觉得小红会后悔的。小白送了小红一张信用卡的副卡，长得和普通信用卡一样。也就是说，小红花钱，小白付账。这么说来，我觉得还是小白的七张信用卡比兽哥哥的七种液体实用。但是我觉得小红还是会后悔的，不是后悔和兽哥哥分，而是后悔和小白在一起。"

　　"是吧。"我当时附和了一声，不完全同意。

　　最近诸事不顺。

　　钱少，和辛荑吃东单街上最便宜的一家四川小吃店，啤酒换成二锅头，五块一大瓶，很便宜就能晕起来。老板娘是从四川逃婚出来的，奶圆，脸大，腿长，她说，她的远景目标是有生之年要战胜麦当劳，在全世界开的分店数量比麦当劳的多两倍。她小吃店的标志是两个挨在一起的"O"，远看仿佛两个挤在一起的圆奶。她小吃店的价值定位是，十块钱两个人吃饱，十五块钱两个人吃好，二十块钱两个人喝高。我和辛荑吃口包子，碰下杯子，下口白酒，喊一声小红。两斤包子，一斤二锅头，二三十声小红。老板娘问，小红和你们两个什么关系啊。辛荑说，小红是我们的女神。我说，小红是我们的宗教。老板娘包包子的肉应该是坏了的或者接近坏了的。辛荑吃了，一点问题都没有，做托福模拟题，还保持老习惯，两天不拉屎。我仿佛吃了一只半死的猫，在肚子里又活过来，一直叫。再吃什么，喝什么，就拉什么，没的拉了，就尝试着把一条消化道从下到上、从肛门到食道拉出去。最后王大师兄救了我，他从急诊要了两管庆大霉素注射液，砂轮锉一下接口，敲掉玻璃帽，直接灌进我嘴里。

毛片也没的看了。辛荑把李加加的超级强力毛片借给同实验室的一个重庆籍研究生，他当晚就组织在京的单身老乡们到实验室观看。二十几个重庆精壮男子，先在食堂吃饭，让食堂显得比平时拥挤。用的是实验室的投影仪，打到墙上，足有100英寸。保卫处高处长说，太嚣张了，聚众看毛片，太不小心了，连窗帘都不拉上。太阳落山，夜幕降临，从东单三条的街上看过去，墙上的外国女人，面如满月，清楚得很。高处长一边站在街上看剧情发展，一边调集人手，等基本演完了，手边儿的保安也凑了小二十个了，手一挥，"上"，奔去实验室，人赃俱获。那个研究生是条汉子，死活不说毛片是辛荑给的，咬定是街上买的。辛荑只剩李加加一边的麻烦，李加加逼着辛荑赔她，要一模一样一个版本的带子，否则就必须请她吃饭，川粤鲁淮阳，至少四大菜系要吃遍。辛荑死活不敢让妖刀在美国买，安慰自己说，即使妖刀买了也不方便寄过来，一个女生在海关被抓住夹带超级毛片比在追悼会上被抓住放屁还难为情，只好请李加加客。作为开始，最近刚刚请了李加加吃了四川办事处的翠鱼水煮。我在秀水市场外边，向一个看上去最朴实的抱小孩儿的阿姨买毛片，她拿出两张光碟，一张印着邓丽君三十年精选，另一张印着革命老歌精选，她咬定是毛片："总不能印着《肉蒲团》《蜜桃成熟时》啊，那样被抓住，我们要坐牢的。"我拿给辛荑，让他从李加加那里赎身，辛荑试完碟后，哭丧着脸："卖给你碟的阿姨真是朴实，真的是邓丽君，有《何日君再来》，真的是革命老歌，第一首是《打靶归来》。"

我又得了结膜炎，很快从一只眼睛传染到另一只眼睛，两只眼睛开始流水。一个人摸索着坐公共汽车回家，坐着听一会儿收音机，实在听不下去了，坐着听一会儿电视，实在听不下去了。眼睛绝对比身体重要，我同情海伦·凯勒。如果让我必须两者选一，我宁可当司马迁。

在我等结膜炎自行治愈的一周中，小红打过来一个漫长的电话。她问我："眼睛瞎了吗？痛吗？烦吗？比昨天好些吗？怎么会得这种病？活该啊，看了什么不该看的东西？要不要组织群众去探视？"

我说："亏你还是学医的，看毛片一定会得结膜炎吗？我的确看了很多毛片，都不满意。我总想，能不能毛片和正经片加在一起，创造出一种更真实的片子。生活中，该是毛片的地方，片子里就是毛片；生活中，该纯情纯精神的地方，片子里就不是毛片。全是毛片，仿佛全肉的包子，连一点葱都没有，就像看《动物世界》一样，嗷嗷叫一阵，厮打一阵，没什么意思。"

小红说："人家拍毛片不是为了展示生活本质，和你的追求不一样。"

我问："你最近好吗？"

小红说："还行吧，一般。"

我问："兽哥哥最近好吗？"

小红说："应该还行吧，有一阵子没联系了。"

我问："小白最近好吗？"

小红说："应该还行吧，你应该问他啊。"

我问："兽哥哥不好吗？"

小红说："兽哥哥很好，非常好，自己好，对我更好。布拉格很美，他说我随时可以去玩。"

我问："那为什么要分手啊？"

小红说："因为他很好，非常好，我心里还有别人，我对不起他，我可以对不起他一年两年，不能对不起他一辈子。"

我问："你心里那个人不会是小白吧？"

小红说："不是。对于我来说，那个人有那个人的问题，我没有霸占他的第一次，他也没有马上看上我，我不可能有他的全部，不是全部，就不是灵与肉百分之一百结合的完美爱情，就不是我最想要的。"

我问："那小白是你要的？"

小红说："是。至少，我是他要的，他百分之一百想要的，至少他是这么说的，至少现在是这么说的。"

我问："小白是如何追上你的啊？"

小红说："我还真忘了。嗯，他对我很好。"

我问："怎么个好法儿？"

小红说："总送我礼物，送我用得到的东西。不一定贵，我爸妈给我钱，我有钱花。小白送我的东西都用了心思，我挺感动的。他这么爱睡觉的人，这你比我清楚，我喜欢吃牛角面包，他早上六点半打车去希尔顿饭店买第一炉的牛角面包，打车回来，七点去奥之光便利店买牛奶，七点半在我宿舍外边呼我去拿。每天。已经快半年了。我喜欢吃笋，各种春笋、好的冬笋、芦笋。有一种春笋，北京只有海淀菜市场才有，季节合适的那两周，小白总去，买了之后，找医院附近那家雪苑上海菜，给他们钱，让他们加工，油焖春笋、雪菜春笋，然后打包，然后呼我，让我别去食堂买饭了，让我中午或者晚上去他房间吃。"

我说："小白很认真，他对你很认真。"

小红说："是，我被吓着了，我被感动了。那阵和兽哥哥分手，也分了一阵，有些痛，或者很痛。分手那阵子，兽哥哥常来宿舍找我，说想我。兽哥哥是我第二个最喜欢的人，我心疼他，他瘦得很厉害，比以前更厉害，沙尘暴里穿件风衣，淡薄得如同一片黄叶子。我们常去金鱼胡同口的富商酒吧，他知道我功课重，就找离学校比较近的地方。他喝健力士黑啤，我喝热水。他不让服务员收走空啤酒罐子，让空罐子在他面前堆起来，他的眼睛埋在啤酒罐子后面。他要我的手，我伸给他，让他攥着，常常一攥就是一晚上。到了空啤酒罐子在小桌子上放不下了的时候，他结账，然后送我回宿舍。在宿舍院门的铁门前，他拉着我的手不放，他要抱我，我不给。他托我上铁门，帮我翻过去。然后，再要我的手，我伸给他，他隔了铁门，攥着。每次，我都在楼洞里遇见小白，小白眼睛雪亮，看见我也不说话，陪着我走上五楼宿舍，然后消失。有一次我三点回去的，他也不说话，我生气了。我讨厌别人跟着我，他就拿头撞楼道里的冰箱，很响。我心疼了，摸了一下他的头，问他等了多长时间，他说五个小时。我说：'没有意义的，我已经要和他分手了，我已经没有意义地在陪他，你就不要再没有意义地花时间等我了。'他说，有意义，反正他其他什么也做不下去，他什么都不想干，只想早些看见我，或者听听我们谈些什么。我又生气了，我说：'随你便，你要等就等吧。'他于是每次都等，每次。"

我问："你们那层窗户纸是怎么捅破的？我只记得我们一起去你家吃了个晚饭，之后很快，他就开始行动了。"

小红说："李加加。有次他们留学生聚会，李加加请了我。她拉着我坐，小白就一直坐在我对面，一句话不说。李加加非常直接地说：'小白非常喜欢你，他想追你，你喜欢他吗？'"

我问："你父母如何看？"

小红说："他们不喜欢兽哥哥，觉得不是老实人，不做学问。他们应该最喜欢你。那次吃完晚饭，你们走了，我妈说，秋水多好，像古时候读书人，长得也像，话也不多，还特别懂礼貌。我爸说，就是，那么晚了，还说回去再看看书，气质和他年轻时候一样。"

我说："那是我敷衍。你爸说，回去再看看书啊？我说，是啊是啊，再看看。"

小红说："你就是那样，极具欺骗性。"

我说："是啊，是啊，都是因为这个残酷的社会。"

小红顿了顿，说："但是我之前说过你无数坏话，我把对坏孩子的所有想象都加在你身上了。我爸妈，尤其是我妈，记得非常清楚。你们走后，我妈反复说：'秋水像个好孩子，不是你说的那样的人。你说的那些事情，要真都是他干的，他也太具有欺骗性了。'我说：'那些事情就是他做的，都是他做的。'"

我问："你说我做过哪些事儿啊？"

小红又顿了顿，说："我也要条活路，所以希望你理解。我得不到了，就在心里给它剪碎。我和我妈说的，你做的事，基本是真的，但是我有添油加醋，我选择了诬蔑式的陈述方式。比如我说，你幼儿园就有女孩儿追，到了晚上，赖在你家，死活不回自己家睡觉。我还说，你小学住院，就性骚扰女医生，组织全病房讲那个女医生的黄色笑话。我还说，你初中就被女生强吻，要不是老师及时赶到，你不到十五岁就在肉体上失了身，但是精神上已经失身了，你当时，眼睛都直了。我还说，你高中让好几个人暗恋，本来这几个人学习都很好，都比你好，后来高考成绩都没你高，本来能上重点大学的，上了普通大学；本来能上大学的，流落街头，进了××夜总会。你们同学一致认为，你是故意造成的。大一军训，别人接受祖国再教育，端正思想，你却大谈恋爱，腐蚀我们医大当时唯一的党员，也是我们的班长。与此同时，还和原来高中的初恋眉来眼去，藕断丝连，非常恶心。从北大回到医大本部，恶习不改，上骚扰三届以上的师姐，常常晚上单独喝酒，搂搂抱抱回宿舍；下骚扰三届以下的师妹，或指导人生，或假装清纯，让好几个小姑娘朝思暮想，非常变态。我还说，最近还和社会上的女人混在一起，关系暧昧，不清不楚，非常下流。我爸妈都说，相比之下，小白老实多了。"

我问："这个秋水你熟吗？介绍一下我认识认识？"

小红说："我不熟。"

我问："小白老实吗？"

小红说："不老实，手脚不老实。"

我问："很快就下流了？"

小红说："很快。"

我坐在东单三条和东单北大街交会处的马路牙子上，金桥香烟抽到第七支，头晕了。马路上，人来人往，车越来越密，但是越来越和我没有关系。这种无关的感觉忽然在瞬间变得无比巨大，我需要长出我的触角，触摸这条快速流动的街道，对抗这种无关的感觉。靠近门诊楼一边，有个邮政报亭，我给了里面的大妈五毛钱，拨通柳青的电话："姐，是我，你最近好吗？"

"还行。你在哪儿呢？"

"我在东单三条路口，马路牙子上。"

"你听上去不对，你站在原地别动，姐十五分钟之后到。"

第十五章
韩国烧酒，乳房自查

柳青引导我进入和医学教科书无关的未知世界，让我知道什么是悱恻羁绊，什么是生死纠缠，两条腿的两个人为什么能把简单的事情搞得如此复杂，两个毫不相干的人为什么会想到以身相许、违反生物规律地长期厮混在一起。

站在景山顶上，那棵吊死了崇祯的槐树也早就死了，看北京这个大城一圈一圈地由内而外摊开，越靠外越高，仿佛一口巨大的火锅，这个位于中心的景山就是突出在火锅中的加炭口。时间，水一样倒进这口锅里，从三千年前就开始煮。我们能同一时间待在这口锅里，看一样的浮云尘土、车来人往，就是缘分。老汤是同一锅的老汤，但是不同的人在这口锅里的时间不同，脸皮厚度不同，大脑容量不同，神经线路不同，激素水平不同，搞和被搞的方式、次数不同，就仿佛有的人是肥牛，有的人是黄喉，有的人是午餐肉，于是产生不同的味道。

我从一开始就清楚地感觉到与柳青的不同。我和辛荑坐公共汽车，有小白的时候坐夏利。柳青开自己的车，喝多了有手下或者司机代劳。刚认识她的时候，开辆 Opel，现在是 SAAB，我说名字不好听，听着像傻缺，不像一个女人应该开的。柳青说，也好啊，时刻提醒自己，不要傻缺或者勇当傻缺，而且这样标新立异，不小资。和柳青相比，如果我们学校里的女生是刚刚破土的春芽，柳青便已经是满树梨花。每年九月，暑假归来，学校里面的女生们带来祖国各地时鲜的发型和夏装。甘妍的刘海一度被高高吹起，海浪形状，帽子似的，广告似的，几乎比脑袋还高大，穿了一双鞋跟儿比她小腿还高的高跟鞋，鞋跟儿末端二分钱硬币大小。甘妍们顶着高大的刘海在校园里走来走去，鞋跟儿偶尔陷进人行道地砖的接缝中，在我的感官适应之前，让九月的校园充满庙会气氛。在记忆里，我没见过柳青穿过重样的衣服。她喜欢欧洲远远大于美国。"美国的衣服太阳光，不够忧郁，不够内敛，不够复杂，不够变态。"她吹过牛，说手下向她讨教如何穿衣服，她回答说，观察和总结她穿衣服的特点和规律就足够了。我们早上八点上课，七点五十起床，嘴里鼓着馒头脑子里盘旋着阴茎海绵体传来的撒出第一泡尿之后的快感，听教授回顾上堂课的主要内容。女生也一样，上唇软胡须上沾着早餐面包渣，脸上带着枕头印，运笔如飞，从八点开始，不落下任何一句教授或许会考试的内容。柳青在燕莎附近的房子，自用的洗手间比我们六个人住的宿舍还大，里面的瓶瓶罐罐比我实验室药品柜里的还多。每天早晨，柳青反复用各种溶液处理她的一张嫩白脸蛋，仿佛我在实验室里，反复用各种反应液和缓冲液冲洗卵巢癌组织切片。没有一个小时，柳青出不了她的洗手间，但是出来的时候，总带着电和光芒，我眼前明亮，想，天上或许真的住着仙人。我佩服柳青。连续两年了，尽管每个周末我都泡在妇科肿瘤实验室里，每天都超过十二个小时，窗外的屋檐，仙人清秀，神兽狰狞，每次爬出来的时候，右手大拇指掌指关节痛如针扎，没有神带着电和光芒，我眼前总是一片黑暗，不知道生死纠缠中，治愈卵巢癌症的仙丹在哪里。

我坐在东单的马路牙子上，攥着基本被抽干的金桥香烟烟盒，看到柳青的SAAB从东四方向开过来，停在我面前。

"上车。"柳青说。

我上了车，坐在副驾驶位置，目光呆滞地向前看。柳青的右手放开换挡杆，很轻地搭在我的左手上，我左手还攥着那包金桥烟。她的右手轻而快地滑动，食指、中指、无名指的指腹迅速掠过我的掌背。柳青的指甲精心涂过，是粉底白色的百合花。

"冷吗？"柳青问，同时收回右手，挂前进挡，踩一脚油门，车像被踹了一脚的四蹄动物一样，稍一犹豫，向前奔去。

"都过了芒种，还冷？"我说。

"心冷手就会冷吧，不知道。"柳青说。

"姐，去哪儿？"我问。

"你别管那么多了，找个地儿吃饭。"柳青说。

"你最近好吗？"我问。

"好啊。你还没问天气呢，最近天气也不错啊。人艺的小剧场一场都没落下，美术馆的画展也都赶上了，夏加尔那场不错，真蓝、真浪漫，这么大岁数，那么冷的国家，不容易。生意也还顺，该认识的人都认识了，架子也搭得七七八八了，草创期已过，货自己长腿，会走了。你最近不好吧？不想说就什么都别说，听我说。想说就说说，我听着。"

"还好吧，老样子吧，世界总是这个样子吧。泡实验室攻克不了癌症或者感冒，天天绕着金鱼胡同晨跑拿不了奥运会冠军，没机会亲手摸摸后母戊鼎，打《命令与征服》总赢不了大鸡，我喜欢的和喜欢我的是同一个姑娘，但是这个姑娘跟我好朋友混了，我好朋友不信仰共产主义。"

"是那个身材很好的小红？"柳青问。

"你怎么不问亲手摸后母戊鼎有什么快感呢？"我反问。

"我只对新中国感兴趣。"柳青看路，不看我。

柳青的车开得快，有缝就钻，勇往直前。我左手斜伸扯动安全带，斜插入带扣。

"不信任你姐姐？"柳青问，眼睛看路。

"信。港台片看多了，'小心驶得万年船'。"

"我刚拿了 F1 驾照。"

"正好在长安街上试飞。"

"各项准备完毕，请求起飞。"

"允许起飞，注意街边嗭冰棍的老头和报摊。"我想也没想，说。

车在国贸桥下左转，从南往北开在东三环上。经过一九七八年的建设，这条我中学时天天骑车经过的路，已经有点扬扬自得的新城镇的气息了。我和柳青很早以前在饭桌上就讨论过，她说她喜欢北京，尽管她祖籍南方，尽管北京对于皮肤是灾难，尽管北京八百年前建都的时候就是给骑兵方队或者坦克集群通过的而不是给居民设计的。不戴 3M 口罩或者军用面具走在北京街上，仿佛走在茂密的砂纸森林和倒刺儿海洋里。我说我喜欢的城市有个共同点，就是淡定从容，不为所动，傻缺到了里面很快就平静了，有了比较清醒的自我意识，牛人也很快就扎紧裤裆了，不没事儿就和别人比较长短曲直粗细了。比如北京，看着大马路仿佛叉开的大腿，一个声音低平地说，来吧，指不定谁搞谁呢。甚至上海也有自己的淡定从容。真正的老上海，打死不离开上海，连浦东都不去，浦东不是上海，香港就是渔村，只要弄堂口没架着机枪，早上起来，仔细梳完头都要去吃一客生煎包。我给柳青指，东三环路上最像阴茎的大厦。柳青说："你看什么都像阴茎，其实圆柱体属于自然的基本形态啊。自从听过你的比喻，开车每到这个路口都别扭。"过白家庄的时候，我给柳青指我的中学，说，自从我离开，学校的阴邪之气就消散了，出了好几个北京市高考状元。我给柳青指我初恋家原来住的六层楼，说，我中学上自习的时候，那个楼距离我的自习教室不到八百米，我书看累了就朝那个方向眺望，她睡觉的房间发出粉红色的亮光，比路灯、星星、月亮都明亮，我闻见她新洗的被单上残留的洗衣粉香气和她十七八岁奶糯糯的香甜。

柳青慢慢地说了一句："你学精神科了吗？你知道安定医院吗？我看你是该换个城市待待了。"车像豹子一样，踹直后腿，超了前面一辆京 A·G00××。

柳青按了汽车音响的播放键，放一首唠唠叨叨的英文歌，就一个节奏，我听懂了一些，说的是我只是一个水牛战士，在美洲的心脏，被从非洲偷到这里，来了就打仗。

柳青问："韩国菜你吃吧？"其实不是问句，她在亮马大厦门前停了车，领着我走进大厦二楼的萨拉伯尔。

柳青也不问我吃什么，叫来服务员，不看菜单就开始点，我在一边没事干，看着服务员的朝鲜民族装束，想起裤腰带绑到腋窝的大人物，接着抽还剩下的金桥烟。

"喝什么？"柳青点完菜问，看着我的眼睛，这次是真问了。

"你开车呢，别喝了。"

"今天喝酒是主题，你总讲你和小红、小白、小黄喝酒，我想看看你是否比我公司的销售能喝。我就住在附近，今天车就停这儿了。吃完饭，如果我喝多了，你扛我回去，我九十斤出头，不沉。"

"朝鲜人喝什么？"

"烧酒。"

"好，就喝他们的酒。"

烧酒原来是用类似喝二锅头的小玻璃杯喝的。两个杯子刚倒满，我正在想第一杯酒是祝柳青越来越有钱还是越来越漂亮，有钱和漂亮好像都不能让柳青兴奋。旁边一个大包间酒散，一堆高大的老外和几个亚洲人往外走，后面几个拖着一个不愿这么早走的老外，每个人手上都拎着一两瓶没开的五粮液。那个恋酒的老外穿着西装、领带松了一半，歪挂在胸前，嘴里一直用带一点口音的中文念叨"美女，喝酒""美女，喝酒"。他看到我和柳青面前有倒好的酒，一个大步迈过来，举起我面前的杯子，对柳青说"美女，喝酒"，然后仰脖子干了，酒杯重重地落在桌面上。柳青下意识地举杯，一仰头，也干了，隔着这个老外的后背，我看见柳青精细盘制的发髻和仰起来的粉白的脖颈和下颌。发髻经过一天北京初夏的大风，一丝不乱，脖子和脸涂抹得一样新鲜，过渡自然。我相信，古时候有男人会为了摸一下那个发髻而不惜被剁掉一只左手。柳青干完杯，酒杯口向那个老外微微倾斜，执酒杯的右手小指向外上斜翘，双眼平直，看着那个老外，示意他酒杯见底了。老外微笑点头，说了声"谢谢"，把手上的五粮液递给我，又冲我说了声"谢谢"，然后消失在门外。

　　我和柳青开始安静喝酒，我马上发现了两件事儿。第一，我喝不过柳青。柳青的体质非常适合喝酒，肾好。两杯之后，脸红，血流均匀加速，但是二十杯之后，还是同样的红色，没有红成关公或者屁股或者丝绸被面，红色里，女人香流转。十杯之后，柳青就去了洗手间。肾是走酒的最主要通道，比出汗和放屁管用太多。第二，我知道为什么历史上朝鲜人总打败仗了。我们的韩国老年同学车前子曾用准确的汉语指出，朝鲜的历史就是战争的历史，或者更精确地说，就是被打的历史。我看被打的一个重要原因是烧酒度数不高。我高度怀疑，古时候作战前，如果条件允许，一定弄些罂粟之类的生物碱给士兵们服用，再差，也要争取喝个半醉，总之要达到的效果是士兵打仗时不觉得危险，在欣快中血肉飞溅，真诚地以为胳膊或者脑袋掉了第二天就能像竹笋一样再长出来。

柳青告诫我别太小看这烧酒，有后劲。八瓶之后，我们结账，我争着埋单，柳青说："留着自己多吃些食堂的酱牛肉，长些胸大肌，为人类攻克癌症添砖加瓦吧。"我看了眼账单，够我和辛荑吃五十顿四川小吃店的，就没坚持。

我和柳青说过，我小时候穷，我老妈见我看书废寝忘食，为了节省粮食，也不阻止。上了大学，才发现男的也需要有胸，就去报名健身。健身教练说，穷文富武，要有胸，三分练，七分吃，光练俯卧撑和杠铃推举没用，要喝生鸡蛋、吃酱牛肉。当时我一个月伙食费五十块，学三食堂一份酱牛肉一块五，四片儿，一片儿厚的，三片薄的，所以到现在我能一口气做三十个标准的俯卧撑，但还是平胸。

下楼的时候，觉出来这个烧酒的后劲儿，眼睛看得真真的，伸腿出去，或高或低，就是踩不准楼梯。柳青搀扶着我，精致的发髻蹭着我的下颌骨，蹭乱的头发缩滑下来，末梢在我的肩膀上，她小声说："别回去了，喝成这样，要是在楼道里遇见小红，忍不住真情告白，就不是今天喝酒的目的了。"我说："好。反正我《命令与征服》也打不过大鸡，我不回去了。"

这是我第一次进柳青的房间，感觉像顶帐篷，一个全部围绕柳青生活需要而搭建的帐篷。

两个房间，一个大厅。一个房间是卧室，里面放了一个巨大的床垫，但是没有床框，床垫周围铺满藤草编的垫子，躺在床垫上伸手可及的范围内散放着花花绿绿的书籍、杂志和碟片，墙上挂满歌星照片，多数是我不认识的老外。另一个房间是书房，反而没有什么书，一个小书架空空的，一把大按摩椅，一张小桌子，桌子上放了个笔记本电脑，屏幕黑着。大厅里巨大的电视机直接摆在地上，音响在电视机一边，仿佛很沉的样子，另一边是个半人高的花瓶，里面插着缩小了的向日葵花，还没结瓜子。电视对面没有沙发，三堆随形的皮子，皮子里面是填充物，人倒在上面，这堆皮子就自动形成人形。柳青说："别倒在上面，否则自己爬不起来的，我也没力气拉你起来了。"

柳青把我的眼镜摘了，把我的人体放到卧室的床垫上，说："我先去洗一下，你先缓缓。"烧酒让我眼睛一直半闭着，力道绵延不绝，我从另一个角度开始理解，国土被夹在中国、俄国、日本之间，为什么韩国能够存在这么久？我隐约看到柳青卧室里到处悬挂的深蓝色和绛紫色的垂幔，我的鼻子和耳朵变得比平常大两倍，嗅觉和听觉比视觉敏感多了。

我闻见我呼吸里烧酒的味道，床上沉积的淡淡的女人的味道，房间里飘散开的香水味道，窗缝里渗进来的北京初夏的味道，洗手间里飘出来的水的味道、浴液的味道。这一切和我的宿舍是如此不同。人除却视觉的记忆都是非常模糊的，我只是依稀记得，我躺在宿舍里，闻见淡淡的脚丫子味，辛羡和厚朴的脚丫子间或有些细微的差别，没洗或者没洗干净的饭盆味，楼道里传来的鼠食味和玻璃皿密封不严漏出来的福尔马林味，窗户里飘进来的东单街上小饭馆倾倒一天积攒的泔水的味道。我听见柳青在洗手间里，水打在浴缸上的声音，水打在柳青皮肤上的声音，水顺着柳青的身体滑下去的声音。柳青身上裹了浴巾出来，头发上也裹了一条毛巾，她问："还喝吗？厨房里还有好几瓶挺好的红酒，有一瓶开了的，喝了一半。"我摇头。柳青按一下遥控器，客厅里的音响启动，我感觉一个大老黑肥腰一转就到了卧室，到了我面前，开口唱"What a wonderful world"，光线暗淡，老黑的牙真白啊。他的脚在地板上轻轻来回滑动，他吐出的气打在我脸上，他唱，天蓝，草绿，朋友们之间相互致意，"What a wonderful world"。真是好器材、好声音，比起这个"啼时惊妾梦"，我的随身听就太简陋了。柳青继续在镜子前用各种溶液处理她的脸，洗手间的门没关，我看见她没被浴巾包裹的小腿，胫骨笔直，腓肠肌曲线凌厉，脚指甲上描画着粉底白色的百合花。

　　在我几乎睡着之前，柳青推醒我："我洗完了，你去吧。"

"能不能不去洗啊，姐，我困了。"

"不行，人要和猪狗划清界限。"

"我过了猪狗的童年时代，我小时候，家里没有热水，洗澡要去厂子里，要走十五分钟，而且路上灰尘很大，夏天一周才去一次，冬天两周才去一次。"

"但是现在不同了，改革开放了。"

"我现在也过着猪狗的青年时代。我们学校的澡堂子是在宿舍楼旁边乱搭建的，基本上无法判断热水什么时候就没了。我完全适应以后，一两分钟就洗完了，否则难免一身肥皂泡沫地出来。最近校方努力解决热水问题，但是问题变得更复杂了，现在的问题是，基本无法判断冷水什么时候就没了，厚朴已经被烫伤两次了，叫声可惨了，在六楼上听得清清楚楚。我们六楼男生宿舍洗手间有饮水锅炉，天气不是很冷的时候，接些热水，搀些冷水，也可以很方便地冲澡。但是小红经常上来打水，每次有男生冲澡，小红就上来打水，一边躲闪一边乱看，辛荑都被看了两次，他说，他在小红心目中已经没有神秘感了，以后摸小红的可能性几乎为零，以后小红只能当他的女神了。"

"姐这里二十四小时有热水，你别趁着酒劲儿胡思乱想，胡乱说话，快洗澡去。"

"小红不会闯进来？"

"姐把门反锁了，小红没钥匙，她敢设法进来，我就踹她出去。"

我跟趿着到洗手间冲了个澡出来，走到床边，问柳青："我睡哪儿？"

柳青看了我一眼，说："姐家就一张床。"

"和姐睡算不算乱伦？"

"你说呢？"

我看了柳青一眼，说："那，我睡客厅沙发去。"但是，步子没挪。

柳青又看了我一眼，这一眼里有凶光，她从床上爬起，冲到客厅，我听到"噗"的一声闷响，我想，她倒在某个随形沙发上了。我胃中的烧酒反上来，我闻见它和烤牛肉搅拌在一起的味道，我控制喉咙，压制住吐意，但是脑子一阵眩晕，人倒在床上。那个唱"What a wonderful world"的老黑人忽然收了声音，像一阵烟一样消失，整个房间安静下来，月光从窗帘的缝隙杀下来，很大的动静。夜有些凉，酒醒了些，我想起柳青没穿什么衣服，挣扎着起来，来到客厅。

柳青在一个沙发上平躺着，一腿完全伸直，一腿蜷起，仿佛一条从胯下开始升起的钟形曲线，曲线顶点是膝盖骨。柳青身上除了浴巾，还盖了一件我穿在外边的夹克衫，月光下一条雪白的胳膊完全暴露在外，手上抽着我剩下的最后一支金桥香烟。面无表情，头发散下来，半干半湿，在月光下黑得要死。

"冷吗？"我问，手不知道放在哪里。

柳青没回答，面无表情。

我左臂插柳青腋下，右臂插柳青腘窝，把柳青一口气从客厅抱到卧室，撂倒在床上。

我把搭在柳青身上的我的外套扔在一边，砸倒很多书和影碟，我把裹在柳青身上的浴巾扔在一边，盖住很多书和影碟，我把双手插进柳青的头发，我发现她的脸卸了妆之后还是很精致，仿佛苏木精－伊红染色利落的组织切片在高倍显微镜下还是边界清晰。

柳青躺在床上，躺在月光下，没有精致的发髻和化妆，她的身体比月光更明亮。

"对了，差点忘了，你上次教我如何喝红酒，一直在想如何回报你。现在这个机会正好，我教姐如何自查乳房，早期发现乳腺癌。分为视诊和触诊两部分。视诊非常简单，你化妆的时候，留十秒钟对着镜子看看，你两边乳房是否一样大。因为一般人两边乳房大小差不多，而乳腺癌一般最初都是单侧发病，所以两边乳房如果不一样大，常常说明大了的一边可能有问题。触诊要稍稍复杂些，最需要注意的是避免流氓倾向，这是一件非常严肃的事儿。右手检查左乳房，手指要并拢，从乳房上方顺时针逐渐移动检查，按外上、外下、内下、内上、腋下顺序，系统检查有无肿块。然后同理左手检查右乳房。检查完乳房后，用食指和中指轻轻挤压乳头，观察是否有带血的分泌物。检查中，千万不要像耍流氓一样，手一大把抓捏乳房，这样你会总觉得里面有肿块。这个要点很简单，但是对于有些人来说，习惯很难改，比如小白，比如辛夷。"

"别想乳腺癌，别叫姐，想我，我的皮肤光滑吗？我的头发顺吗？我的胸好吗？"柳青的手牵引着我的手探索她的身体，走走停停，看花，看草，看树木，提醒我哪些角落让她颤抖，暗示我如何理解那些角落。我像是走在一条黑暗的散发着麝香味道的小路上，路边的树木和房屋逐渐亮起了五颜六色的灯。我奇怪，既然柳青如此熟悉这些角落，还需要男的做什么？我好奇，柳青也同样教过别人吧，他们学得有我快吗？我想起北大植物学教授拉着我们在校园里看各个角落里的植物，什么是明开夜合，什么是合欢，什么是紫花地丁，什么是七叶一枝花。小红在靠近勺园的一个高台阶上摔倒，我和辛荑哈哈大笑，然后对着小红鄙夷的眼睛说："幸灾乐祸是人的天性，如果你摔断了腿，我们会带着猪蹄去宿舍看你，悲天悯人也是人的天性。"我想起中医针灸课上讲，多数穴位的发明，就是这样摸来摸去，找到某个突起或者凹陷按下去，"啊，是"，就探明了一个穴位，起个鬼知道为什么的名字或者就简单统一称为"阿是穴"。

柳青的身体逐渐柔软，细密的皮肤上渗出细密的汗水，鼻孔不自主地开合，发出和两腿交会处同样繁复的味道，仿佛早上阳光照耀一个小时之后的青山，雾霭渐渐散去，草木开始舒展。柳青说："求求你。"

我又一次倒在柳青的两腿之间。

"别急，等我求你第三次。"

我右手换左手，二次游园，用了和第一次类似的时间。

柳青从嗓子眼深处发出声音："求求你了。"我双唇换双手，第三次游园，用了比前两次加起来都长的时间，我用闲下来的双手死掐我的肉，我怕我打哈欠。我看到柳青的整个身体越发红亮起来，照得房间像是点了一盏灯笼，我清楚地看到她的脸，微微变形，更加鬼魅。

柳青到了的时候，红热的光忽然熄灭了，汗水和泪水仿佛乌云裹住日头之后的雨，一起无声息地落下来。柳青很高亢地叫了一声，我习惯性地塞右前臂进她的嘴，她恶狠狠地咬了一口，我没叫，她更高亢地叫了一声。

停了许久，柳青在我耳边说："我去看夏加尔的画展，看到男女手拉手，有时候，男的走在田野间，女的飞在半空，手还拉着手。我现在才体会到，夏加尔是什么意思。在飞起来的瞬间和落地的一刹那，我想死去，毫无怨言。"

我说："现在死和过五十年再死，有什么本质区别吗？我理解你的感觉。"同时，我想起中学体育老师在体操课开始的时候，大肉手按着女生的小细腰，告诫我们，准备运动是非常重要的。我现在才体会到，体育老师是什么意思。

半夜的时候，残留的烧酒从里往外打击我的脑袋，月光晃眼，我看见躺在旁边的柳青，头发散乱，看不清面目。我想，小红和小白第一次犯坏的时候，有没有留下影像啊？有没有刻录成光盘？那些光盘从秀水市场附近那些抱着孩子的妇女黄碟贩手里，能不能买得到呢？

第十六章

玻璃烧杯，仙人骑鸡

过了三天，我扒拉完几口晚饭，独上七楼看《妇产科学》，看到柳青坐在我常坐的位置上，课桌上放着两个文件夹，椅子前脚跷起，身子向后稍斜倾，笑着看我。还不到下午五点半，自习室里没什么人，阳光从西面敞开的窗户洒进来，金晃晃的。

最近女生中流行减肥，相信长期晚饭后一屁股坐下念书，二十五岁以后臀下垂，三十岁以后长肚子，三十五岁以后奶下垂，所以饭后三十分钟应该保持行走或者站立。有一阵子，下午五点左右，在东单三条、中央美院东街、金鱼胡同和东单北大街构成的环路上，总有二三十个目光呆滞、表情坚毅的女生顺时针方向贴着路边疾走。

踩着自习室地上不规则多边形的阳光和阳光之间的阴影，我走过去坐在柳青旁边。柳青穿着休闲的小领子棉布长袖、牛仔裤、浅跟运动鞋，皮肤还是挺白，脸上的妆还是仔细，发髻还是精致，挺香，还是"沙丘"香水的味道，仿佛战争电影里打扮停当、穿着老百姓衣裳等待被强奸的龙套女影星。

"吃了吗？"我问，舌头在上唇内侧和上排牙外侧、下唇内侧和下排牙外侧绕了一圈，扫荡一下可能的晚饭残留。我偶尔这样吃到过前一天烤羊肉串上的芝麻，香啊。

"没。我不饿。接待客户吃中饭，到下午三点才完，还不饿。"

"哦。"

"中午喝得有点多，三点完了事儿，我想，是去公司呢，还是去健身，后来决定去健身。回家换了衣服，忽然想起你，就来这儿了。"

"来陪我上自习？"

"是啊。省得你总看小红和小白在一起，心里过于难受，我秉承着无产阶级同志情意，继续帮助你。"

"小红和小白现在基本都在小白酒店房间里活动，酒店方便啊，有独立的厕所，还有床。"

"我燕莎附近的房子也有独立的厕所和床。"

"再说，我老妈说，打架输了，东西抢不过别人，不要气馁，要贼惦记着。要是气不过，女的可以哭，男的可以自残，自己抽自己嘴巴，但是不要声张。孟子说，年轻人要用发展的眼光和成长的眼光看问题，把不爽的境遇当成人生励志的磨刀石，'苦其心志，曾益其所不能'。所以，我能正确对待小红和小白，他们即使坐在我前排，即使我闻见小红的香水，看见小白的小手放在小红的大腿上，手指上下跳动，我也不会抄板儿砖拍他们俩，还是能读《肉蒲团》、背'床前明月光'、研读《妇产科学》。"

"那我想起你怎么办啊？"

"写信啊。北京市内，一天就寄到了。"

"好，我会写。要是想看你长高了没有呢？"

"来找我玩啊。"

"所以我来了啊，给你带了一点吃的，乌梅、康元蛋卷、提子饼干和罐装八宝粥。你下午四点半就吃晚饭，凌晨一点多才睡，会饿的。你上自习，你看你的书，我处理些公司文件。"

"好啊。你要是想尿尿，出门往右是女厕所，需要自己带手纸。要是渴了就喝我杯子里的水吧，茉莉花茶，杯子脏点啊。等我念三四个小时书，带你吃东西去。"

"好。"

我看到她书包里横着的板儿砖大小的摩托罗拉手机，天线扯出来，说："这就是传说中的手机吧？太大了吧，需要找个人帮你背着，就像解放战争电影里的话务员那样。关了吧，我怕吵别人自习。"

"根本没开。公司人要是有事儿会呼我，但是我有权利不搭理，今天我不会搭理的。"

柳青的香比小红的淡，柳青喷香水的本来目的估计也不是防蚊虫叮咬的。柳青坐在身边，自习室就是栽了一株明开夜合的植被的院子，初夏的时候，细碎的白花，早上展开，晚上闭合，但是香气却是越夜越真切，真切地觉得，在这种香气里读《妇产科学》, 糟践。

妇产科有好几个女教授, 都是在更年期左右摘掉卵巢, 然后补充雌激素, 都是齐耳短发, 皱纹清浅, 做手术站五六个小时, 大腿不弯, 手比男医生更加干燥稳定, 不查户口本、身份证, 单从容貌和体能, 基本无法判断真实年龄。唯一在容貌和体力上能抗衡的中年男大夫是个姓罗的胖子, 脸上褶子都被肉撑平了, 看不到脖子和脚腕这两个解剖结构, 站在手术台上, 必须搭配一个娇小的年轻女护士, 否则站不开。"就为这一点, 我就热爱做手术, 我也不减肥。"罗胖子说。我跟着罗胖子上台做手术, 替他拉钩, 罗胖子柳叶刀一划拉开腹壁, 血从两侧皮肉上一个个血管里断点涌出来, 仿佛护城河两侧的排水口, 静脉血暗红, 动脉血鲜红。罗胖子用电刀为一个一个血点止血, 电刀头触及血点附近的皮肉时发出滋滋的声响, 烧焦了的皮肉腾起轻细的烟, 罗胖子对身边搭配的小护士说: "我昨天又去吃韩国烧烤了, 三千里烤肉, 我不喜欢他们烤好了给我端上来, 我喜欢自己烤, 听肉滋滋地响, 烟升起来, 香啊!"

九点多钟, 柳青趴在课桌上, 斜着眼睛看我, 说: "肚子饿了。"柳青的睫毛很长, 我无法判断是有机生长的还是被她在自己的实验室里动过手脚, 从外三分之二开始向上弯曲, 在自习室日光灯下, 最尖的地方有一点点闪亮, 鱼钩一样, 弯刀一样。

"好, 我带你去吃东西。"我开始收拾东西, "想吃什么?"

"随便。"

"随便是什么啊？想吃什么，给个方向，我请你。"

"你，什么眼珠子啊，手啊，脸蛋子肉啊，都行。"

"还没发育成熟，没到吃的时候。"

"那就无所谓了，附近有什么可吃的啊？"

"那你听我安排吧。"

我和柳青下到六楼，苏联设计的房子，层高六米，楼道顶上打满了晾衣服的管子，高高地挂满了衣服，多数是男生的裤子，我们从一个个裤裆下走过，柳青头也不抬。我把书包和柳青送的吃的扔在床上，屋子太挤，插不进腿，柳青站在门口，没进屋。胡大爷一直在附近逡巡，抽冷子往柳青身上看一眼。

我拉着柳青的手，绕到东单三条上的九号院。院里的花都落了，柿子树、玉兰树、桃树、槐树的叶子都长足了，我说，这是整个医院里最大的院子了，吃完晚饭，办公人员都走了，可以在院子里打网球。西厢房二楼是解剖室，大体解剖就是在那儿上的，四个人分一个尸体，两个人一边，讲到男女不同的地方，互相交换，你看我的女尸，我看你的男尸。男女差异比想象中的小，被福尔马林泡了这么久，子宫就京白梨那么大，阳具比游泳之后还小，比大拇指还小。尸体都平躺在不锈钢台子上，基本都是三年困难时期病死或者饿死的，各种结构都完整，特别干净。墙角站着两架骨骼，一男一女，完整，男的叫王刚，女的叫南珊，个子都挺高。我们用来对照的，尸体筋肉模糊之后，某个结构不容易定位的时候，就对比这两副骨架子。水泥铺地，什么时候都是黏的，浅浅的一层人油。也奇怪了，无论怎么洗刷，都是黏的。大体解剖快学完之前，尸体都散架了，颅骨里的大脑小脑都得留着，下门课《神经解剖学》接着用。管那门课实验的老李拿个大水桶，把一个一个头收拾好，仿佛北大上完排球课，体育老师用个大网袋收拾排球。老李还管组织切片，他的切片机就是一个超小号的切羊肉片机，切完组织切片之后，把最软的中号毛笔在缓冲液里打散，等待染色。老李有好些台显微镜，我在镜子下看过我从脸上挤出来的包，那种年轻的包，在镜子下面，却美玉一样，白，润，偶尔有根毛。东厢房是生理室，晚上放毛片，站在院子里看得非常清楚，但是看不清屋里看毛片人的生理反应。最常用的动物是蚯蚓、老鼠、青蛙、兔子，女生力气小，需要打晕兔子的时候，结果都打惊了兔子，四肢被绑在夹板上的兔子挣脱了一只或者两只腿，背着夹板在教室里跑。你说，如果蚯蚓、老鼠、青蛙、兔子有佛性，人会不会有报应？或许就在现在，在黑洞的另一边，在另一个太阳系，蚯蚓、老鼠、青蛙、兔子长得都比人大，都比人聪明，都穿人皮内裤，它们教授生理课的时候，通常都用人当实验动物。

柳青问："你是要带我去吃东西吗？"

我说："所以吃东西之前集中告诉你。"我又说，"我如果被撞死，就把器官捐了；如果老死，结构干净完整，就把尸体捐了，上解剖课用。但是有一个要求，解剖我尸体的四个人必须阅读我的一张字条，非常简单，就告诉他们，我的阳具其实没有他们将要看到的那么小，都是被福尔马林长期浸泡的缘故，他们不要大惊小怪。"

我拉着柳青的手，没踩汉白玉的御路，走上台基，穿过正房。正房三层楼，都是党政行政部门。穿过去，向北，是五百米长的连廊。我指左边的西跨院大花园给柳青看，说，中式建筑讲究对称，新中国成立前，本来右边也有同样一个东跨院大花园，现在改成护士楼和我们的宿舍楼了。再往右边，本来有八个网球场，现在一个都没有了，都盖楼了。再往右，外交部街的教授楼，过去是一户住一个楼，现在是十户。老学长讲，过去讲究十个字——"吃得苦中苦，方为人上人"，早上查房前，有白牛奶喝，穿白衬衫，现在，简洁了，就讲究前五个字了。

我拉着柳青的手，到了医院，下楼梯，到地下室，头顶上全是管道。柳青问，管道里是什么？我说，有的是暖气管，有的是氧气管，有的是麻醉气体管，直接通手术室，打开阀门，几分钟之后，病人都被麻倒了。柳青说，我也卖医疗仪器，你别胡扯了。我说，是啊是啊，其实都是各个时期的暖气管。我说，仁和医院的地下通路非常复杂，我在妇科肿瘤实验室，每两天会接待一个走迷路了的病人，都是一副绝望的样子，都以为自己经过了黄泉，女的都含泪水，男的都流鼻涕。我们向西，走到五号院，从西门出去。柳青说，我不吃全聚德烤鸭，中午才吃的。我说，月底了，我也请不起。向北，走过中央美院，钻进右手的胡同，我说，吃面吧？胡同里有间搭盖的小房子，放了两张桌子，其他什么都没有。伙计从胡同里十米开外的另外一间房子里闪出来，问，吃什么？我说，一碗鸡翅面，一碗大排面。伙计收了四十块钱，消失在胡同里。十分钟之后，另外一个伙计从胡同里二三十米开外的另外一间房子里挑帘出来，端着两大碗面，放我们桌子上，然后也消失在胡同里。柳青吃了口鸡翅，说，好吃，问，这是哪儿啊？这店叫什么啊？我说，我也不知道，江湖传说这是中央美院某个老院长的女儿和她的相好开的。那个相好是个送煤球的，还有点瘸，院长不同意，女儿就出来和她相好的过生活，租了五六间胡同里的自建房，开了这个面馆，四种面，一种大碗，都是二十块。后来男的被撞死了，女的有点疯了，但是面馆还开，我们都认为，面更好吃了。

柳青是真饿了，头也不抬，面碗太大，我看不见她的脸，只看见她黑青的头发一丝丝分向左右，露出青白的头皮。头皮和额头泛出细圆的汗珠子，滋润的发丝更加黑青乌亮。吃完鸡翅面，柳青看着我，我又拨了半碗大排面给她。柳青又吃完，喝了一大口汤，说："好久没念书了，念书还是很饿的，我想喝酒。"

我拉着柳青的手，再进五号院，上三楼，进我的实验室。柳青坐在靠窗的办公桌上，我坐她对面，我给她一个五百毫升的玻璃烧杯，也给自己一个五百毫升的玻璃烧杯，从冰箱里拿出七十度的医用酒精，各倒了小半烧杯。

"干净的烧杯，还没用过。仔细洗过的，你看，杯壁上都不留水珠子。"

"不干净也没关系。"

"要不要加百分之五的葡萄糖溶液？"

"不要。"

"粒粒橙？我还有两瓶。"

"冰块？"

"不要。"

"这酒比二锅头还凶，喝猛了，熊掌似的，仙人掌似的，喝一口，扇你一个嘴巴子，扇你一跟头。"

"我没事儿，即使我高了，不是还有你吗？我喝晕了之后，你会趁机抚摸我吗？你会趁机欺负我吗？"

"要不要五香花生米？"

"要。"

我们十毫升左右一口一口地喝酒，柳青不太说话，十几口之后，脸开始泛红，她特有的香味摆脱了鸡翅面和大排面的味道，以及医院楼道里的福尔马林和鼠食味道，逐渐弥漫于整个实验室。这酒真猛，我喝得急了，半杯子下去，心就跳出胸腔，一起一伏地飘荡在我身体周围，粉红气球似的。酒是好东西，我想，如果给一株明开夜合的植被浇上两瓶七十度的医用酒精，明开夜合会脸红吗？香味会更浓吗？它的枝干会强直起来吗？

"你常在这间屋子里这样和小护士喝酒吗？你和她们聊人生吗？她们的眼睛好看吗？"

"我不在实验室里和小护士喝酒，我不单独和小护士喝酒。护士是个神圣的职业，她们通常比较剽悍。你不要像辛夷那样想，他看日本成人电影看多了，认定小护士都是有色情暗示的。"

"你常在这间屋子里这样和小红喝酒？你和她互诉衷肠吗？"

"我和小红不谈论感情。她或许知道我崇拜她，我们男生都崇拜她，属于生殖崇拜的一种，接近原始宗教。她或许知道我对于小白泡她这件事不爽，但这是很容易理解的，我和辛夷失去了一个请我们吃饭的国际友人，同时失去了一个不经意中可以摸一下手的国内友人。小红不知道我喜欢她，她恨我，认定我是个坏人。"

"说起小红，你话可真密。你会想我吗？"柳青喝光她烧杯里的酒，走过来坐在我怀里。她很软，她的骨头都在哪里啊？柳青的脸变得很大，比窗户外面图书馆屋檐上的骑鸡仙人近多了。

"我再给你倒半杯？冰箱里还有一箱。"

"不用了。喝太多，听不清你心跳了。好几种声音，错开一点，声音都不一样，我听见大海的声音，海的心跳真快啊。我闻见大海的味道，桃花水母、滴血珊瑚、七彩鱼、水晶虾，还有海岸的味道，椰子树、沙滩、穿草裙的土著。"我想，我们晚上吃的不是家禽就是家畜啊，没有海鲜啊。柳青的耳朵在我左前胸，鼻子点在我的衬衫上，我仿佛是她小时候第一次拿在手里的海螺，被她放在耳边。柳青每每移动，我屁股下面的老木椅子就吱嘎作响。

"我们加在一起，还有点分量啊。"

"我的确体重不轻。早过三十了，你学妇科的应该知道，过了三十，新陈代谢不一样了，喝凉水，通过光合作用都能变成脂肪沉积在肚子、大腿和屁股上。和小红不一样，小姑娘啊，除了奶，没有赘肉。"

"我上生理学的时候，老师好像不是这么说的。我喜欢抱着你，我怕小姑娘，我喜欢乱伦。"

"怎么讲？"

"你知道吗，死人最沉了，一个人能搀扶一个人上楼，但是四个人才能抬动一个死人上楼，死人不知道配合。小姑娘也一样，不知道配合，不知道如何使力气。要是小姑娘和我一起坐这把'文革'时代生产的古董椅子，早塌了。"

在窗外飞檐上的骑鸡仙人和柳青之间，办公桌之上，电话响了，我看了眼墙上的挂钟，过了午夜十二点。

柳青想从我腿上起来，"或许是小红，我也该走了，你们正好还可以聊聊，酒还够。"柳青小声说。

我没理她，左手按住柳青的腰，右手接起电话。

"喂，您好。"

"您好。"我听见电话那边一个犹豫的女声。

"您好，找谁？"

"我想和您反映一个事情。"

"我不认识您啊。"

"我想跟您说，您科室的小刘大夫是个坏女人，她勾引我老公。"

七十度酒精的浸泡让我脑子仿佛水晶球一样通透："不好意思，这里是妇科肿瘤实验室。您这事儿要去找医院党委，我把党委电话给您。你手上有笔吗？"我把中央美院对面胡同里面馆的外卖电话留给了那个女的，然后挂了。

小刘大夫好人啊，手可巧了。组织教学、查房的时候，知道我基本都不会，从来不提问我。要是被指控的是个坏人，我会把仁和医院的总机或者胡大爷的电话留给这个女的，这个坏人明天就出名了，效果和始乱终弃一个呼吸科女护士差不多。

我又给自己倒了半杯酒，五香花生基本没了，柳青的香味还在，闻一下她的头发，吃一口她的舌头，下十毫升酒，这样，还可以喝很久。我扯上窗帘，窗户里没其他东西了，除了图书馆屋檐上最靠外的两三个神兽还在。门本来就锁了，我把柳青的身体翻转过来，她脸冲窗外，被我反压在办公桌上，我没抚摸，我掀开柳青的棉长袖上衣，从背后拆掉柳青的胸罩，她变成乱七八糟的，我扯掉柳青的裤子，裤子脱落在她脚下，脚镣一样。

柳青的发髻开始凌乱，一两缕长发从脑后向前下滑落，碰撞中发梢来回撩扫办公桌的表面。实验台上有电子计时器和手动计数器，我到的时候，一眼没看，我不想知道我持续了多长时间，不用看我也知道，这是今晚的第一次。她的双手在全过程中始终直撑着，她的腰始终对抗重力向上弯曲，仿佛窗外图书馆飞檐上骑鸡的仙人。

我把柳青的身体翻转一百八十度，面冲我，柳青满脸暗青，柳青看着我的眼睛，"我不喜欢你这样，我不是马，我不喜欢你把我当马。我喜欢看着你的眼睛，我喜欢在你亲我要我的时候，听你的眼睛轻轻地对我说，你喜欢我，你特别喜欢我。"柳青说。

我又给自己倒了半杯酒，五香花生彻底没了，柳青基本也没了。因为恼怒，她的头发有些酸，她的舌头有些硬。柳青开始变形，我的酒也不多了，我想知道，我能不能一夜七次。

柳青毫不犹豫地推开我的手，起身去水龙头下洗脸，涮烧杯，然后接了一大杯水，一口喝干，还有些水珠子顺着头发、脸、嘴角流下来，整体还是乱七八糟的。柳青说："我告诉过你，我不是马，也不想是马，至少不想是你的马。天晚了，我要走了。"

我喝干烧杯里的七十度酒，五百毫升的一瓶已经空了，我的裤子还没拎上，我问柳青："姐，你说，为什么我脱光了之后，总是想不起背诵唐诗宋词呢？"

第十七章
三大酷刑，七种固体

酒后第二天，下午上《临床流行病学》，在医院的 210 教室。

酒喝高了，在我身上的反应古怪，总结就是两个字——"延迟"。如，酒醉难受时间延迟。早上，除了两眼发直、面带僵硬微笑，没有其他异样。中午，滚烫的铅水开始往脑子里灌，一毫升一毫升地灌，剃刀开始从脑仁儿最里面往外旋，半毫米半毫米地旋。过去凌迟，也有把看得见的刀啊，也有个看得见的刽子手按一定节奏切割，也是从外往内割啊。现在是一把看不见的自动小刀，以不可预测的节拍，从里往外旋。

我在幼儿园里吃多了打蛔虫的宝塔糖，甜啊，比砂糖还甜啊，大便时看见蛔虫的尸体随粪陨落，白啊，估计它们很少见阳光，还晃悠，不知道是风动还是虫动。幼儿园阿姨让我们把拉出来的数目汇报给她，她在一张草纸上做两三位数加减，汇总后写在工作总结里，说，经过我们努力工作，帮助班上祖国的三十个花朵摆脱了一百二十五条阶级蛔虫，花朵们被阶级蛔虫毒害的日子一去不复返了！第一个论点，我完全同意。一百二十五条阶级蛔虫是我们三十个人弯着脖子，一眼一眼看的，一条一条数出来的。第二个论点，没有逻辑根据，我怎么知道肚子里的阶级蛔虫都被杀死了。后来事实证明，阶级蛔虫很顽强，还在，它们曾经钻进胆道，让我差点痛死，也让我第一次打了吗啡。吗啡好东西啊，肥厚如我老妈，忽悠如宗教。这次会不会是阶级蛔虫被这一斤医用酒精惊着了，玩儿命往脑子里钻？

我跑到厕所，中午吃的红烧豆腐和三两米饭都吐了出来，我到地下室找食堂大师傅，讨了一大饭盒中午剩下的米粥。凉着喝完迷糊睡去，闹铃响起，已经下午一点五十了。

到了 210 教室，姚大教授西装笔挺，头发特白，铁着脸，看着表在门口等着，辛荑鬼笑着看我，指着幻灯机旁边的两个座子。整个教室，就剩这两个座子空着了。

辛荑和我曾经通过三次讨论，确定了仁和医大三大酷刑。

第一酷刑，小红脱衣。这个是纯想象，但是我和辛荑都认为，非常残酷：一个男的吃饱了，喝足了，被关进一个特暖和的屋子，双手反绑了，双腿捆死在暖气片上，不能挪动半步，然后小红在他面前脱衣服。我说，世界多奇怪啊，这种年轻时候非常的酷刑用到老干部身上就是心理治疗手段，每周一次，降低心血管发病概率。辛荑说，年轻时尽管是酷刑，如果有机会，他还是想在四十岁之前试试，就像他尽管知道大多数中枢神经药物有成瘾性，还是想在七十岁之后，试试大麻，试试可卡因。我说，还是今天就问问小红愿不愿意给你上刑吧，到了你四十岁的时候，小红也四十岁了，估计都不好意思留长头发了。

第二酷刑，四大丑女上课。仁和医大有四个伟大的女教授，都是各自领域的绝对权威，都藐视男性，都使用雌激素补充疗法，都忽视个人生活，都可以夜里上街吓人。唯一结婚的第四大丑女，上次医院分房子的时候也离了。老四和她老公都是医院教授，因为他们是一家子，医院统一考虑户口本上男的是户主，就按男的名义集中分了离医院很近的四室两厅。女教授不干，说："第一，我是两院院士，他只是工程院院士，统一考虑也应该以我为主，写我的名字。第二，四室两厅只是一个院士应得的配置。"医院说："你们不是一家人嘛。"第二天，女教授拿来离婚证明。

上课的时候，她们目光扫荡教室，总能抓住最差的学生。"你说说，子宫有多大？"大鸡透露，从来就没结过婚的老二丑女曾经问我们一个八六级师兄。

"这么大。"师兄双手比了个鸭梨大小。

"多大？"老二两个眼珠子滴溜乱转，但是不影响两个眼珠子还是直勾勾看着八六级师兄。

"这么大。"师兄双手比了个苹果大小。

"多大？"老二直勾勾看着八六级师兄，第三次问同样的问题。

"这么大。"师兄双手比了个西瓜大小。

"你请坐。"老二说。课后，老二写书面建议，建议学校让这个八六级师兄留级一年。理由三个，第一，缺乏基本的科学习惯。被问问题之后，没有马上澄清，是平时的妇女子宫还是受孕后第一个三月的子宫，还是受孕后第二个三月的子宫。第二，缺乏基本的科学训练。不用长度、宽度、厚度、厘米等科学概念，坚持像土鳖中医似的，用手比画瓜果梨桃。第三，缺乏基本的科学人格。一个问题，因为问了三遍，给出三个完全不同的答案，没有立场，没有自信，难免将来不成为科学骗子、掮客、叛徒。八六级师兄在留级之后的第三个月突然消失，谣传被降级之后羞辱交加去了澳洲，在墨尔本的一家中餐馆当后厨，一款清蒸鱼上过当地电视。老二心中内疚，去澳洲讲学的时候托人约八六级师兄吃饭，想劝他振作起来，重新回医大修完学业。八六级师兄是开着奔驰敞篷跑车来悉尼的，请老二吃了澳洲最好的西餐，喝91年的Penfolds Grange，说，在上悉尼医学院，明年毕业；说，想念北京，连续梦见在外交部街59号的英式别墅里帮前辈师太师爷们除草。老二含着半口新世界的Penfolds Grange，口腔好像泡在漫长的时间的水里，多种美好的空间和植物味道都在这半口液体中还原，想起五十年前常喝的法国酒，和国产干红，完全没提回去读完仁和医大的事，说："你知道吗，外交部街59号的英式别墅，五十年前，一个教授住一个，现在十户人家住一个。"

老二也给我们上过课，右手中指上有个巨大的钻石戒指，年老肉陷，她习惯性地用大拇指拨动钻戒，钻戒在中指指掌关节以上滴溜乱转，阳光下、灯光下，扎眼极了。小红当时说过："秋水你看，女人不靠上床，也能有两克拉的大钻戒，你要对女性更加尊敬，天地比你想象的宽阔多了。"当时，我点头同意。几年后接到小红的电话，说她在纽约第五大道和57街交汇处的 Tiffany 总店，刚给自己买了个大钻戒，套在中指上，钻石真大啊，整个中指全都被盖住了，真亮啊，以后夜里上厕所不用开灯了，中指上的肉还饱满，还不能像老二教授那样把戒指在骨节上滴溜乱转。我在电话里说："开心了？"小红说："秋水，我的一辈子都被你毁了，我坐在110街的马路牙子上，我想哭。"

第三酷刑，210教室放幻灯片。210教室很暖和，病人怕冷，医院暖气十月初来，四月底停，很黑，三层窗帘，很舒服，前排都是沙发椅。所以，幻灯机支在第三排中间，谁也不想坐靠幻灯机的座位，坐在那里，需要负责根据教授指示，按按钮，翻转到下一页幻灯片，再犯困也不好意思睡着。

"同学，迟到了两分钟。"姚大教授说。

"上次卫生部部长来讲座，他迟到了五分钟呢。"厚朴插嘴说。他照例坐在第一排，笔记本摊开，圆珠笔握牢，做好认真听课的所有准备。姚大教授没理他，但是脸色好像好看了些。

"对不起。"我坐在幻灯机的右手，左边的位子还是空着的。

姚大教授开始慢慢讲 John Snow 如何在一百五十年前，用图表描绘霍乱流行的特征，在地图上把死人、病人、饮水处都标记出来，于是判断出饮水和霍乱密切相关，封闭了 Broad Street 上的两口水井，救了好几百条人命。教室里又暖和又黑又舒服，这浓密的黑暖像一床大棉被子一样盖在我身上，蒙住我的头，我模模糊糊看见一八五四年伦敦患霍乱的人，我按幻灯机的手开始变得机械，眼皮在重力作用下开始下坠。妈妈的，那些被医用酒精惊了的阶级蛔虫怎么现在不爬出来继续从脑子里面往外凌迟我呢？我试图想一些最能令我兴奋的事情，我也要像 John Snow 一样造福人类，我要写本黄书，不要太长，三五万字，不要插图，我崇拜想象。一本真实、美好、善良的黄书，要像每个男人的脑干脱了内裤一样真实，要像花丝把花药播散在雌蕊柱头上一样美好，要像饿了吃饭再饿、再吃一样善良。《金瓶梅》里面的黄段子都是后加的，仿佛硬摘了手套、给五个手指戴上安全套，每个段子都不连着。而且改编者还常常配首打油诗。《肉蒲团》太没创意了，借着和尚秃头教训龟头，借着教训龟头，非常朴实地把《素女经》扩写了二十倍。这三五万字要是写高了，造福人类啊，像 John Snow 一样，像杂交水稻一样，像广谱抗生素一样。想象中，这个念头像个种子，慢慢长大，故事梗概像藤蔓一样蜿蜒攀爬，神啊，创造、保护、毁灭。

我忽然想起，我在编织故事线的过程中，早就看不见姚老师和他的霍乱死亡人群图示了。我在梦里意识到，我睡着了，我知道，我一清醒就会听见辛夷和厚朴的狂笑，看见姚教授铁青的脸，看见在我身体的左下方，我左手的中指上下起落，按照我大脑睡去之前的节奏按着幻灯机的按钮。

我睁开眼睛，210教室还是一片漆黑，温暖而舒适，同志们都很安静，姚老教授已经在介绍《流行病学》的研究方法。

"取样要小心，非常小心。比如，在几条胡同的居民里二选一，调查碘源性甲状腺增生，选出所有单数门牌的居民对不对？"

"不对。"厚朴接下茬。

"为什么不对？"

"因为单数居民都住在胡同的一边，双数居民都住在胡同另一边，这样的抽样就不能代表整体。"

"非常好。"在姚老教授的夸奖下，在幻灯机的余光中，我看到厚朴的脑门和眼睛同时闪亮。

原来坐在小白旁边的小红现在坐在幻灯机左边，右手中指控制着幻灯机，眼睛盯着姚大教授。意识到我醒了在看她，小红转过脸，冲我笑笑，黑暗里，她的脸依旧明亮。小白一直躲在倒数第二排的角落里，狂睡。

下课之后，辛夷拉着小白去酒店房间上网订花去了，他的妖刀女友三天前在美国出了车祸，辛夷一定要表示他最大的关心。

妖刀最近在用她固有的疯狂申请商学院，哈佛商学院、麻省理工商学院和沃顿商学院的所有教授都在一个月内收到了妖刀多封邮件，每封邮件都高度赞扬了这个教授在管理学领域取得的突出成绩、介绍了自己没得挑的背景和能力、阐明了自己为什么能为教授的事业锦上添花、最后都要求面谒或者电话畅谈。妖刀对辛荑说："等你明年去哈佛医学院念书的时候，我也一定会到哈佛或者麻省理工的商学院去念书，不给你一点在美国招惹其他姑娘的机会。"辛荑说："好极了，我现在就不给自己任何一点在北京招惹其他姑娘的机会。"妖刀问："不招惹姑娘，那你如何解决生理问题啊？"辛荑说："我蹭大树，快来的时候，我在脑海中一张张过你寄给我的照片。"妖刀说："你这个人怎么这么充满变态而过剩的肉欲？"蹭大树，我信。前两个星期，我去辛荑家，别处的枣树还没开花，他们院里的枣树却都结小枣了。脑海里过妖刀的照片到高潮，我不信，那得有多变态而过剩的想象力啊。

洛杉矶三天前下了小雨，刚刚打湿地面，车最容易打滑的时候，妖刀一脚刹车还是撞到了前面的车，在妖刀后面开车的后来被证明是刚刚吃了药，把油门踩成刹车。妖刀被撞出了车道，当时就晕过去了，说是肋骨折了三根，鼻骨骨折，满脸瘀肿。她后面的车自己翻了，司机当场死了，法医说，在全过程中他应该没有任何痛苦，很幸福。辛荑和我们商量如何慰问，我说："写首诗吧，讲你如何担心她。"辛荑说："她是背唐诗长大的啊，你看我像写得过李白的吗？"小白说："给她打个电话吧，多打几分钟，打光两百块钱，好好安慰她。"辛荑说："这个靠谱。"辛荑说妖刀还喜欢花，她喜欢那种易逝的美丽，短暂的永恒，隔着这万里海疆，她看到他送的花，一定欣喜若狂。小白主动提出，网上订花方便，先找一个又便宜又好的花店，网上下订单，提供他的信用卡号，辛夷按人民银行牌价还他人民币就好。

为感谢小红帮我按幻灯机，我请小红喝北冰洋汽水。卖汽水的小卖部是在几个楼之间搭建的，好几个穿着长条图案病号服的病人目光呆滞，也买了酸奶和汽水，站在小卖部周围喝，不拿瓶子的另外一只手都不约而同地甩着，让人怀疑他们以前是否都练过甩手疗法。不远处有人支了网子打羽毛球，两个小护士模样，两个年轻进修大夫，一边打一边大声叫嚷，完全没有跟在老护士长或者老教授后面查房时候的熊样儿。还有几个年轻男医生站在场地边上看，天气热了，火力壮的都已经穿上短裤，外面套上白大褂，不系扣子，小风吹撩，腿毛飘飘。

小红背靠着墙根，嘬吸着北冰洋汽水，眼睛盯着那些人打羽毛球，说："你睡觉的时候，眼睛是睁着的，姚老教授一点都没察觉。"

"真的啊？"

"真的。我留意过，你好些时候在车上睡着，眼睛就是半睁着的，所以发现你按幻灯的节拍和教授的指示有些脱节，我就趁他背对我们写黑板书的时候，溜到你旁边。"

太阳已经很低了，一大半已经沉到西面楼房歇山顶之下，金红的光芒被绿琉璃瓦阻挡，四溅开来，落在打羽毛球的年轻的粉脸上，落在小红的周身。小红浓密的头发变成金绿色，散在肩胛附近的发梢儿变成透明的金黄色，光纤一样、玻璃一样、水晶一样。小红平常光线下棱角清晰的浓眉大眼被溅下来的浓光打湿，仿佛洗完澡刚用毛巾擦得半干的样子，显得少有的柔和。

"你记得吗，有次在北大，四教楼下，我们七八个人打排球，其他人散了之后，我问你渴不渴，你说，渴，我就请你在四教西边那个小铺喝汽水。也是傍晚，也有类似的阳光，我当时觉得，你挺好看的，刚运动完，身上、脸上热气腾腾的、红扑扑的。"我对小红说，我眼睛没看小红，我眼睛盯着蹦蹦跳跳打羽毛球的小护士，冒着腾腾热气的胸。

"你当时怎么没说？"

"我当时觉得兽哥哥挺棒的。"

"我一直觉得你女友也挺棒的。"

"小白还好吗？你还好吗？好久没一起吃饭了。"

"他很好。我也很好，和小白也很好。"

"马上过生日了吧？想要什么生日礼物？"

"想要的东西你给得了吗？"

"也是啊。最近街上好看些的东西，配得上你的东西，动辄就是我半年的伙食费。但是你提啊，我和辛荑可以慢慢凑，我在外边做些杂活儿，他也帮人翻译。"

"我不要街上的，你省省吧，省下来多吃些肉，瘦得像竹竿儿一样，辛荑也省省吧，给妖刀多买几次花。"

"小白送了吗？"

"送了。"

"小白其实主意挺大的，也没和我们商量。"

"他泡姑娘从来是和你们商量的。"

"小白送什么了，能问吗？"

"能啊，刚给我的，自己看吧。"

小红从书包里拿出一个拆了包装纸的锦盒，递给我。

"能打开？"

"能。"

锦盒两排，四层，八个小抽屉。

"能打开吗？"

"能。"

我一个个打开，基本明白了，八个抽屉分别装了小白身上的七种固体和一张生日卡。七种固体都用小透明塑料袋包了，根据我的基本判断，从上到下分别是：头发，睫毛，耵聍，智齿，指甲。最后一个抽屉里，一块皮肉泡在小玻璃瓶子里，闻见淡淡的福尔马林味儿，外面同样套了一个小塑料袋。"阑尾还是包皮啊？"我小声问。"他说是包皮。"小红回答。

小红的汽水喝光了，一条腿承重，一条腿弯着顶着墙，牙齿叼着吸管玩。生日卡我没打开，小红说："想看就看吧，我能有什么秘密？写得挺简单实在的，说我是他的全部，生活、事业、身体、精神。"我说："真好，就像地球围绕着太阳，用同一套世界观和人生观，生活就简单多了。"

太阳已经全部沉到西面楼房歇山顶之下，光、热气和透明感在瞬间消失，四周忽然暗下来。我问小红："要不要再喝一瓶汽水，还是喝酸奶？"

"不喝了，快吃晚饭了，我要回小白那儿了，我闪了。"

我说："好啊。正好在网上帮辛荑选选给妖刀的花，不要买菊花啊。"

第十八章
汉显呼机，可乐罐测试

一连两周没见柳青，我晚上继续在自习室看《妇产科学》，吃柳青送的蛋卷。辛荑从宿舍跑来，说有人找。我下楼，先看见保持一贯警惕性的胡大爷站在楼道当中，然后看见柳青的一个小美女销售代表站在我宿舍门口。

我以前在柳青办公室和仁和住院楼电梯里都见过她。小鼻子，小嘴，小个子，头发黑顺，仿佛南方到处都有的小笼包子，到了北方就成了一定程度的稀罕物件。她在住院楼电梯里被个四十多岁的中年副教授两只大眼睛肆无忌惮地摸着，我听见中年副教授口腔里唾液分泌的声音，看见他巨大的喉结上下滚动，她在拥挤的电梯里无助地瞥了我一眼，我羞愧地低下了头。在手术台上，这些中年骨干已经比老教授们占据优势，但是完全没有了老一辈的性情和气质。仁和医院老教授们还是中年的时候，刚改革开放，第一批公派出国五十人中唯一的男医生，省出来的钱带回来一辆哈雷机车，五十岁的年纪穿粉花衬衫奔驰在北京街头，比那年的榆叶梅绽放得还早。简单总结，这是老炮儿和土流氓的区别，这是陈圆圆和大喇的区别。

小美女销售代表把一个手提袋交给我就走了，我打开来，是个全新的寻呼机和柳青的一封信。用的是她公司的信纸和信封，她的字有些草，收笔的地方圆通，放笔的地方有些飘：

秋，我的乖弟弟，好想你啊，怎么办呢？常想起你，可想你了。每一刻，周围不用有花开，不用有月光，不用有星星，只要我的心思可以从其他俗事移开，（我的心思越来越经常地游离！）你就悄悄地进来，风一样，流水一样，雾气一样，酒一样，我的心是酒杯吗？"像此刻的风，骤然吹起，我要抱着你，坐在酒杯中。"

没和你商量，给你买了这个呼机，我要能够找到你，知道你在哪里，每一刻，每一秒。不用回复我所有留言，但是我希望我有权把这个呼机当成一只耳朵，一只我可以倾诉的耳朵，我想象，你在听，你能懂。

青，草于办公室。

又，同时附上呼机发票，在公主坟买的，寻呼费缴了一年。明年这个时候，你就毕业了，之后你会做什么？在哪个城市呢？在谁身边？这些，我该问吗？这些，和我有关系吗？

呼机是个摩托罗拉加强型汉显，能显示两大排汉字，做得结实，黑色优质工程塑料，沉甸甸有坠手感，不使劲儿摔在水泥地上，不会有划痕。还配个别子，别在裤袋上，还有个银色的链子，一边拴呼机，另一边拴裤腰，中间部分银亮亮地贴着裤子画有一道弧线，走来走去的时候，轻轻敲打臀部。我仿佛听见江湖上的风雷声、马嘶声、人沸声，再拎个公文包，我就能出去行走了。

这是我的第一个通信器材啊。我看了一下发票，机器两千元，一年寻呼费八百元。润迅台的，他们的广告公共厕所都有，撒尿都避不开，"一呼天下应"。我哥总结，男人的一生是由几个重要的物件构成的：第一把刀子，第一个呼机，第一台电脑，第一张床，第一辆车，第一个房子，第一块墓地。我说，我不同意。男人的一生是由几个重要事件构成的：第一次自己睡觉，第一次梦遗，第一次自摸，第一次送花，第一次结婚，第一次砍人，第一次挣钱，第一次偷窃，第一次游行，第一次头撞墙，第一次手术，第一次大小便失禁，第一次死亡。我哥说，咱们说的没有本质区别，我更理性些，你更下流些，如果你不重视物件，咱们换呼机吧。我哥的呼机是最老的一款，盒子枪一样大，二十四小时心脏监护仪一样大，能显示二十位数字，呼叫者除了留电话号码，也能以数字的形式简单留言，我哥公文包里常带着一本《新华字典》大小的密码本，以备破解这些数字留言。我说："不换，我的是汉显，我报了个唐诗班，每天通过呼机台给我传三首唐诗。"我哥说："我明天去买手机。"

我把装随身听的丝绸袋子腾出来，装呼机，放呼机的口袋不再放任何钥匙之类的小东西，我想尽量避免划痕，防止北京的灰尘进入液晶显示屏。不设定成振动，我怕在课堂上响起，设定成振动，我怕长此以往振松呼机的零部件。我坚信，这个呼机能使一辈子。

柳青的信息随之涌入，风一样，流水一样，雾气一样，酒一样。

"我开始买新衣服了，下次带主任医生们去欧洲考察，我多买些花裙子，你喜欢什么颜色？"

"你睫毛太长了，得剪短，省得太招人。"

"总想给你留信息或者写信，在每一个想你的时候。然后总是会发现笔拙得厉害，然后总是要想起那句和你一起在车里听过的歌词：'我爱你在心口难开。'我已经过了能说动听的甜言蜜语的年纪了。"

"我在办公室，桌上有百合花，你在这个城市的不远处，但是我明天有个大单要谈，今晚要准备。你在申请美国学校，准备 GMAT 和 TOEFL 考试。我看见窗玻璃里，我隐约的暗淡神色，想起一个词语：咫尺天涯。"

"我的毛病是不能不恋爱，在真爱面前忘记其他一切，重色轻其他一切。这会成为你的负担吗？"

"这次我将认真面对我的内心，审视直至深谙其中的奥妙。我不能不恋爱，但是我应该懂得如何安排生活，但是我渐渐梦到那个无耻的宿命，它说，爱，然后绝望。秋，你看得见吗？不懂悔改的爱情和河流的光？"

"爱便爱了，便是一切了，余者自有死亡承担。"

"昨天梦见我开车，你坐在我右边，手放在我腿上，眼睛看着前面，我说去哪儿，你说一直开吧。"

"读完《不是我，是风》，黯然神伤，你还想写小说吗？你要是在《收获》上发表个小说，我就不患得患失，在剩余的生命里死心塌地给你洗衣煮饭。"

"我有过多次非正常的恋爱，或许这次也可以定义成非正常的。以前，我想尽一切办法和我的情人见面，通常是白天，我曾经和我的情人说，我多么想和你一起看见黎明啊。秋，我们能一起看到黎明吗？"

"老天给了我一次青春，但是又把你给了我，你是我的青春，我永远的青春。你看的时候，满怀爱意看我的时候，你的目光洒在我脸上，我就会容颜不老。"

"世上所有的幸福都不是唾手可得的。我愿意去争取，我想你说，你相信我。我爱过不止一个人，不止几个人，每一次都很真心地对待。但这一次你让我感到满盈的爱和依恋，从未有过。"

"你说你不能保证有一个稳定的将来，所以有些话你不能说。但是，我坚信你有勇气，你相信自己。你相信你的将来。如果你爱我，你会说：'我爱你。我没有一个稳定而明确的将来，但还是想问你，愿意不愿意把你的手给我。'我知道你没有时间和精力用在我身上，但是我却有很多时间和精力可以用在你身上。你不要太低估女人的牺牲精神。"

"夜之将深将静，一盏灯，一缕清风，一些些想你念你的心思。已经是最好。"

"你不知道，有时候走在路上，我会莫名笑出声来。那便是我想起你，觉得好开心。"

"真遗憾，你没能同来青藏，寄上的黄花是在西宁街上向一个老妇人买的。揣摩伊意此花叫'冬夏'，取其冬去夏移，颜色不易之意。蓝色花是在西藏拉萨买的，你一定见过，勿忘我。"

"我不在北京的时候，照顾好自己，多看书，多写文章，多学些有用的玩意儿，多出去游耍一番，时间一晃即过。也可以和小红调笑几句，什么也不往心里去，也不在梦里呼唤她即可。"

"记得有一天深夜在燕莎南边的河边我们相拥而坐，我说，我一直觉得自己是为某种人而生的，就像你这种的。"

"恋爱的时候，一个人的时候，越美的景致越使人感伤，我总会想，要是两个人在一起该多好，你的时间全部是我的该多好。"

不上课的时候，我把呼机设为铃声开启，每次短信到来，铃声响起，辛荑如果在，就说："一呼天下硬，秋水，你硬了吗？"我想都不想，说："你妈都硬了。"我老妈从小教导我的，别人说一句话，如果无以回应，就在那人的原话前加"你妈"这个前缀，然后用高八度的声音喊出，一定显得又剽悍又聪明。我敬佩润迅台的传呼小姐，这么长的、这么复杂的留言，基本没有错字和标点符号错误，由于柳青的存在，她们负担了一个非常具有挑战性的工作。我发现了呼机的缺陷，内存太小了，很快就提示我，满了，满了，有新的信息等待进入。我每天至少倒光一次信息，每次倾倒，我隐约中想起小时候端着盖上印一朵莲花的尿盆儿，穿过巨大的杂院，疾走到胡同口的厕所。我提出了新的技术设想，要是能不通过呼机台小姐直接发出就好了，要是能双向无线传输就好了。我哥说："你说的早就有了，叫手机短信。"我说："不完全是，我需要这个小器材有个非常方便的键盘，输入中文。"

柳青和我的时间能凑起来的时候，她开着她的 SAAB 车到学校接我出去耍。

柳青的车里常常有几本三四百页一本的时尚杂志，堵车的时候，我坐在副驾驶位置上，一页一页地翻，涂睫毛的广告、涂眼袋的广告、涂嘴唇的广告、涂屁股的广告、包裹屁股的衣服的广告。柳青说，除了我之外，她没有见过一个男的有耐心从头到尾翻完一本这种杂志，难道我就是传说中的妇女之友？我说，我受过良好的正规训练，慎始敬终，看了封面就要看到封底，看了头发就要看到脚尖，我喜欢杂志里飘扬的香水样品味道，我热爱妇女。

开车最常去西北，香山、八大处、圆明园。柳青老问："爬山会不会让大腿变得很粗啊？"我说："不会，爬山首先让心情愉快，然后是活动全身筋骨消耗多余的脂肪。满人入关之后，明朝的紫禁城都懒得扒倒重来，先将就着用，先着急在西山建这些游乐园，就是为了能就近时常活动，保持男人剽悍的兽性和坚强的判断力。我们组织去承德避暑山庄，我见过康熙写的满文随笔，翻译过来基本意思是，野耍不可少，我都六十多岁的人了，今年还打了六百多只兔子，三百多只狍子，一百多头鹿，十多只老虎，儿孙们，你们要效法啊。"柳青说："你能不能把自己的意思和名人名言分得清楚些啊？"我说："难，小时候落下的毛病，那时候写作文，如果引用名人名言会加分，我经常记不住，就照直写。"我上午没课的时候，常常被她拉着去。我受不了看她化着浓妆盘着头发穿着套装爬山的样子，每次我都说："咱们在后山的大青松后面搞一搞吧，我喜欢把你弄得乱七八糟的。"柳青说："我知道你一直想把我弄得乱七八糟的，我知道你想了好久了，但我不是禽兽，而且我下午有会，搞成我现在这种能庄重见人的样子，至少要一个半小时。"我马上转换话题，说："要是当年不动二环以里的古城，以现在的望京为中心，修建苏联式的天安门广场、人民大会堂、历史博物馆，那现在的北京多棒啊。"

　　如果留在城里，除了不定期出来的人艺老戏和各类小剧场话剧，柳青每周四必去北京电影厂洗印厂礼堂看两部没配音但是有字幕的内部外国电影。柳青说，她要培养国际化的忧郁气质和艺术气质，所以要多看外国电影。我说："你小时候不是在北京长大的吧，对中国历史没研究吧，这么没有自信？"北京各路青年另类的一多半都是周四汇聚在洗印厂礼堂，开场前十分钟，鱼贯晃入。柳青没搭理我，狂盯着各种酷哥烂仔看，两个眼珠子不够用。我说："你这么盯着人家看，一直盯着人家到落座，难怪你从小那么多男朋友。"柳青眼珠子继续忙，小声说："我小时候见了真喜欢的，就把我长满漂亮五官和头发的脑袋凑上去，除了中学的班长，我跟他说：'算了，不靠你了，怕耽误你考大学。'"看完电影，柳青基本要吃夜宵，基本要去有乐队的酒吧。我说："我就先撤了，病人生存率统计的 COX 模型还需要调整，拖了有一阵子了，现在都十点多了。"柳青说："再坐一小小会儿，吃碗台湾牛肉面。"五瓶燕京啤酒之后，柳青躲在阴影里一点点吃我的耳垂儿，说："你现在想不想把我弄得乱七八糟的？想不想射在我头发里？你不是劝我要学习北京姑娘吗？姐今晚就违反本性，舍身做次禽兽。"

更多的时候是吃饭，我和柳青明确说过，我不喜欢见其他生人，我天生内向，见生人耗去我大量能量。柳青说："我有限制条件，我必须和某些人吃饭，我更想见你，但是我的时间有限，我只能把你们聚集到一起来。"这些人都有肚子，都持续性抽烟，都夹个登喜路的手包，都不说自己是做什么的，开口多数都是一两个亿的事情，就别跟我提了，累不累啊。这种场合，柳青都充小辈，持续性敬酒，我滴酒不沾，埋头吃饭。那个文化儒商时常见到，比较起来，他最理想主义。他的套路是先狂吃，手嘴并用，然后喝白酒，然后借酒装醉，用大油手尝试摸柳青大腿："我真的喜欢你，我心都碎了，吃不好饭，睡不着。"他偶尔主动和我攀谈，征询我妇产科的专业意见。"有人告诉我，挑老婆要用空可乐罐测试，如果一个女的能够非常准确地尿满一个空可乐罐而不洒，必是绝品。理由是，一定是窄 ×。你专业，你说，有科学依据吗？"

入夏的一天，和柳青在首都剧院看完小剧场话剧《思凡》之后，我说我请客，去美术馆路口西南角的一家陕西面馆吃面，中碗五块钱，加牛肉八块，醋不要钱。柳青吃得热火朝天的，肉吃了，面吃了，汤都喝光了，临走递给我一把钥匙："这把房门钥匙你拿着，不想在宿舍睡了随时过去，你判断。我又把房子改了改，更舒服了，进门就能躺下。"

我把钥匙和呼机都别在腰上，走了两步路，仿佛过去被删去信息的鬼魂全都重新汇聚在呼机里，挺沉。

第十九章
三日，十四夜

一九九七年夏天最热的那个周六的晚上，我一个人坐在东单三条基础医学研究所七楼的自习室里，感觉人生虚无。

基础医学研究所是个按苏联模式建设的老式楼房，层高三米五，没有空调。天太热了，又是周六，原籍北京的学生都躲进自家的空调房间了，外地的，在宿舍半裸打游戏，或者看闲书，或者补觉，或者去医院医生值班室等有空调的房间念《外科学》、TOEFL、GRE 去了，七楼巨大的自习室里就我一个人。

尽管楼层很高，尽管没有火炉一样的精壮小伙子、小姑娘一个挨一个挤坐，尽管自习室里所有窗户都敞到最大，南北通透，和北面楼道的窗户对流，还是毫无用处。我坐在教室靠后靠窗的位置，没有一丝气体流动，汗从额头汩汩涌出，顺着脖子流进我穿的大号棉布圆领衫，在我胸前背后画出一道道汗水的曲线，最大、最沉的汗珠子一直流到内裤的上缘，即使我不喝一口水，也没有一丝停顿的迹象，难道我是一口自发的泉水吗？挑了条最短的内裤穿，外面套着的短裤比内裤长不了多少，被包裹的阳具还是像狗到了热天的舌头一样，总挣扎着、瘙痒着自己想奔拉出来，帮助释放些热量。放在课桌上的前臂和压在椅子上的大腿，半分钟不移动，极细、极碎的汗珠子就渗出来，像铁板烧上的油一样，把皮肉和桌椅贴面烙在一起。窗户外面，看不见月亮，也看不见一颗星星，路灯把天空映衬成土红色，天地污浊而混沌一片。听我们的结巴英语口语外教说过，他靠教英文和在酒吧唱乡谣混了五十多个国家和城市，只有在北京，他能明确意识到他呼吸的是什么。那是一种看得见、摸得着的悬浊物，在半气体、半液体的基质里面，漂浮着肉眼几乎看得见的固体颗粒。

想着过去的三天，我感觉寒冷。

三天前，呼机叫唤，不是柳青，是我初恋的留言：忙吗？有空电我。我想，要是没有呼机，我初恋现在应该穿着那条白色的长裙、粉色的纱上衣，敲我宿舍的门。要是没有呼机，我打开门，我初恋的影像、淡香水的味道、楼道里实验老鼠饲料的味道，会像拧开水龙头之后的水一样涌进宿舍。

"怎么了？"我在胡大爷的宿舍管理办公室里打我初恋的办公室电话，她的办公室在距离我身体一千米以西的一个写字楼里，胡大爷戴着老花镜在读三天前的《北京晚报》，报纸上有一个圆圆的饭盆油印子。

"忙吗？"我初恋很简洁地问。

"还那样儿，刚考完 TOEFL，差不多应该得满分吧，和我们班女生甘妍打了赌，我要是满分，她请我吃饭，地方我定，菜我点；要不是满分，我请她，地方她定，菜她点。她自从上《内科学》课起就蔑视我，我忍她好多年了，这次是恶心她的好机会。这几天在准备GMAT，每天三小时做一套模拟题，稳定在七百五以上了。和过去咱们打《沙丘》游戏类似，熟能生巧。毕业论文数据差不多了，六十几个卵巢癌病人，不到三年，死了一半。你说，我怎么这么没用啊？我这种卵巢癌发生学论文做了有什么用啊？你相信有鬼魂吗？我最近有些相信。我的病人都定期查一种叫CA125的非特异性癌蛋白，监控癌病的进展和治疗效果。前一个月，有个在我这里查了三年的董阿姨走了，我还是感觉每周三下午，她推我实验室的门，问我：'这周的结果出来了吗？'说：'还是很想多活几年，哪怕一两年也好，看完女儿结婚，再走。'说：'其实我皮肤还是很好呢，从来不用什么化妆品。'我的体重最近又减了十斤，现在不到一百二十斤了，我看这个活儿毕业之后不能干，再干下去，魂儿也保不住，命也保不住。"我都不好意思，即使是在电话里，即使是已经认识我初恋十年了，即使在小于一厘米的超微距内拉着她的手也观察过很多遍了，她在哪里，哪里就成了戏台，我的手心发热，小丑的帽子就套在我头上，我就开始上蹿下跳，滔滔不绝，现演。

"还是吹牛。"

"实事求是。再说，你从来没夸过我，在你面前，只好自己夸自己。"

"我没夸过你吗？"

"从来没有。我长得好看吗？"

"男的要什么好看？你能出来坐坐吗？"

"好啊。"

"在附近找个清静些、好说话的地方。"

在北京，在王府井附近，清静意味着价钱。我坐在台湾饭店大堂的咖啡苑，我初恋坐在对面，灰色的裙子，灰色的上衣，头发还是又黑又直，五官还是没一处出奇，按我老妈的话说，一副倒霉德行，典型的苦命相，我的心还是被一只小手敲击着，低声叹息。原来我以为，上帝设计男人心的时候，仿佛照相机底片，第一次感光之后，世界观形成，心这块底片就定形了，就废了，吃卓文君这口的，从此一见清纯女生就犯困；吃苏小小这口的，从此一见大奶就像甲肝病人想到五花炖肉一样恶心想吐。我初恋让我知道，其实上帝设计男人心的时候，仿佛油画布，第一次涂抹，印迹最深，以后可以刮掉重画，可以用其他主题覆盖，但是第一次的印迹早已渗进画布的肌理里，不容改变。

"我们单位有两三个处长、局长真烦人。"

"怎么烦你了？"

"总是拉着喝酒，喝完总要去唱歌，老说我唱歌好听，人不俗艳，有个副局长说，那是一种说不出来的暗香浮动。"

"这副局长有文化啊，还知道暗香浮动呢，比那个穿着大衣冬天到上海把你召回北京的处长有学问多了啊。"

"他是公司有史以来最年轻的副局长，他北京师范大学中文系毕业的。唐诗和宋词又不是你的专利，只许你用。"

"那你就暗着香，整天浮动着，熏死他，憋死他。"

"他老晚上打电话。其实，他挺清高的，他有权，随时可以批人出国，别人都变着法儿找机会和他多接触、多聊。我很烦，我不想他老给我打电话。"

"但是你又不好意思每次接电话都说：'你没毛病吧，别二愣子似的总打！要是工作的事儿，明天办公室谈好了。要是个人的私事儿，我和你没这么熟吧？'"

"他是很清高的人，这样不好吧？"

"每次聊多长时间啊？"

"一个多小时，最长的一次从晚上十点到早上四点。"

我看着面前的咖啡，二十块一杯，加百分之十五的服务费，是我一周的生活费。我听着我初恋在讲述她的困扰，我非常清楚地知道，这是一个非常简单、普通、古老的故事，一个有点权、有点闲、有点伤逝的中年男人在泡有点年轻、有点气质、有点糊涂的小姑娘的故事。我的心里一阵强烈的光亮，完成了人生中一个非常重大的发现，长这么大，认识我初恋十多年，梦见她五百回，第一次，我发现我初恋是个非常普通的姑娘，尽管冒着缥缈的仙气，但实际上有着一切普通姑娘的烦恼。我一直以为，她的烦恼仅限于行书是学董其昌呢还是米芾，周末是去西山看朝霞还是去北海看荷花。

我说："不上不下最难办。要不就下，用屈原的方式解决，我不在乎什么出国、提干、分房、涨钱，我默然独守吾太玄，过我的日子，心里安详，心里平静，不掺和这么多人事。要不就上，用渔夫的方式解决，我的暗香浮动就是枪杆子，先让这些处长、局长知道妙处，闻上瘾，之后，想再闻一下，先送我去澳洲，想再闻两下，送我去美国，想再闻三下，送我去欧洲。"

"你说了等于没说。"

"是吧。"我结了账，在金鱼胡同和我初恋微笑握手而别，是时风清月白，车水缓缓，我没要求送她回办公室，她朝东华门走去，我走回了仁和医院。

两天前，上午做完一台子宫全切，下午还有一台，主刀教授说中午在食堂请我吃饭，下台晚了，只剩下包子。啃到第二个包子的时候，在麻醉科当医生的师姐经过，说："秋水，就吃这个？"随手拨了小半饭盒自己带的酱牛肉给我。这个麻醉师姐是大鸡师兄那届的校花，皮肤像荷花一样，白里透红。穿上手术服，戴上口罩，露在外面的黑头发丝、白额头、杏仁眼，迷死人不偿命。我看主刀教授脸色有些异样，等麻醉师姐走了，我拨了一大半酱牛肉到教授饭盒里。

下午下台的时候，我换了衣服，撞见麻醉师姐一个人在楼道口抽烟，我腿也累得发紧，就要了一根一起抽。院子里的槐树枝叶茂密，整个树冠像个巨大的花球。

"抽烟解乏啊。师姐，我在北大的时候跟那个老植物教授去四川峨边和大渡河附近找一种少见的玉竹，老教授曾经指给我看，山里农民的庄稼地里就夹种有罂粟。他说：'干再重的活儿，抽了那东西之后，睡得特别香，第二天还能爬起来。罂粟花开，挺好看的，有点像北大花坛里有时候种的虞美人。'"

"是啊。没有这类东西，就没有现代麻醉，也就没有现代外科手术。你最近好不好？快毕业了吧？毕业马上出国吗？"

"还行吧，凑合。正申请呢，肿瘤研究的博士，还有MBA。"

"要转行？"

"肿瘤，再怎么学好像也治不好。气色不好，最近狂吃东西，还是掉肉。学完MBA，公司实在不行了，你和老板说，咱们关门再开一家吧。做卵巢癌，我总不能和董阿姨说，这辈子就算了，下辈子再说吧。"

"我听人说你在神经内科查房时的事迹了，病人家属告到医务处了，你就管不住自己嘴啊？"两个星期前，我跟着神经内科教授下午查特需病房，一个银行高管脑中风恢复中，传说贪了好几纸箱现金，等中风恢复到一定程度后就去交代问题。查房时，他老婆、女儿都在，在一边恭敬地旁听，教授指着他女儿问："你知道她是谁吗？"高管摇头。教授指着他老婆问："你知道她是谁吗？"高管摇头。我从白大衣口袋里掏出十块人民币，在他眼前一晃，问："你知道这是谁吗？"高管眼睛晶晶亮，说："十块钱，但是不是我拿的。"

"我求知欲强啊。再说了，家属有什么好告的？我有创意性地检查病人病情恢复程度，有什么错。"

"你和你女友还在一起吗？"

"分了一年多了。"

"这样最好。"

"怎么了？"

"没怎么。"

"怎么了？"

"你前女友太活跃，不再是你女友也挺好的。"

"到底怎么了？"

"前几个月，在长城饭店开国际学术会议，我也去了，她是主持人，认识了一个五十多岁的美国教授，第一天就一夜未归，第二天早上才回来，不仅她饭店同屋的人知道，大家都知道。中方会议主席非常生气，因为上届会议，这个美国老教授就骗走了一个中国女生。中方会议主席还让她女儿和你前女友谈了次话，估计没什么作用。我还以为她还是你女友，一直没想好要不要和你说，现在既然不是你女友了，你知道也无妨。"

烟抽完了，麻醉师姐又回手术室，我忽然意识到自己已经几乎连续站了十三个小时，觉得累极了，挣扎着回了宿舍，没力气吃东西，倒头就睡了。

次日，早上没课，也没排手术，我被东边窗户的太阳烤醒，从前一天晚上八点到第二天早上九点，我整整睡了十三个小时。我想了想，抑制住好奇心，没有联系我女友，我能想象她会说什么，她一定有她的说法，一定解释得似通非通。

我也没权利问，我也不想我的世界更加混沌不清，我反复告诉自己，所谓事实真相和我没关系，无论真相如何，都可以理解。

我头发晕，觉得晦气，身上发黏，想洗个热水澡。水房里没热水，胡大爷说："你起晚了，天儿太热了，热水都被其他臭小子早上冲澡用光了，我正在烧新的。"我说："我去楼下澡堂子。"胡大爷说："别去了，这几天使的人太多，不知道哪块儿坏了，冷水和热水都出不来。"又不能去晚上常去的医院厕所洗，大白天太容易被人撞见。我想了想，到东单路口打了个面的，去柳青在燕莎的公寓，她那里，二十四小时有热水。

柳青的公寓大堂冷气很足，我脑子稍稍清爽了一点。我来的次数不多，钥匙用得非常笨拙。我推开门，阳光刺眼，大捆大捆地从落地窗投射到客厅里。客厅里，除了躺了三个随形皮沙发，还有柳青。柳青一丝不挂，身体很白，很卷曲，很柔软，眼睛微微闭合，身上除盖了北京盛夏十点多的阳光，还盖了一个一丝不挂的白种裸体男人。那个男人也很白，毛发在阳光下是金色的……

我把房门钥匙扔在地板上，反手关上门。我跑下楼梯，跑出公寓，我把摩托罗拉汉显呼机扔进亮马河。

想着过去的这三天，我坐在东单三条的马路牙子上，坐在北京一九九七年夏天最热的一个夜晚里，我感觉寒冷。

晚上十一点多，小红抱着大本的医书和水杯进来，穿的是那条著名的印花连裤袜，黑底，网眼，暗红牡丹花，上面套那件著名的长衬衫，丝质，豹子皮纹，里面的皮肉骨相隐约可见。还是香的，浓香。

我点了一下头，没张口问，怎么没在小白有空调的饭店房间里看书，跑到这儿出汗。

小红在我正前面的位子停下，把医书和水杯放在桌子上，坐下去之前，转身打量我，问："怎么了？没见过你这个样子，脸色这么难看，怪可怜的。"

"没事儿。只是挺烦的。你怎么没和小白在饭店里待着？天儿这么热。"

"他一直狂睡，我想自己看看书。你是不是写了个关于联网打游戏的文章，要以两个人的名义发表？"

"是啊，写了一个叫《构架个人游戏网络》的文章。《大众软件》定了下期发表，编辑说这篇是说这事儿的第一篇，署了我和小白的名字，毕竟好些网络设置和游戏试玩是我和小白一起搞的。"

"小白这几天天天去报摊看新的一期《大众软件》来没来，我说不到日子，他说杂志通常提前标定出版日期，一个星期上街。"

"到时候杂志社会寄三本，不用自己掏钱买。"

"他乐意，你知道他，谁拦得住？"

小红转过身去，把头发用皮筋扎成马尾辫子，一手摸着辫子，辫子真黑，一手翻面前的书，英文的《Board 考试习题内科卷》。

没过五分钟，小红转过身来，说："不对，你有事儿。我心疼，我一个字也读不下去，咱们出去聊天。"

小红在前，我在后，走到四楼的东侧，我们一句话不说，楼道里一片漆黑，所有实验室的门都锁着，所有的灯都熄着，楼外微弱的天光和灯光仅仅隐约沾染楼道拐角，我看不见小红的脸。我们走近靠中间的一扇门，门的左边是个巨大的冰箱，冰箱门上了链子锁，右边是个巨大的杂物架子，摆满大小不一的玻璃皿，里面盛着各种人体器官的病理标本，长期没人挪动，所有的玻璃皿顶盖上都沉积了半厘米的灰尘，里面的福尔马林液黄绿混浊。

我手一动，小红的人就在我怀里了，她人在不停地抖："我冷。"

我抱紧小红，我的脸摩擦着她头顶的发根，我的嘴唇在她的耳边："没事儿。一切都会好的。"她人还是在不停地抖。

"什么都不会好的，开头就不对，之后的一切都不会好的。"

我双手插进小红脑后的头发，托起小红的脸，仿佛沙漠里没有月亮的夜晚，捧起一皮囊满满的泉水，黑色的头发是从水囊里渗出的淋漓的水珠串。我的嘴唇是我另一双小手，它们拧开水囊的开口，我亲吻小红的嘴，它们在吮吸里面的泉水，我在水面上看见自己的眼睛。这阵子吃咸了吧？这水永远喝不到，这水永远喝不够，这水永远喝不干。小红渐渐柔软，渐渐变得流动，她挣开我的怀抱，长长叹了一口气，蹲下去，流淌下去，拉开我的裤链，扯掉绑头发的皮筋。我的双手在小红的头顶，上下抚摸小红的头发，这是我抚摸过的最滑润的事物，如果我肱二头肌不使力气，我的双手不可能滞留，会顺着小红的头发一直滑落到重力作用的尽头。我的鼻子埋在小红的头发里，这是我闻到过的最让我肿胀的味道，我的双手合成一顶帐篷，遮挡住传来的阵阵老鼠饲料和福尔马林液的味道，我的鼻尖在帐篷里沿着小红的发际慢慢前进，再慢慢退回。我愿意和魔鬼交换，如果能永远记住这种滑润的触觉，我愿意忘记所有八年学到的医学、生物学、化学、数学、物理学，如果能永远记住这种让我肿胀的味道，我愿意忘记所有少年时候记住的唐诗、宋词、英文小说。让我是一瓶北冰洋汽水吧。我的水她喝得到吗？喝得够吗？喝得干吗？我被吸空的一瞬间，小红连续咽了三口。我在颤抖中想扶小红起来，小红摇头，泪水流下来，说："让我多喝一会儿"。这一句"让我多喝一会儿"让我彻底崩溃，上帝啊，你傻缺，你浑蛋，你牛 ×。

"如果让你选，你嫁给谁？"过了许久，我问。

"现在问？"

"嗯。"

"想听真话？"

"嗯。"

"小白。我还是想要真实、长期、稳定的生活。"

"我去和小白说，我泡了你，有种，捅了我。"

"是我泡了你，我去和他说，我出问题了。"

天亮之后，我回了趟家，向我哥借了五百块钱，我从来没向他借过这么多钱，我哥没问我干什么，点给我五张红色的一百元。我说，最近别去干面胡同了。我哥说，好，他本来就没想去那间房。

我去澳之光超市买了两箱方便面，一箱康师傅红烧牛肉口味的，一箱日清海鲜口味的，一箱好丽友派，两打红皮鸡蛋，两打避孕套，两打脐橙，一箱娃哈哈矿泉水，两箱燕京啤酒，一箱红星小二锅头。我叫了一辆面的，把所有这些都送到干面胡同，小山一样，堆了小半间屋子。

在之后的两周里，我和小红在所有能空出来的时间里，都泡在这间干面胡同的北房里。我记了数，一共十四夜。屋子里的大床仿佛一个巨大的鱼缸，我们脱光了所有的衣裳。我们饿的时候，吃澳之光买来的给养；不饿的时候，彼此吸食。给养的小山慢慢变成平原，小红说："方便面真好，让不会做饭的人饿不死，让我就着你喝二锅头吧？二锅头真好，让我们像气球一样飘起来。"我们困的时候，彼此覆盖，不困的时候，彼此嗅触，我想努力记住小红所有孔洞的风的味道和每一寸肌体的弹性。小红在高潮后睡去，不管白天或者黑夜，每次醒来，脸上都是眼泪，她说她又梦见高潮，到了的时候在梦里大哭。醒来后，小红手的第一个动作就是抓住我的身体，仿佛它是她轿车的换挡杆、帆船的桅杆、救生的圆木、她最后一根稻草。小红说："我不抓着它，它明天就消失了。"小红把它全部吞下，仿佛永远不会再吐出来，她黑长的头发荡漾在我的胸前和小腹，我的身体沉在深黑的湖底，我的双手抚摸着她的长发，荡起双桨。我想丢下自己，我想融化在她的身体里，我们如果融化成一体，世界就美好了，就没有对错、美丑、善恶之分了，就不需要理智、知识和明天了。我上辈子一定被小红杀死过，我上上辈子一定和小红一起被煮成肉酱，我的身体是把匕首，那你就捅吧，彻底捅死她，我的身体是只小鸟，那你就飞吧，消失在小红的密林里。最高的时候，床上火光冲天，我在唯一的窗户里看到大星陨落，我跑到水龙头下飞快地接了一脸盆凉水，全部浇在我的身体上，阵阵水雾腾空而起。

第二十章
北京小长城，大酒

小长城酒家的店面真的很长，五张长条桌子从东到西连续摆成长长的一溜，周围坐满了三十多个各色男女，丝毫不影响酒家其他客人进进出出。

这个二〇〇一年春节前夕的大酒局是一个做电子书的网站组织的，请的都是知名作家，我一个都不认识。二〇〇〇年春节，网站正火的时候，他们春节团拜的酒局是在人民大会堂办的。一年下来，旧钱烧得差不多了，新钱还没到来，于是强调做事要低调，找了一家公司写字楼附近的小馆子。

前两年我在美国上 MBA 的时候，百无聊赖，写了我第一个长篇小说，内容和小红、小白、辛荑没有多少联系。我辗转托人找到这个网站的主编王含，他看了说，好东西，绝对大气象。这个电子书网站正在转型，要走线上和线下相结合的道路，他说，他决定把出版我这本小说当成公司转型战略的一个重要组成部分。

王含主编邀请我春节前见面，签合同，顺便吃个饭。一桌子三十多个人，他是我唯一认识的。其他的人，男的基本都挺老，女的基本都挺小，我想都是吃文字饭的吧，介绍时，无论男女，我一一点头或者握手，叫"老师"，说"久仰久仰"。

酒局从下午五点钟开始，现在已经是晚上十点了。吃残的饭菜撤掉，新的菜还在陆续地上来，川粤鲁淮阳湖南贵州，什么菜系的都有，都像味精一样鲜美，都像鸡精一样鲜美。空啤酒瓶在旁边已经堆了四箱，和某些小个儿女作家的胸口一样高。因为谁也不认识，不知道聊什么，我在和左边一个中年白圆胖子以及右边一个中年黑圆胖子闷头干小二锅头。这是四年以来，我第一次重沾烈酒，发觉二锅头还是只适合干杯用，把人迅速搞高或者搞倒，迅速分出彼此抗酒精击打能力的高低，如果慢慢品，二锅头比福尔马林更难喝。

左边的白圆胖子说二十年前他上大学读英语专业的时候，是个清癯的白衣少年，对面坐着喝酸枣汁的一个浓妆少女表示严重不信，白圆胖子从裤裆里掏出钱包，过程中露出比脸更白的肚皮，微微带毛。钱包里的确有一张旧彩照，和他的身份证在一个夹层，照片里面有一个麻秆一样的少年，戴大黑眼镜，穿发黄的白衬衫。我从不主动看电视，好像还是在电视里见过这个白圆胖子。他的广告有一个特点，看过之后，对他的印象非常深刻，但是从来记不住广告试图推销的是什么。其中有一个广告，他好像演一个中年男人，表情极其庄重，好像急于证明没有和演妈妈或是演女儿的演员有过任何不正当关系似的。另一个广告，他好像跑到一个巨大无比的胃里去折腾，他穿一身紧身衣，饱满而灵动，特别是一脸坏笑，怎么看怎么觉得是一个精虫。

右边的黑圆胖子比白圆胖子害羞，刚坐下来的时候几乎不说话，小二锅头让他慢慢从壳里钻出来。一瓶小二锅头之后，他的表情开始舒展，两瓶小二锅头眨眼睛，三瓶小二锅头哼小曲，四瓶小二锅头开始抓旁边坐着的姑娘的手。姑娘误以为他喝高了，也不恼，也不把手抽出来，任由黑圆胖子抓着。黑圆胖子把喝空的小二锅头瓶子整齐地在他面前摆成一排，我问："我们为什么不喝大二锅头呢，反正你我几乎已经喝掉了两瓶大二锅头。"黑圆胖子反问："你为什么用避孕套而不是大塑料袋？"我说："真有道理啊，我怎么没想到呢？"我也把我喝空的小二锅头瓶子在自己面前摆成一排。

透过绿莹莹的小二锅头瓶子，我看到长长的酒桌对面，男男女女的脸有些变形，眼睛越过他们，我看到酒家的玻璃窗户，窗户外的麦子店西街。街上偶尔有职业女性走过，她们穿着纯白色的羽绒服、白色袜子、白色的皮靴，像是一根奶油雪糕，在北京的冬夜里非常耀眼，她们真的很甜美吗？她们冷不冷啊，她们要不要喝几口小二锅头，这么晚了，还有人吃雪糕吗？

绿莹莹的小二锅头瓶子，是我的望远镜，绿色的水晶球。

我的眼睛沿着东三环路，看到麦子店以南的一个叫垂杨柳的地方，我出生在那里。从我出生，我从来没有在那里见到过一棵飘拂着魏晋风度和晚唐诗意的垂柳，杨树上爬满一种叫洋剌子的虫子，槐树缀满一种叫吊死鬼的虫子，满街游走着工人，衣着灰暗，眼大露光。苦夏夜，男工人赤裸上身，女工人大背心不戴胸罩，为了省电，关掉家里噪声巨大的风扇，或坐或站在杨树、槐树周围，毫不在意洋辣子和吊死鬼的存在。我每天走354步到垂杨柳中心小学上学，走354步回家吃饭。我小学二年级的一天，学校组织去人民印刷机械厂礼堂看《哪吒闹海》，从垂杨柳中街一直走到垂杨柳南街的最东端，作为小朋友的我们两两手拉手走，整整1003步，真是遥远，我的手被拉得酸痛。电影散场，我站在垂杨柳南街上看旁边的东三环南路，当时还没有任何立交桥，三环路是好大一条河流啊，一辆辆飞奔而过的212吉普、130卡车都是一团团的河水，河的对面是人民印刷机械厂的厂房，像个遥远的另外的城市。海要比这大河更凶猛，我想，龙王真是可恶，哪吒的脑子也一定被驴后蹄子踢了，怎么能闹得过海。我长大了，仰面躺下，成为一条木船，身体竖起，内裤就是风帆，西风吹起，我就扬帆而去，横渡这大河，脱离北京。

我的眼睛沿着长安街，看到麦子店以西的东单北大街。我听见辛荑狂敲我干面胡同那间平房的门，他狂喊："秋水，你在吗？这两个星期你都去哪儿了？小红在屋里吗？你知道小红在哪儿吗？你别不开门，我不是校领导派来的，我不是抓奸的，我祝福你们。小白也没跟着我，我一个人。小红，你在吗？小白说，你不和他好了，你爸心脏病发作了，在仁和医院CCU（心脏重病监护室）呢。你妈要跳楼，她问过小白好几次了，要多高才行。小白说，四楼以上，摔死的概率是一样的，保险一点，找个十楼阳台吧。"

我听见小红一声大哭，我的小红，我的小人鱼，甩掉鱼尾，穿上双腿，套了件圆领衫就跑出去了。剩给我半箱康师傅，一打红皮鸡蛋，两个避孕套，一打脐橙，十瓶红星小二锅头。

我听见小红对我说，三天三夜，她爸终于救过来了，他拒绝和小红说话。她妈总担心，再高的楼也不能一下子摔死，终于没跳。她妈说："秋水那样的人你也敢要？就你，什么也不会干，脾气又大，就这张脸还能看，将来不能看了怎么办？"小红说："咱们算了吧，我胆子小，我怕别人伤心。"我说："好啊。"小红牵我的手来到四楼东侧的楼道，凌晨三点了，小红说："我想最后吃吃它。"我说："它同意。"

我听见，在东单三条的自习室里，小红向我走过来。"怎么了？"我问。"我怕自己来烦你，我一个人在东单王府井附近走了一圈。"

"那你现在还想走走吗？"

"好。"

我们手牵手，走过长安街、东华门、午门、北长街、角楼、景山前街、五四大街、王府井、灯市口、东单。我们走过燕雀楼酒家，我望见小白、辛荑、杜仲、大鸡几个在室外的一张桌子上喝酒，吃松花皮蛋和煮五香花生。我牵着小红的手，低头走过，小白拎着一瓶啤酒跟了过来，说："我喝多了，我想听听你们两个说些什么。"我说："小红，你送他回酒店吧。"小白说："我喝多了，我要尿尿。"小红说："回酒店尿吧，我送你回去。"小白说："我喝多了，我要尿尿。"我说："好，尿尿，街边找个停着的车，到车后面去尿，找个好车啊。"

绿莹莹的小二锅头瓶子，是我的望远镜，绿色的水晶球。

我对面一个长得酷似煮五香花生米的中年男子在十一点钟的时候跳到桌子上，在我喝完六瓶小二锅头之后跳到桌子上，他反复朗诵两句诗——"卑鄙是卑鄙者的通行证，高尚是高尚者的墓志铭"。我说："下去，是你作的诗吗？"他说："我和你决斗，我和你喝酒！"我说："怎么喝？你是啤酒，我是二锅头。"

白圆胖子和黑圆胖子一起说："半瓶小二锅头相当于一瓶啤酒！"我又喝完两瓶小二锅头之后，"五香花生米"还在桌子上诗歌朗诵，我听不见了，我也看不见绿色的水晶球了。

我的手撑着椅子，我的头重重地压在桌面上，胃中半消化的食物从嘴的两边汩汩涌出。

我听见王含主编在耳边喊："你手机呢，你手机呢，我不认识你家啊。"

我说："手机在我口袋里，你先按9，快捷键9，一直按着。"手机通了，我对着手机喊："杜仲，不要在被窝里手淫了，都三分钟了，还不射？你已经破了自己的纪录了。爬起来在仁和急诊室门口等着救老子，不要幸灾乐祸，不要奔走相告我喝多了，有你，再有两个不认识我的小护士就够了。记住，静脉点滴速尿和葡萄糖，洗胃。"

我听见王含主编继续在我耳边喊："找个人送你过去，找个人送你过去。"

我说："你按我的手机，按1，快捷键1，一直按着。"王含主编说："没人接啊。"我对着手机喊："小红，接电话，为什么和小白结了婚不好好过呢？婚礼隆重吗？照婚纱照了吗？好看吗？我给你准备了礼物，我的七种气体，但是一直没给你，这么多年了，封口的胶皮也老化了，气体都不在了，都跑了。你和小白不是都过了快两年了吗，为什么要离婚啊？为什么要在美国那个没有麻辣火锅没有美男的地方待啊？小红，接电话啊，别吃抗抑郁药，Prozac是毒药。小红，接电话啊，别化了妆之后，待在家里，一晚上，一个人喝两瓶红酒。"

我听见王含主编继续在我耳边喊："另找个人，另找个人。"

我说："我的手机，按2，快捷键2，一直按着。"王含主编说："没人接啊。"我对着手机喊："小白，接电话，是在上海还是北京？无论在哪儿，找人要小心啊，小心仙人跳，兜里不要带两百块以上啊。小白，接电话啊，我知道你苦，出来喝酒，我还有燕京啤酒，你先喝完，然后用酒瓶子砸我。"

我听见王含主编继续在我耳边喊："再找个人，再找个人。"

我说:"我的手机,按 3,快捷键 3,一直按着。"王含主编说:"没人接啊。"我对着手机喊:"小黄,辛荑,我是小神,接电话,快回北京吧,我想你啊。听说妖刀为了工作面试把婚礼教堂的预订都取消了? 教堂不是牙医啊,取消了不吉利啊。小黄,接电话啊,哈佛都念到博士了,想不明白的事情就忘掉或者当成公理好了,别自己和自己较劲了,你有再多想不清楚的问题也不要信邪教啊。"

没有一个人接电话,我完全忘记手机上其他快捷键都是谁了,我听不见王含主编在喊什么了,我最后听见的是麦子店西街上救护车的鸣叫声,我放心地失去了全部意识。

二〇〇五年四月至二〇〇七年三月,旧金山,纽约,北京,香港,上海,青城山,哈瓦那,大理,吉隆坡,阿姆斯特丹。

后记

《北京，北京》是"北京三部曲"的第三部，也将是我最后一部基于自己经历的长篇。

和之前的《万物生长》以及《十八岁给我一个姑娘》一起，三个断面，构成一个松散的成长过程，希望能对那段自己蹚过的时间有个基本满意的交代。就像在北大二年级学《无脊椎动物学》的时候，取腔肠动物水螅不同的横截面，放在显微镜下，有的横切过精巢，有的横切过卵巢，有的什么也不切过。以花代替如来，从沙子研究宇宙，通过傻缺和牛×了解世界，这样用最少的力气，明白最多的道理。

积攒下来的二十一本日记，四百五十封书信，现在都可以烧了。该灰飞烟灭的，不复记起。该成鬼成魂儿的，不请自到，梦里过通惠河、大北窑。至少没了诱惑。到了七十岁，没了一箱子日记和手写书信，不能在阴天开箱点验，重新阅读，也就不会问了再问：这辈子他妈的都是怎么一回事情啊？

想生个女儿，头发顺长，肉薄心窄，眼神忧郁。牛奶，豆浆，米汤，可口可乐浇灌，一二十年后长成祸水。如果我有勇气给她看这三本小说的未删节版，如果我有自信对她说，那时候，你老爸大体不堪如此，你如果明白不了，你我以后只谈功名利禄，只谈如何傍大款灭小姑子讨好婆婆。如果能这样，我想我对蹚过的时间就算有了个基本满意的交代。

我从头就讨厌，现在更是厌恶过分自恋的人和文字。但是历史不容篡改，即使知道自己原来是个浑蛋自恋狂，也不能穿越时间，抽那个浑蛋一个嘴巴。写作的时候，心眼开张，手持菜刀，我尝试汉语的各种可能，尽量用最适当的叙事语言和视角，反映当时的山水和心潮。在写《十八岁给我一个姑娘》的时候，小男孩对女性只有幻想，太虚了，没有感情。那时候，某个特定姑娘的某个特定眼神，比台风和地震更能让山水飘摇。这个小姑娘，可能不知道有个小屁孩儿为她如此心潮汹涌，胸口肿胀。这个小姑娘，可能就是母猪变的，可能就是母驴二姨，可能就是母狗转世，但是这对那个男孩儿或是整个事件不会产生丝毫影响。这个小姑娘会是这个小屁孩儿一辈子的女神。在《万物生长》的时候，只有感情，没有故事。少年人的将来太遥远，过去还不够久远，过去和将来的意义都还想不清晰。一切飘忽不定，插不进去，使不上力气，下不成雨，抓在手里的肥肉变成长翅膀的麻雀。因为不确定，所拥有的都是假的。但是我有一颗嘀嘀嗒嗒作响的心，在所有假象面前，左心室随便射血到下体和全身，转化成精气、尿和眼泪。在《北京，北京》里，有感情、有故事、有权衡、有野心，年轻人带着肚子里的书、脑子里的野心、心里的姑娘，软硬件齐备，装满两个旅行箱，想去寻找能让他们安身立命的位置和能让他们宁神定性的老婆。但是年轻人没了幻想，一不小心就俗了。认了天命之后，不再和自己较劲儿，天蓦然暗下来，所有道路和远方同时模糊，小肚腩立刻鼓起来，非常柔软。

我继续被时间这个东西困扰。《北京，北京》之后，会试着写历史，进入虚构之境。只写历史，历史的刀和拳头，历史的枕头和绣花床。怪，力，乱，神，更放肆地写写别人，写写时间。比如《色空》，写鱼玄机和一个禅宗和尚色空长老。小说的第一句话是，鱼玄机对色空长老说："要看我的裸体吗？"小说单数章节写色，双数章节写空。我不知道，写完给真心喜欢凶杀色情的宿舍管理员胡大爷看，他会不会明白这个奥妙，用他七十多岁的第三条老腿，跳着看。又如《孔丘的咨询生涯》，把孔丘和创立麦肯锡的 Marvin Bower 掺在一起写，古今、中外，文理，儒教和基督教，政治和生意。春秋时候的小国国君类似现在大公司的 CEO，也有远景目标，日夜想念通过兼并、收购做大做强，实现寡头统治。再如《李鸿章的清帝国有限公司》和《朱元璋的明.COM》。要是写完这几本后，我学会运用想象，胡编故事，制造高潮，提炼主题等世俗写作技巧，我是不是就再没有理由继续贪恋世俗享乐、浪费光阴、不全职写作了？

这篇《北京，北京》就是原来所谓的《北京纽约两都赋》。想来想去，还是叫《北京，北京》老实些。第一章从北京东单燕雀楼喝酒开始，最后一章以北京东三环小长城酒家喝酒结束，讲述我的认知中，人如何离开毛茸茸的状态，开始托大，死挺，成为社会中坚。

是为后记。

图书在版编目（CIP）数据

北京，北京 / 冯唐著. -- 北京 : 北京联合出版公司, 2025. 6. -- ISBN 978-7-5596-8101-0

Ⅰ. I247.5

中国国家版本馆CIP数据核字第202484F3N3号

北京，北京

作　　者：冯　唐
出 品 人：赵红仕
责任编辑：杨　青

北京联合出版公司出版
（北京市西城区德外大街83号楼9层　100088）
河北鹏润印刷有限公司印刷　新华书店经销
字数170千字　　787毫米×1092毫米　1/32　　8.625印张
2025年6月第1版　　2025年6月第1次印刷
ISBN 978-7-5596-8101-0
定价：68.00元